楚天空阔歌声长

程墨——著

哈尔滨出版社
HARBN PUBLISHING HOUSE

图书在版编目（CIP）数据

楚天空阔歌声长／程墨著.—哈尔滨：哈尔滨出版社，2010.7（2022.11重印）

ISBN 978-7-5484-0009-7

Ⅰ. ①楚… Ⅱ. ①程… Ⅲ. ①楚辞- 文学研究 Ⅳ. ①I207.223

中国版本图书馆CIP数据核字（2010）第032120号

书　　名：楚天空阔歌声长
CHU TIAN KONGKUO GESHENG CHANG

作　　者： 程　墨　著
责任编辑： 尉晓敏　李维娜
封面设计： 象上设计

出版发行： 哈尔滨出版社（Harbin Publishing House）
社　　址： 哈尔滨市香坊区泰山路82-9号　**邮编：** 150090
经　　销： 全国新华书店
印　　刷： 天津文林印务有限公司
网　　址： www.hrbcbs.com
E-mail： hrbcbs@yeah.net
编辑版权热线：（0451）87900271　87900272
销售热线：（0451）87900202　87900203

开　　本： 720mm×980mm　1/16　**印张：** 16　**字数：** 160千字
版　　次： 2010年7月第1版
印　　次： 2022年11月第2次印刷
书　　号： ISBN 978-7-5484-0009-7
定　　价： 49.80元

凡购本社图书发现印装错误，请与本社印制部联系调换。　**服务热线：**（0451）87900279

目录

序言:关于楚国流行歌的乱弹 …………………………………… 1

一、《离骚》

《离骚》是什么 …………………………………………………… 2
屈原到底姓什么 ………………………………………………… 5
名字可不能含糊 ………………………………………………… 7
爱漂亮的诗人 …………………………………………………… 11
时间是一把刀 …………………………………………………… 14
过去、现在和将来 ……………………………………………… 16
忠心的代价 ……………………………………………………… 18
种草养花的修行 ………………………………………………… 22
利字当头 ………………………………………………………… 25
好名声的树立 …………………………………………………… 28
饮食习惯与道德水准 …………………………………………… 30
诗人的决心 ……………………………………………………… 33
最厉害的杀手锏 ………………………………………………… 37

生与死的选择 …… 40
回到从前 …… 43
无法抛弃的国家 …… 46
女人的看法 …… 49
帝王留下的教训 …… 52
路曼曼其修远兮 …… 57
何处求得美人归 …… 62
占卜的作用 …… 68
永远的心痛 …… 71
一切都在变,只有我不变 …… 75
出发,奔向远方 …… 78
不能生气 …… 80

二、《九歌》

一个业余创作者的超级巫歌 …… 84
九歌的性质:与巫师巫婆共舞 …… 86
巫术家家玩儿 …… 88
《东皇太一》——天下第一神 …… 90
《湘君》——水边的爱情故事 …… 93
《湘君》——爱打扮的男神仙 …… 95
《湘君》——神仙姐姐发脾气了 …… 97
《湘君》正解——忠臣曲折的心思 …… 99
《湘夫人》——美女素描 …… 101
《云中君》——其实你懂我的心 …… 103

《大司命》——人的命天注定 …………………………………… 107
《少司命》——敬上不敬下与管下不管上 ………………… 109
《河伯》——爱捣蛋的神仙 …………………………………… 112
《山鬼》——人鬼情未了 ……………………………………… 115
《国殇》——愿为鬼雄 ………………………………………… 117

三、《天问》

哪里来的蛋? ………………………………………………… 124
天的问题 ……………………………………………………… 127
"大禹治水"疑案 …………………………………………… 130
关于中国地图的设想 ………………………………………… 134
神话不是用来相信的 ………………………………………… 136
历史与神话的纠缠 …………………………………………… 139
失败的英雄 …………………………………………………… 144
成仙的故事 …………………………………………………… 147
远古的复仇者 ………………………………………………… 150
帝王间的比较 ………………………………………………… 155
创生神话 ……………………………………………………… 159
真不知道还是假不知道 ……………………………………… 161
那两个人是谁 ………………………………………………… 164
一塌糊涂的遗传学 …………………………………………… 168
到底是谁捣的鬼 ……………………………………………… 174
墙倒众人推 …………………………………………………… 177
倒霉的天子 …………………………………………………… 184

忠臣的舞台，小人的天地 …… 189
让老爹又恨又爱的孩子 …… 193
背了千年黑锅的“惑妇” …… 197
历史上最精明的广告商 …… 200
死也要感天动地 …… 204
皇帝轮流做 …… 208
吃饭与长寿 …… 211
管制政策与共和 …… 214
普天之下，莫非王土 …… 217
都是狗儿惹的祸 …… 220
最后的感慨 …… 223

四、《九章》选读

涉江 …… 230
奇装异服与个性 …… 230
走过的路 …… 232
无怨无悔 …… 234
结论 …… 237
橘颂 …… 239
橘子的优秀品质 …… 239
表面工作也要做 …… 241
改了的志向就不是志向 …… 242

序言

关于楚国流行歌曲的乱弹

中国是一个爱好音乐爱好唱歌的国度，如果不是我们的祖先对于音乐的狂热追求和爱好，中国历史上早期许多精美的文学作品很可能就荡然无存了。比如《诗经》，称之为“经”是汉代以后的事情了，此前它不过是“诗”而已。然而它和我们今天所讲的诗，最大的差别在于它不仅仅是诗，更重要的是它是“歌”。《墨子》当中曾提到“颂诗三百，弦诗三百，歌诗三百，舞诗三百”，说的就是《诗经》。有些人可能会感到困惑，这不就有一千二百首诗了吗？我们需要搞清楚一点，墨子说来说去不是一千二百首诗，而是《诗经》那三百篇既可以诵读，也可以演奏，还可以引吭高歌，又可以伴舞，完全是全套的音乐作品。今天我们之所以还能见到这三百首诗，可以肯定地说，绝不是因为它们是当时流传的诗歌当中写得最好的，其中很关键的一点就在于它们是“歌”。要知道，西周到春秋比起战国来还不算乱得一塌糊涂，但全民受教育的水平也是非常有限的，当这些作品在美妙的音乐声中悠悠扬扬地飘荡在中原大地上的时候，很容易发生“即使是不识字的人，也知是好言语”的事，不需要有超强的记忆力就可以把它记住了。

楚国在当时虽然是个位于偏远地区的国家，但它却是一个蛮荒大国。

当时的中国人是没有把他们当做自己人的，因为他们说话、办事有很多不符合规矩的地方。武王伐纣大获成功，楚国的先辈们也曾不辞劳苦地大老远奔去效力，不过大概是路途遥远，到得晚了一点儿，没能赶上大伙赤膊上阵的时刻，最后封赏也没答理他们。到周成王时，才给楚国封了一个小小的子爵。当时的高级干部分为公、侯、伯、子、男五个级别，前三个似乎后来都成了名正言顺分疆裂土割据一方的大户，而子爵和男爵在高干队伍中显然是不怎么被大伙瞧得起的。所以，我们看春秋战国那个火并的时代，这个是“公”，那个是“侯”或者“伯”，很少见到“子”啊“男”啊的。当然，孔子、孟子之类的“子”是教书先生，和干部身份完全没有关系。

楚国著名的流行歌曲作家屈原登上历史舞台的时候，已经到了战国后期，早已经没有了在周代建国初年围绕在老大周围吃团圆饭的和气场面，一个个都斗鸡似的你看着我家的菜地眼红，我看着你家的后院垂涎，朝秦暮楚、乘人之危、落井下石等等在和平年代为人所不齿的行径都成了家常便饭。对屈原来说，幸运的一点在于楚国是战国时期的大国之一，当时坊间流行的说法是“横则秦帝，纵则楚王”，也就是说如果秦国与山东各国之一联盟成功去攻打其他国家，即连横成功的话，秦国就可以一统天下。但如果从南边的楚国到北方的燕国形成合纵之势的话，一起对付西方的秦国，楚国将会统一天下。一句话，在统一成为历史的必然趋势后，笑得最甜的不是秦国就是楚国。然而，屈原的不幸之处也在于他生在了楚国，如果楚国从来就没有强大过，屈原可能就没有那么远大的理想，皇亲国戚的身份让他在过着安稳日子的同时可能会考虑如何让国家能维持下去。不过，他的脾气的确不大好，那么大的楚国，满朝的文武大臣，居然没有一个与他合拍的，难怪他会感叹“世人皆醉我独醒”。虽说一般有才气的人都这样，可是这样的气质实在不适合在官场里混，所以他只能出局了。

正所谓“国家不幸诗家幸，赋到沧桑句便工”。屈原本来就是一个博学多才的人，记忆力超群，且在楚国担任的是外交官兼内阁总理的职务，能言善辩，天生具有极强的语言表达能力。当楚国上层抛弃他的时候，艺术便成了他唯一可以抒发情感的方式。于是，在行吟泽畔的时候，屈原就创造了中国文学史上一种新的诗体——楚辞。可以说，没有屈原就没有楚辞，而没有楚辞，屈原的伟大终归只是一个美丽的传说，正是二者的结合，奠定了《楚辞》继《诗经》之后的文学经典地位。

《楚辞》最特别的地方在于"楚"，这一点似乎还带有《诗经》十五国风的特色，也就是说它不过是一种地方民歌而已。然而它与国风不同之处却在于它那鲜明的地域特色一眼就可以看出，它不只是运用了楚国方言，更融合进了中原文化的元素，是一个文化杂交的品种，所以它也就体现了一种生物学上的杂交优势，有着旺盛的生命力。另外，一种地方音乐能红遍全国，很可能与它的经济地位有关，就像粤语歌曲唱遍祖国大江南北一样，楚国较发达的经济可能也为楚歌成为流行歌曲奠定了基础。

楚辞专用楚地（今湖北、湖南一带）的文学样式、方言声韵，写楚地的山川人物、历史风情。这个特点很早就有人注意到了，宋代有个叫黄伯思的人就说过楚辞是"皆书楚语，作楚声，纪楚地，名楚物"（《校定楚辞序》）。西汉末年，皇家图书馆馆长刘向在整理图书时，辑录屈原、宋玉的作品及汉代人模仿这种诗体的作品，书名就是《楚辞》。东汉的王逸发现《楚辞》当中楚国的方言、地名、植物名、服饰太多了，很多人看不懂，就不惜劳心费神地为这本书作了较详细的注释，名为《楚辞章句》。

屈原的楚辞唱了没多久，楚国灭亡了，秦始皇统一天下，书同文，车同轨。楚国人的家国观念似乎是被消灭的诸国中最强烈的，一个响亮的口号久久不息地回响在大秦帝国的上空："楚虽三户，亡秦必楚。"秦始皇千秋万世基业的梦想才传了一代就破灭了，而且就毁在了一群打着复兴楚国的人手中。"大楚兴，陈胜王"，虽然最后收获胜利果实的是来自沛县的一个小公务员，可那个杀了降王子婴、一把火烧了秦国宫殿的项羽的的确确是一个楚国人。正如那个时代很多人相信语言是有魔力的，这次又多了一个例证。

汉代的好几个皇帝都很喜欢楚辞，而且能够创作出水平很高的楚歌来，楚辞似乎迎来了又一个春天。可惜，春之歌唱起来却似乎并不欢快，然而正是这种不快倒与楚辞的开创者屈原有点儿心意相通、不谋而合了。

汉高祖刘邦把天下当做自己收获的一份最大家产，不仅理直气壮地逼问父亲，自己和那位整天种地的二哥谁挣的家业大，还特地衣锦还乡，在家乡父老面前得意扬扬地唱起了《大风歌》以抒发自己的胜利感言："大风起兮云飞扬，威加海内兮归故乡，安得猛士兮守四方。"楚辞似乎天然带有一种"以悲为美"的味道，本来喜气洋洋的庆功宴，刘邦唱着唱着，居然也唱成了慷慨悲歌，与项羽最后时刻无可奈何地唱着"虞兮虞兮奈若何"成了同样的腔调。一股莫名其妙的忧虑升起在他的心底，是啊，挣下的这份家业实在太大了，对他这样一个带着流氓习气的无产者来说，实在还不知道如何才能看护好了不被别人抢去。他不知道从哪里可以搞到真正忠诚于他的勇士，其实他并不想看到勇士，所以把几个和他一起征战四方的勇士一个个都除掉了。

以喜欢楚辞而闻名的皇帝是汉武帝，由于他对楚辞的强烈爱好，很多人因为善长讲解楚辞而得宠，以至于留下了一个"武帝爱骚"的说法。甚至连"楚辞"这个名称在历史文献中第一次出现，也是和汉武帝紧密联系在一起的。对楚辞的强烈爱好，使他写出来的诗歌也带着十足的楚辞味道："秋风起兮白云飞，草木黄落兮雁南归。兰有秀兮菊有芳，怀佳人兮不能忘。泛楼船兮济汾河，横中流兮扬素波，箫鼓鸣兮发棹歌。欢乐极兮哀情多，少壮几时兮奈老何！"我们会发现，雄才大略的汉武帝在作楚辞体的诗歌时，也是不由得悲从中来，可见这种诗体天生带有悲剧色彩。

因为楚辞在汉代影响如此巨大，所以汉代又产生了一种与楚辞看上去长得很像的文体——赋。特别是到了汉代中后期产生的抒情小赋，和楚辞似乎没有什么区别。但只要把握精神实质就不会搞错了：楚辞是新体诗，以抒情为主，所写都是楚国的地名与物产；汉赋是有韵的散文，里面叙事、说理、体物写志都可以有，而所写的内容可以是全国各地，完全没有了限制，所以我们无论如何也不能把汉赋叫成楚辞。这样说来，楚辞的创作生命并不长，屈原开始创立，随后立国的秦代整个属于没文化的时代，压根儿就没有人舞文弄墨，而到汉代初期为几个统治者欣赏了两天就被赋取代了。后代仿作楚辞的人倒是不少，大多数人都很明智地标明楚辞体，而真正冠以楚辞之名的，几乎也就到汉代那部《楚辞》成书为止了。

一、《离 骚》

《离骚》是什么

《离骚》是屈原的自传，这篇自传很长，再加上有很多日常生活中不太使用的字，使今天的人们读起来不是很顺口，所以真能认认真真把它读完还是需要一点耐心的。

然而，这篇自传的影响力实在太大了，以至于后来的职业文人和业余文人谁也无法绕开它。现在我们很多人只知道我国最早的三百多首民歌合起来被称为《诗经》，可是有多少人知道《离骚》被称为《离骚经》呢？可以说，《离骚》作为自传虽然只是记录了一下作者自己的生平经历和个人理想，但由于屈原的伟大，于是《离骚》也就成为了塑造伟大诗人人格的典范。在中国古代做一个诗人，可以不会写楚辞，但至少要做一个有理想有追求的人。

古代提到那些有文学特长的人常说他们是“骚人墨客”，或者说他们很“风骚”。无论是骚人还是风骚今天听起来都不像是什么好话，今天的男男女女，无论年龄大小，称他们帅哥美女都不会有问题，可要是夸人家风骚，肯定会和你急。然而，风骚在过去实实在在都是表扬人的褒义词。毛主席不是还高声颂歌“惜秦皇汉武，略输文采；唐宗宋祖，稍逊风骚”。之所以有此说法，原因就在于中国诗歌两大源头分别是“风”和“骚”。“风”是以《国风》为代表的《诗经》的代称，而“骚”则是以《离骚》为代表的楚辞的代称，所以，谁要真能达到“风骚”的水平，那可是件了不得的事情。

另外“离骚”这两个字或者说这首诗的题目看上去挺让人费解的，原因很简单，因为这不是普通话，是方言，而且是当时的中原人民听不懂的方言。孟子就因此称南方人是“南蛮鴃舌之人”，这话现在听起来有点像骂人，这不就是在讲人家说的是“鸟语”嘛。而楚国就处于孟子所说的“南蛮”行列。到了战国时期，楚国由于经济、军事实力的强大，对于周公创立的那一套礼乐制度、等级观念不怎么放在眼里，他们公然称王称霸，毫不含糊地承认“我蛮夷也，不与中国之号谥”，很有点“我是流氓我怕谁”的劲头。

好在离屈原不久的汉朝文人因为皇帝对楚辞的特殊爱好，投入了很大的精力来收集整理作品，并对一些大家搞不清楚的词意进行了解释，给我们提供了一个看起来很合乎情理的说明和注释。

伟大的历史学家司马迁说：“离骚者，犹离忧也。”这个解释还不大明白，因为他没有解释“离”字。于是另一个伟大的历史学家班固就出来作了进一步的说明：“离，犹遭也。骚，忧也。明己遭忧作辞也。”班固的解释很清楚，与今天的白话文注释差不多。也有人不赞同他们俩的说法。东汉的王逸在为楚辞作注释的著作《楚辞章句》中说道：“离，别也。骚，愁也。”那么“离骚”就是离别时产生的忧愁。另外，“离骚”两字是楚国的方言，宋代的王应麟在《困学纪闻》里说：“伍举所谓‘骚离’，屈平所谓‘离骚’，皆楚言也。”

总之，“骚”是忧愁的意思，大家都已达成共识，没有什么疑问。而无论“骚离”还是“离骚”，都是楚国特有的词汇，其他地区没有人这么讲。

诗人的苦恼是很多的，诗人当了政治家苦恼更多，诗人欲做一个好的政治家却又不能实现，那更是苦上加苦。所以，当诗人决心以死来唤醒那些“举世皆醉”“举世皆浊”的人们时，心情一定是复杂而悲壮的。离开这个世界之前，诗人回顾了自己的一生。他认为自己不是一个

平凡的人，从出生那一刻起就注定了自己的伟大。随后遭遇的一切不幸，虽然让他对自己不能实现预设的伟大历程感到遗憾，但他从来没有放弃过追求理想的信念。正因为有这样的信念，当他唱着“路曼曼其脩远兮，吾将上下而求索”行走在汨罗江畔的时候，他决定离开人世。这并不是生命的终结，而是一个新的开始。

他因此而获得了永生，我们也因他而获得了一个节日——端午节。人们世世代代都在纪念着他，虽然有很多人没有读过《离骚》，但粽子总是吃过的。

《离骚经》者，屈原之所作也。屈原与楚同姓，仕于怀王，为三闾大夫。三闾之职，掌王族三姓，曰昭、屈、景。屈原序其谱属，率其贤良，以厉国士。入则与王图议政事，决定嫌疑；出则监察群下，应对诸侯。

——(王逸《楚辞章句》)

屈原到底姓什么

首先，我们提一个问题，屈原姓什么，叫什么名字？

这简直不像个问题，相信很多人都会毫不犹豫地回答："姓屈，名原。"也许有些头脑比较复杂的人会犹豫，感觉到这是一个陷阱，不会那么容易找出答案。

事实也是，要是真这样简单的话，这个问题显然太没有价值了。

有些人可能会想起这样一句话——"屈原与楚同姓"，也就是说屈原和楚国的国君是同姓。可是，楚国国君姓什么好像也不是很清楚，楚怀王、顷襄王、令尹子兰这亲亲密密的一家人，都被人们很尊敬地隐去姓而称为国王或部长，无论是《史记》的《屈原贾生列传》还是屈原的自传体诗歌《离骚》，都没有提到楚王的姓。

《离骚》开头，屈原就讲"帝高阳之苗裔兮，朕皇考曰伯庸"，说明他是远古时期颛顼的后裔，考证一下会找出来这位颛顼帝原来姓姬，和屈也没有什么关系呀？

显然问题就出在了这个姓上，它和我们现在讲的张三姓张、李四姓李并不是一回事。要说这个"姓"，光从那个"女"字旁上，我们就可以猜测它的起源一定是很久以前的事，而且很可能是母系氏族社会时候的事。据擅长于考据的学者们断言，姓在古代决定着很重要的一件大事——婚姻。聪明的中国先辈，很早就发现了近亲不能结婚的道理，他们称之为"同姓相婚，其生不蕃"，也就是说姓相同的人结婚后，不能

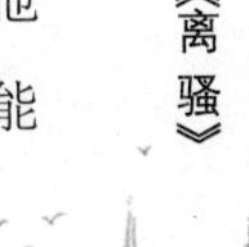

正常地繁衍后代，会造成人口的凋零。而在那个时候，人多力量大是绝对真理，关系到遗传繁衍的可都是最重要的事。

所以，姓成为了区别亲疏远近的重要依据，同一个姓也就是同一个氏族内部的成员之间，极有可能是三代以内的血亲，所以首先要杜绝其通婚。由此来看，姓主要指的是氏族社会的族号，就像今天我们说到赵家村、李家庄一样，可能这个村里大多数人都姓赵或李，相互间可能还有点儿亲戚关系。

春秋到战国的早期，姓还是划分等级的一个重要依据。只有贵族才有姓，一般的普通人是没有姓的。我们今天讲老百姓时指的是普通群众，可那个时候的百姓都是高级官员，而且是世袭制的。当然，当时也有很多有才华的人在历史上留下了名，可是由于出身不好，都是没有姓的。比如《庄子》里面那个很会讲哲学道理的屠夫——庖丁，他的职业是庖，他只有一个名叫“丁”，是没有姓的；再比如那个运斤如风，如同武林高手般用斧头削去鼻尖上白灰的匠石，是个名叫“石”的匠人。

屈原的“屈”字并不是他的姓，实际上是和姓相关的另一个称呼——氏。姓是族号，而氏则是姓的分支，比如，远古的颛顼姓姬，本来姓是一个相对较稳定的称号，可后来一些大的分支也成了姓之后，氏的作用就出来了。

楚国最早被周成王分封的祖先叫熊绎，后来又分为屈、景、昭三支，屈原就是其中的一支，所以屈原不是姓屈，而是他的氏为屈。至于他和楚王同姓，自然就是姓熊了。

战国后期，姓与氏渐渐合而为一，也就渐渐地分不清哪些是姓，哪些是氏了。所以，今天我们说屈原姓屈似乎也说得通，前提是不要提他跟楚王的关系，否则就会觉得乱七八糟。

名字可不能含糊

帝高阳之苗裔兮，朕皇考曰伯庸。摄提贞于孟陬兮，惟庚寅吾以降。皇览揆余初度兮，肇锡余以嘉名。名余曰正则兮，字余曰灵均。

起名字越来越成为一种学问，而且现在起名字正伴随着科技的进步，以越来越像科学的面目出现。倒不是说那些用个把名人的例子来进行现场解说的，而是从二进制到数理分析，一笔一画都有一大套理论为其辩护，有时候还真把人弄得丈二和尚摸不着头脑。不过，不论你信与不信，名字起得不好有时确实会遇上倒霉的事。

比如，唐代诗人李贺，他老爹名字没有起好，叫了个“晋肃”，有人提出要避讳，不让李贺参加进士考试。虽然韩愈还专门为他辩解说难道父母名字叫仁，子女就不得为“人”了吗？反驳得很有道理，可是没人答理他。李晋肃做梦也想不到，仅仅因为自己没有取好名字，竟毁了儿子的一生。现代也有人为了名字的事情不得安宁，据报载，某位年轻姑娘名叫刘德华，每次需要填写姓名的时候都会引起轰动，搞得她苦恼不堪。

姓是注定了的东西，没有办法再改了。就像你姓了“付”的话，无论你是正部长还是正主任，都得被人称做付部长或付主任。而名字则是后天所取的，取得好的话，不仅读起来音韵铿锵，气势不凡，而且可以显示出人的出身、志向，像二毛、狗蛋之类的名字只能是贫下中农图个

贱名好养活的由头。

在古人眼中，起名字是一件非常重要的事情。名和字不是毫无关联的字眼，而是成双配套的东西，两者之间有着或隐或显的复杂关系，而在确定两者的关系之前，首先必须要掌握另外一种学问才行，那就是阴阳、五行、八卦一类的知识。这类知识的使用也是非常复杂的，在没有计算机的情况下，把生辰八字、阴阳五行、祖上风水等一大堆东西进行排列组合，其复杂程度的确令外行人瞠目结舌。起好了，姓、名、字相互协调，可以给人带来好运，起得不好的话，背时倒霉运都是有可能的。

“帝高阳之苗裔兮，朕皇考曰伯庸”，高阳是上古帝王颛顼的号，颛顼又是黄帝的孙子，颛顼生称，称生卷章，卷章生重黎、吴回，重黎之弟吴回生陆终，陆终生子六人，老六名叫季连，芈姓，楚国的统治者就是季连的后人。屈原的父亲究竟是怎样一个人，我们不大清楚，几千年来，尽管有那么多关心屈原和他作品的人，几乎已经进行过挖地三尺似的搜索，可还是没能把屈原的父亲搞定，可见他在当时也不是名扬四海式的人物。而且，屈原在诗中特意提到了自己的曾祖父，从他给屈原起名字来看，他是一个文化修养很高的贵族。贵族不是有钱就可以当的，也不是谁得一个封号就可以成为贵族，贵族是血脉相承的血统。屈原家世显赫，过去我们只知道屈原和楚王可能有点亲戚关系，没想到他们家还有更显赫的祖先，往前上溯，居然追溯到了黄帝的继承者身上，那自然是皇家血统了。屈原自然是很看重自己的出身，否则他不会这么郑重其事地把它拿出来说道。从这位职业诗人身上，我们深深地感受到了要成为著名的大诗人绝非易事，所谓的“饥者歌其食，劳者歌其事”的民歌是很难留下作者姓名的，一般家庭出身的人也很难全面接触过去的文化遗产，此后的事实也再次证明诗人不是谁都可以从事的职业。

摄提贞于孟陬兮，惟庚寅吾以降。皇览揆余初度兮，肇锡余以嘉名。名余曰正则兮，字余曰灵均。

与名字同样重要的，是生辰八字。何谓八字？即年、月、日、时四项，每一项以天干地支合记的话，刚好是八项。同时每一项都代表着不同的意义，按照数学的排列组合，它们可以构成非常复杂的变化。生辰八字意义重大，古代求婚的过程中有一个内容就是花钱请人专程去女方家中问生辰八字，并根据生辰八字预测人的命运祸福，也决定着婚姻双方是否合拍的问题。屈原的生辰八字太特别了，一个字来说明就是“正”。摄提是岁星也就是木星的旧名，“摄提贞于孟陬”是说木星正当孟春正月出现于东方，这是它的起始位置，按照阴阳历换算一下，屈原的出生日应该是公元前342年正月。这一天，恰好木星出于东方。对古人来说，特殊的天象有着特殊的象征意义。庚寅，是用干支来记日的办法。《楚辞补注》解释说：“寅为阳正，故男始生而立于寅。庚为阴正，故女始生而立于庚。言己以太岁在寅，正月始春，庚寅之日，下母之体而生，得阴阳之正中也。”总之一句话，所有的起点或者关键时刻他都占了，说明他的与众不同是上天注定的，注定他要承担一份伟大的历史使命。而屈原不厌其烦地絮叨这些，暗示了自己出生就是一个“正人君子”，要正道直行，所以他不可能与人同流合污，也不可能忍辱退让。最后他以自己的实际行动，证明为了实现这一个“正”字，他不惜付出生命的代价。

名字，名字，说到名，必然要提到字。下面我们说说名与字的关系。屈原名正则，字灵均，这个名字是他的曾祖父给他起的，四世同堂的家族中，高寿的长辈对新生命有着异乎寻常的关爱。特别是在文化传统深厚的家庭中，意味着自己的血脉有了继承力量，可以像河流中的水一样，源源不断地流传下去。对于中国古代的人来说，大多数人认为

“不孝有三，无后为大”，然而这大多数普通百姓的观念，反映的也只是生命意义上的承继。对于有着深厚文化传统的家族来说，新生命就不仅仅是传宗接代的一个过程，还包括文化的继承和承担伟大使命。屈原的曾祖父给予了他莫大的期望，尽管这一对名、字组合对我们绝大多数人来说是比较陌生的，可这才是屈原自己乐于和人分享的名、字。我们先来看王逸的《楚辞章句》是怎么讲的：“正，平也。则，法也。”“灵，神也。均，调也。言正平可法则者，莫过于天；养物均调者，莫神于地。高平曰原，故父伯庸名我为平以法天，字我为原以法地。言己上能安君，下能养民也。”名字的意义简直大到不得了，“平”“原”不是我们日常所理解的与丘陵等相对的一种地貌特征，而是从天地的内在意义中发掘出的深层元素，暗示着他与治国安邦有着密切的关联。

在随后的叙述中我们会发现，名字的意义有如谶语一般，屈原没有辜负祖辈的期望，他的一生都在为着那个光荣而伟大的使命奋斗。在他看来，如果不能为那个使命继续奋斗的话，生命也就没有了任何意义。所以，他会选择死亡这种最极端的方式表明自己对人生、对生命的态度和看法。

爱漂亮的诗人

纷吾既有此内美兮，又重之以修能。扈江离与辟芷兮，纫秋兰以为佩。

屈原很自豪地宣称：我已经有了这样多的内在美德，同时还非常注重自己的外部装扮。身上佩带着清雅淡香的江蓠和白芷，用扭结的秋兰作为佩饰。也就是说，他对美的要求不仅是心灵美，而且外表也要美。

我们可以想象一下诗人的形象：一个清瘦儒雅的年轻人（我们还是不要把他想象得太老，要真像某些画中那个头发胡子全白了的干瘦老者，实在和我们心目中的浪漫主义诗人气质不大吻合），他的衣着华丽而不奢靡，眉目清秀，神色深沉，举止优雅，独自漫步在汨罗江边。夕阳西下，一个人走着，那显得愈发瘦长的身影孤零零地拖在他的身后。

对美的敏感和追求无疑是成为一个优秀诗人的潜质。所以，诗人大都爱美，他们爱美丽的大自然，壮丽的锦秀河山，奔腾的长河大川，高峻的山峦危岩，都是他们眼中的美；他们也爱美丽的女性，健壮的生育能手，丽质天生体态婀娜的淑女，含羞带怯温婉可人的小家碧玉，同样也是他们眼中的美。

然而，对于男性的外表美，似乎是一个不大提得上台面的问题。尽管男性的外表在实际生活中起着作用，但以貌取人总是不大好，用之于女性，一不小心就会被人冠之以“好色”的恶名，也就是令老夫子们很遗憾的“未见好德如好色者”。幸而还有《诗经》中那句“窈窕淑女，

君子好逑”可以用来做借口抵挡。如果用之于男性，上自帝王，下至百姓，怕没有人会公然宣称以外貌作为选择的标准。想想连孔夫子都发出过“以貌取人，失之子羽”的感慨，谁还愿意去犯这样的错误。

特别在后世，如果不是像屈原那样伟大，而又特别注意自己外表，恐怕会引来不少非议。

三国时候有位叫何晏的玄学家，他的出身也不错，何皇后的哥哥、大将军何进的孙子，被曹操收养为义子。何晏是一个很漂亮很有才华的小伙子，魏晋玄学的代表人物之一。据说他的皮肤白嫩得如同抹了粉一般，当时的皇帝就觉得男人怎么可能长成这个样子，认定他是抹了粉，于是特意在大热天请他吃火锅，看他汗流浃背时脸上会不会流成泥汤。没承想，汗是流下来了，可何帅哥的小白脸上不但没有粉泥，倒是白里透红愈加动人。丑人如果太关心自己会落得一个丑人多作怪的话柄，如果长得帅那就有了为所欲为的通行证。何晏对自己的外貌的关心简直可以和屈原媲美，据说他走路时会不时地回头看自己的影子有多美，以至于留下一个“顾影何郎”的说法。但这个人显然不是一个大家可以效仿的人物，事实上要不是他活在魏晋时期，要不是他有很高的玄学成就，他的这个行为估计会被人作为反面教材使用。

屈原是大家眼中的一个“美人”，他爱美，但他对美的追求是带有象征意义的，正如很多研究者所指出的，香花香草都不是纯粹的植物，是有精神内涵、寓有深意的代表。屈原的体形是偏瘦的，这个很容易理解，一个忧国忧民的诗人，处于一种精神压抑的生活中，没有志同道合的朋友，孤军奋战，长期的流放生涯，营养不良的生活条件，他一定有着瘦削的身材。今天我们所见到的屈原的画像，无论是古人的还是今人的，都是一个瘦弱的身躯，行走在汨罗江畔。

没有人想过屈原的身高，但考虑到屈原任过楚国外交官的事实，能够代表国家斡旋于列国之间的人，一定不会是“三寸丁谷树皮”，因为那不只是个人形象的问题，而且关系到国家形象。在战国时期，著名的政治家晏子在出使楚国时曾被楚王嘲笑个子矮小，弄了个狗洞让他进。晏子凭自己的聪明才智，让以貌取人的楚王大大地尴尬了一次。由此也可见屈原这位外交官应该是仪表堂堂、身材高大的才俊。

不过，在屈原伟大的人格精神照耀下，形象的高大远远胜过了身材高大的意义。

时间是一把刀

汩余若将不及兮，恐年岁之不吾与。朝搴阰之木兰兮，夕揽洲之宿莽。日月忽其不淹兮，春与秋其代序。惟草木之零落兮，恐美人之迟暮。不抚壮而弃秽兮，何不改此度？乘骐骥以驰骋兮，来吾导夫先路！

很久以前，人们就认识到了时间的问题，太阳从东边升起，从西边落下，一天就这样过去了。对于有追求的人来说，时间是一把锋利的刀，无论多么坚硬的东西，它都可以将其化为乌有。

孔子看着湍急的水流，不由得为时间的流逝大发感慨："逝者如斯夫，不舍昼夜。"恰好也在水边的屈原，流水的一去不复返让他忧心如焚："时光飞逝，不可追赶，岁月悠悠，不为我留。晨登高坡，摘枝木兰，夕临沙洲，佩戴宿莽。日月轮转，春秋代序。"时间就这样从自己的身边眼睁睁地流走了，功业无成是诗人最大的心病，眼看着国家形势在一天天恶化，小人得志，君王被蒙蔽，心里的那份焦急却只能是难言之隐。没有地方诉说，没有人可以诉说，自己也只能是无所作为地空耗时日。想到这里，屈原的内心就无法遏制地痛起来。

每个人的生命都是有限的，草木凋零是常见的自然现象，而且是年去年来春秋代序过程中的典型象征。

对生命逝去的恐惧在战乱的年代并不是那么明显，因为生命本来就会在平静中逝去，何况处在兵荒马乱中、时刻都有生命之虞的人们，他们是不会考虑如何才能长寿的，他们关心的是如何度过今天，活到明天。也有例外，比如庄子，他是一位沉浸于思考中的纯粹哲学家，会非常认真地考虑生命的意义和价值问题。在生命问题上，曾提出诸如“小知不及大知，小年不及大年”，“莫寿于殇子，而彭祖为夭”等论点，生命在他眼里变得虚幻起来。由于看穿了世间的一切，浮世繁华在他看来只是过眼烟云，所以他不关心。

涉及到生命的意义，话题就变得沉重起来，生老病死的自然规律是人无法改变的。无论是儒家还是道家，都试图从理论上尝试着阐述一种拓展生命的境地，但却都没有办法让人的生物意义上的寿命得以无限延续。

自然不断地提示着人们，岁月催人老。别有怀抱的人往往会不由得见花落泪，对月伤心。

伟大的诗人之所以伟大，在于他的焦虑不是为了自己，而是为了国家和他人。这实在是了不起的道德观念，也许道德这个词并不十分准确。从诗中，我们感受到诗人的信念，不是外界强加于他身上的道德律令，而是屈原与生俱来的一种信念和信仰。

所以，看到草木的凋零，他开始担心起来，他担心那风华正茂的美人很快进入衰朽残年。“美人”在屈原笔下是个多义的概念，有时候是指楚王，有时候是指自己。这里究竟指的是谁，深入钻研楚辞的学者们尚在争论不休。其实这里倒不妨虚一点的好，既可以是屈原为自己年岁渐高而功名事业未竟，痛悼时间的飞逝，也可以是指楚怀王的年岁渐高，希望他能趁着壮年抛弃秽行，改变原有的气度。

诗人简直是带着一种痛心疾首的语气在劝谏。然而，自古以来痛心疾首的劝谏又何曾真正入过君王的耳朵，当他高呼着：快，骑上骏马飞奔吧，快来吧，我愿意在前边引路。而这个时候，楚怀王也许正和皇后郑袖和大臣靳尚等人欣赏着楚国的流行音乐呢。

一个人孤军奋战，而他的对手是无数的人，甚至是整个时代，悲剧就这样酿成了。

过去、现在和将来

昔三后之纯粹兮，固众芳之所在。杂申椒与菌桂兮，岂惟纫夫蕙茝？彼尧舜之耿介兮，既遵道而得路。何桀纣之猖披兮，夫唯捷径以窘步。惟夫党人之偷乐兮，路幽昧以险隘。岂余身之惮殃兮，恐皇舆之败绩。

现实中越来越失望的屈原，无可奈何之际，只得回顾过去，在历史中寻求寄托和安慰。

以古非今是诗人们惯用的手法，而且，这种方式间接地认同了古今过渡的合法性，所以也是一种比较安全的写作技巧，至少在文字狱诞生之前的很长时间都是如此。过去的那“三后”都是德行多么完美的人啊，物以类聚，人以群分，他们周围布满了众多的贤臣。就像芳香的花草园中，杂生其中的也是申椒和菌桂，岂止是把蕙草和白芷连接起来。这里的“三后”恐怕是我们永远也无法搞清楚的东西了，有人说是指禹、汤、文王，有人说是指黄帝、颛顼、帝喾，也有人认为是指楚国的先君，不一而足的说法，再次证明了屈原诗歌隐喻的成功。反正诗贵含蓄是大家公认的，一览无余的不是好诗歌。

对比法也是最有效的证明优劣的方法，一黑一白，一美一丑，一善一恶，只需要放在一起，甚至不用任何说明，一眼就可作出选择判断。唐尧、虞舜由于他们光明正大，走在正道上而实现了国家的长治久安。正因为夏桀、商纣的放纵无度，走歪门邪道，最后弄得自己走投无路。

再联想到诗人现实的处境，那些结党营私的家伙们正苟安偷乐，国家的前途却是一片黑暗。这个时候，诗人再一次展示了自己高尚的觉悟，他说道："我不是怕自己遭遇不幸，而是担心国家会倾覆啊。"

过去，在诗人看来是多么美好，圣君贤臣共同治理国家，一派欣欣向荣的景象。正面典型就是尧舜，反面典型是桀纣。而现实是令人沮丧的，小人结党营私，国家一片黑暗。

没有前途，没有希望。只能放弃。

忠心的代价

忽奔走以先后兮，及前王之踵武。荃不察余之中情兮，反信谗齌怒。

余固知謇謇之为患兮，忍而不能舍也。指九天以为正兮，夫唯灵修之故也。

初既与余成言兮，后悔遁而有他。余既不难夫离别兮，伤灵修之数化。

所有忠心耿耿而又德能兼备的臣子都会出问题。屈原叙述了自己和怀王的一段故事：

起初，屈原任左徒之职，深受怀王信任，司马迁在《史记》中提到博闻强识、娴于辞令、明于治乱之道的屈原曾经有过“入则与王图议国事，以出号令；出则接遇宾客，应对诸侯”的得意日子。这段时间，也就是屈原所说“忽奔走以先后兮，及前王之踵武”，他急急忙忙地奔走在楚王的前后左右，目的只有一个，就是让怀王能够走在康庄大道上，让他能够按着前代圣君的脚印前进，不要走上歧路。

可是，令屈原没有想到的是，尽管自己忠心耿耿，和楚王同姓也算有“一家人”的交情，鞍前马后地辛苦也是本着毫不利己专门利人的精神，可怀王怎么就“一点儿也不清楚自己的心思，听到一点谗言就立刻暴跳如雷”，而自己却从此就倒霉了。荃，是一种香草，在《离骚》里屈原也常常以香草指代君王。尽管我们看来很明显是糊涂蛋的君王，在屈原的心目中还是香花香草，是圣明的，自己之所以受到不公正的待遇，只因君王受了奸臣的蒙蔽一时糊涂而已。关于受陷害之事，事情的起因是这样的：由于屈原在怀王面前大红大紫，一些忌贤妒能的小人心里酸溜溜的很不是滋味，就琢磨着怎样把他弄下来，恰巧屈原一不小心得罪了一个小人上官大夫。屈原与怀王议论完国事，回到家中起草了一道诏令。次日正要报送怀王审阅，上官大夫就凑上来说："屈原啊，又有什么新政策，给我看看你写的什么东西。"屈原本着保密原则和要求，在未经怀王过目前是不能泄密的，便很坚决地拒绝了上官大夫的要求，让上官大夫碰了一鼻子灰，讪讪地走了。上官大夫本来就眼红屈原的地位，这下更是感觉遭受了屈原的当面羞辱。于是跑到怀王面前试探着打小报告："大王啊，您让屈原起草诏令可是没有人不知道的事，可是他简直不知天高地厚，虽然他有那么点才华，可是太自以为是了，明明是您的英明决策和指示，他却到处宣扬是他自己的功劳，声称要是没有他，楚国还不知道会变成什么样子。"上官大夫的阴谋一点也不高明，但他最后一句话却说到了怀王的痛处。怀王心里可能很清楚自己的智商有多高，屈原果真是如此优秀的治国人才，相形之下自己岂不显得太无能，这样的人的确不适合留在身边。因为即使再愚蠢的人，把一好一坏对比鲜明的东西放在一起，还是可以分清高下的，他不想让别人老是把屈原和自己放在一起比较。正是出于这种不为人知的难言之隐，所以楚王在暴怒之下没有杀掉屈原，只是将他贬谪到一边去，不要总是在身边和自己形成对比就行了。可是他想不到的是，如此一来，他反倒被永久性地和屈原放在了一起，只要提到屈原，我们就会想起这个低智商的楚怀王。

忠臣的心理可能永远也不会想到君主会打这样的小算盘，他以为只要让皇帝明白自己的赤胆忠心，看到自己的杰出才能，就可以全心全意地为人民服务，为国家作贡献了。屈原就是这样，他说"余固知謇謇之为患兮，忍而不能舍也。指九天以为正兮，夫唯灵修之故也"，也就是

说他本来就知道正直敢言会带来祸害，可自己就是无法改变自己的观念。同时他指天起誓，自己所做的一切都是为了楚王（灵脩）。想起当初楚王信誓旦旦地和自己约定，言犹在耳，楚王却已经改变了主意。对自己来说，去国辞乡不是什么大不了的事情，只是怀王对自己的态度，屡屡反复无常地变化实在让人伤心。

在古代家国一体的时候，为了楚王就是为了楚国，意义虽然相同，但屈原这样的表达方法，君王们看了心里会觉得更舒坦一些。所以，后代很多的统治者都喜欢楚辞，提倡楚辞，他们希望楚辞的作者能够成为臣子们效仿的榜样，对国家政务有什么意见或建议，别像杠头似的直来直去地说，搞得大家都不好下台。像伍子胥与吴王夫差一道报了国仇家恨，因为看不惯吴王夫差的做法，特别是对勾践的狼子野心毫无觉察，于是恨恨地说自己要眼睁睁看着越国兵是怎样走进吴国都城大门的。吴王夫差很爽快地就满足了他的心愿。他下令割下了伍子胥的头，悬挂在城门上，让他看越国是怎样打进来的。要是忠臣都像屈原这样就好了，无论遭受多大的委屈和冤枉，甚至被贬谪之后的抱怨都说得这么委婉，“国风好色而不淫，小雅怨诽而不乱，若离骚者，可谓兼之矣”。态度诚恳，不用搞得大家脸红脖子粗的火冒三丈；语言委婉，不仔细研究还搞不明白话里的弦外之音。这正中君主们的下怀，不想听的时候就说听不懂，事后也好打圆场：“你说的是这意思吗？实在对不起，我当时没弄明白，错怪你啦。”

但不管怎么说，屈原对怀王的态度有些出乎我们意料之外。在他之前，孟子老先生就说过，君王和臣子的关系不是一成不变的，而是可以根据对方的态度进行调节的：“君之视臣如手足，则臣视君如腹心；君之视臣如犬马，则臣视君如国人；君之视臣如土芥，则臣视君如寇仇。”也就是说君王对待臣子如同对待自己的手足一般，臣子就会像对待心脏一样回报君王；君王如果只是把臣子当狗啊马啊一般地使唤，那样也好，臣子就把君王当一般人对待，有人想杀他或抢他的地盘，没关系，想管就管，不想管就不管，反正也不认识他；如果君王对待臣子像对待随风吹散的草籽一般毫不关心，那他可就惹下大麻烦了，臣子就会把君王看做入侵的敌人或者不共戴天的仇人，想方设法得把他干掉才能解心头之恨。孟子的这种思想在君王们的眼中实在是太恐怖了，他们什么时候也没想把臣子们当做自己的手足，如果那伙人把孟子的话当真了，自己哪里还有活路。后来，那位贫农出身的皇帝朱元璋就因为这个缘故，毫不客气地把孟子从受祭祀的圣人队伍中清理了出去，然后把这些危言耸听的话从书中删掉，搞出一个“洁本”《孟子》来。

显然，在中国古代君主制的社会中，屈原的这种态度是历代统治者可以容忍而且欢迎的。包括最后屈原的以死明志，最高统治者连杀害忠臣的恶名都免了。

忠心是要付出代价的，正如我们所熟知的一个道理，如果皇帝英明，他会自然平衡忠臣与佞臣的关系，留着佞臣让自己快乐，留着忠臣让自己的位子坐得更长久。忠臣与佞臣有了矛盾，皇上就会出来和稀泥，前提是不能让自己的宝座丢了，如果没了那个宝座，他就会一点儿也不快乐了。如果皇上一点也不英明的话，那就简单了，忠臣有时候会很多，可他们全都不得志。这个时候如果忠臣拥有自己的团队的话，他们这一群不得志的人还可以有个精神安慰。但在皇帝看来，这帮人全是自以为是的家伙，目的就是让自己不痛快，所以必须除之而后快。

但屈原很惨，不仅生不逢时，碰上走下坡路的楚怀王。开始还对他有过一段时间的信任，后来一有人从中作梗，立刻觉得屈原不是一个好同志。而很不幸的是随后又遇上那个根本就不想往上走的顷襄王，见他就觉得心里不爽，把他发配得远远的了事。更不幸的是，居然只有他一个正直的忠臣，一个同盟也没有，孤军奋战的滋味实在不好受，他“世人皆醉我独醒”的感慨的确是发自内心的叹息。

种草养花的修行

余既滋兰之九畹兮，又树蕙之百亩。畦留夷与揭车兮，杂杜衡与芳芷。

冀枝叶之峻茂兮，愿俟时乎吾将刈。虽萎绝其亦何伤兮，哀众芳之芜秽！

屈原后来成了士人们心目中的伟大偶像，特别是受儒家思想教育的读书人，更是在不得志的时候动辄以屈原自况。

屈原在不得志的时候，郁郁寡欢，于是他做了一件儒家领袖孔夫子很不以为然的事。

《论语》中有这样一段记载：

樊迟请学稼，子曰："吾不如老农。"请学为圃，曰："吾不如老圃。"樊迟出，子曰："小人哉，樊须也！上好礼，则民莫敢不敬；上好义，则民莫敢不服；上好信，则民莫敢不用情。夫如是，则四方之民，襁负其子而至矣，焉用稼！"

孔子的学生樊迟向孔子请教种庄稼，孔子说："我不如老农精通业务，我解决不了你的问题。"樊迟又向孔子请教如何搞园艺，孔子耐着性子回答道："我不如老园丁熟悉程序，你还是另询高明吧。"等樊迟出了门，孔子忍不住大发感慨："樊迟啊，你可真是个天生的小人啊。

(注：这里的小人不是我们现在所指的那种背后害人的坏蛋，而是与大人先生们相对的一个概念）如果领袖坚决贯彻‘礼’的要求，老百姓就没有人敢不敬畏；如果领袖重义，老百姓就没有人敢不臣服；如果领袖言而有信，百姓哪里敢不坦率真诚。如果真做到了这一点，周围的百姓就会扶老携幼来到我们这里，哪里还用得着亲自去种地!”

虽然孔子是在借题发挥，可是，他确实对具体的生产劳动是有看法的，在讲到自己青年时期艰苦岁月的时候，他就说过：“吾少也贱，故多能鄙事。”意思是说他小的时候，家里经济条件很不好，为了谋生，他从事过很多低贱的工作，比如“委吏”、“乘田”一类的活，替人管理仓库、放牧牛羊等。

不过，孔子的思想在当时也只是作为中原诸子百家中的一家之言，并不是什么占统治地位的思想。远在偏远的荆楚大地上的屈原也许并不在乎这一点。所以他去做了孔子看不上眼的老圃的工作。

屈原的这片苗圃究竟有多大，现在恐怕不大好估算。“余既滋兰之九畹兮，又树蕙之百亩。畦留夷与揭车兮，杂杜衡与芳芷”。畹，按汉代王逸《楚辞章句》的解释是“十二亩曰畹”，而班固则认为“畹，三十亩也”，这两个数据之间的误差也太大了。可不管怎样，这九畹肯定是在百亩以上了，随后他提到自己还种了百亩的“蕙”，其中还间杂种有留夷（芍药）、揭车（一种香草）、杜衡（香草名，又名杜葵、马蹄香）、芳芷（白芷）。园子很大，方圆总共近二百亩地，但里面花草品种并不多，总共才六种。不过每一种都是精挑细选出来的，宁缺毋滥，留香人间。好在我们知道那个时候人们用的数字大多是模糊数学，只是一个大概的虚数而已，根本不是确指。

屈原的志向是政治家，他那“明于治乱”的本领不是用来整理花园的，而且他要真有好好种花养草的情致，那简直就是在营造自己的世外桃源了，也就根本不会有投身汨罗的伟大诗人了。

所以，我们可以预料得到，屈原的苗圃经营可能会失败，事实证明，果不其然。

王逸在《离骚序》中说过："屈原为三闾大夫，掌管楚国公族子弟的教育。"今天我们还有将教师比做园丁的习惯，看来屈原种植的花花草草并不那么简单，他的百亩园中是为楚国的未来培养人才，那些香花香草饱含着他的期望。他希望这些可造之材能够长得枝繁叶茂，"冀枝叶之峻茂兮，愿俟时乎吾将刈"，那么，早晚有一天他可以收获到丰硕的果实。

我们从屈原的言行可以断定他是一个异常坚定的人，原则性极强，宁折不弯。在他看来，死并不是什么可怕的事情，也不是值得人忧虑的事，让他感到悲哀的是培养的众多人才最后全都变了质，香花香草遭遇意外枯萎了没有什么，最让人难过的是香花香草变成了枯萎的荒草。

俗话说，十年树木，百年树人。培养人才如果说同培植花草有共同之处的话，就在于它们都是要耗时费力地精心照料，还要耐心等待才能有收获。首先是选苗的问题，选择了香花香草就是选择了日后异香扑鼻。其次是苗的搭配，良莠不齐的园圃会使恶草败坏了景致，相互补充点缀才能相映成趣。最后，种植的目的不论是赏花闻香还是收获果实，都不能只管耕耘不问收获。

想想战国时期两大极具影响力的思想家孔子和墨子，在人们公认思想界已为"非儒即墨"的时候，他们都不是孤单一人在进行传道布教工作。孔子的学生中，著名弟子有七十二人，非著名弟子三千人，称得上声势浩大。而墨家更厉害，领袖号称"巨子"，一声令下，弟子即可赴汤蹈火，万死不辞。思想的传播，没有人是不行的。

政治主张的实现，没有辅助者、支持者更不行。屈原的苗圃培育着楚国未来的精英，他对此寄予了无限的期望。

然而，他还是失望了。当他行吟泽畔时，只是一个孤独的身影。播下的是龙种，收获的是跳蚤，这真是人世间莫大的悲哀。

利字当头

众皆竞进以贪婪兮，凭不猒乎求索。羌内恕己以量人兮，各兴心而嫉妒。忽驰骛以追逐兮，非余心之所急。

屈原不是一个完全不计较利益的人，国家利益至上表现了他道德和道义上的追求。

事实上，世界上也没有完全不计利益的人。生存本身就是一种利益，特别是在战国后期，争夺地盘已经达到白热化的程度，那些霸主们口口声声宣称自己是为了天下人利益，所以一边奋力从别人手中抢人抢地，一边还要说着是为了你们大家好，这都成了流行病。所以，孔子的“君子喻于义，小人喻于利”，那些诸侯连听的心思都没有，孟子的“仁政王道”也是四处碰壁，只有法家的那些实用主义政策比较受欢迎。

然而利益的获得方式和使用方式以及追逐利益的态度，反映出了一个人的境界和道德标准。

屈原坚持的标准与他同时代的很多人不一样，特别是与他周围的人大不一样。“众皆竞进以贪婪兮，凭不猒乎求索。羌内恕己以量人兮，各兴心而嫉妒。”这里请注意一个字：众。这一个字再一次将屈原与周围的人隔离开来，除了他之外，几乎所有的人全都是腐败分子，竞进，是争权夺势，是座位争夺战；贪婪，喜欢金钱是贪，喜欢吃是婪，合起来就是财利之争，对权势和财利的争夺成了永无止境的斗争。如果只是

抢也罢了，弱肉强食，愿赌服输，不失好汉行径，就像《庄子》寓言中所描写的绿林好汉盗跖一样。盗跖的逻辑就是：“我就是我，凭自己本事吃饭，抢了就是抢了，你们能把我怎么样。”当孔子说可以游说诸侯，大家一人让出点地方，给盗跖腾出最大的一块地让他也当一方诸侯时，盗跖勃然大怒，认为这样是灭了他的天性，把他“畜养”起来，还不如当大盗来得痛快。

可是屈原周围那些人不然，他们不搞英雄好汉的光棍行径，心里一团阴暗，背着人的时候将一切算计得清清楚楚，然后再痛下狠手。他们对自己的要求是“恕”，能过则过，得过且过，网开三面。对别人采取“量”的方式，稍不合己意，即冠以恶名，加以迫害。同时对才华能力超过他们的人实行绝对的表面不合作，背后一定使绊子陷害的方法。所以，想当好人吗？让你连人都当不成，更别说好人了。于是立场不坚定的人，就像屈原那苗圃里的香花香草，一不小心就会变为恶草恶花。而那些立场坚定的人，好吧，让阳谋与阴谋决战吧，看鹿死谁手。

我们常说，光明终会战胜黑暗，可是光明之前总是有太多的黑暗。我们一直认为，光明正大必然战胜阴谋诡计，可是，事实却总让我们看到明枪易躲，暗箭难防。我们甚至都不知道上官大夫是否是楚怀王喜欢的一个臣子，可是从屈原一开始意气风发的姿态来看，他在楚怀王心目中的信任度是远远高于上官大夫的。可是，只是简简单单几句话，背后里的一支小小匕首，就结束了屈原的政治生命，由此我们可见暗算的毒辣和力量。

屈原表示自己不喜欢名利权位，也决不会去追求那些东西。名，可以不喜欢，利，也可以不索取，权，你更可以看做身外之物。可是我们忍不住想问一句，亲爱的屈原同志，这些楚怀王都毫不犹豫地从你手里拿走了，既然你都不想要，那你在这里说这些话究竟是为了什么呢？

屈原是一个优秀的诗人，一个卓越的文学家，可是他在政治上的确有一点幼稚。你想想，你把周围所有的人都看成了乌鸦，只有你自己是一只丹顶鹤，那究竟谁应该离开队伍呢？如果你真的想把这支乌鸦队伍变成丹顶鹤队伍，首先你得掌握乌鸦队伍的生杀予夺的大权，然后才可以通过逐步引进丹顶鹤剔除乌鸦的方式进行队伍的净化。而这是法家处理问题的方式，好的政治家要有菩萨心肠、阎王手段，只有那样，最终才可以让大多数人受益。

好名声的树立

老冉冉其将至兮，恐修名之不立。

修名，是美好的名声。随着悠悠岁月催人老，人们普遍会感觉到自己剩下的时间不多了，会日益看重自己的生命。可是对某些人来讲，与生命比较而言，还有更宝贵的东西，就是一个好名声。好名声不是一个人主观上努力去做好人、做好事就可以得到的，它是一种口碑式的东西，大家说好才是真的好。

谁会传颂伟大的诗人屈原呢？

首先，楚王不会。第一，他没有这个责任和义务。君王手册当中肯定没有哪一项会要求他们好好宣传自己的臣子，在他看来，大臣做好是应该的，做不好那是对君王不负责任，要杀要罚都随便。第二，他没有这个必要。所有人都是为君王服务的，都是在自己领导下工作的，他们做得好，是自己领导有方，他们做不好，是擅自行动，后果自负。第三，他也不想让别人知道有人很能干。在自己身边有一个和自己还带一点亲戚关系的人，居然如此聪明，如此有头脑，如此擅长处理国家间的争端，如此……那么，别人一定会想，那个君王还有什么用呢？所以他不会为屈原的修名做任何工作。

其次，屈原的同事们也不会。一方面，同事之间始终有一点点的竞争。大家都在怀王手下混饭吃，屈原好，大家自然看得见。可是不见还好，见了之后心里可就不得安宁了。想让他们四处去说屈原的好话，简直不可能。另一方面，屈原一再声明周围都是一群小人，是一群唯利是图的小人，是贪得无厌的蛀虫，并且公然表示自己与他们的势不两立。如此一来那就变成冤家对头了，所以更别指望他们会四下传播屈原的修名。

第三，普通百姓也不会为屈原的名声进行宣传工作。屈原做三闾大夫的时候，是部长级的高官，老百姓，特别是农业社会的老百姓，他们只是种地或做杂务的劳动力，“野人”和“大人先生”的距离实在太远了，他们可能会听过他的名字，但一般情况下是不会见到他的。他的内外政治主张、他的远见卓识在实行之后已经成为楚王的政策，执行好了有利于百姓，人们会认为是楚王英明；如果不利于百姓，那自然是“大王英明，臣罪万死”。如果屈原没有在汨罗江边游荡的经历，老百姓不会知道有位三闾大夫到了自家的田地。

在这样的环境下，屈原当然不可能获得好名声。不过，历史毕竟是公正的，同时历史也才是真正检验“修名”的标准。

“老冉冉其将至夕，恐修名之不立”，活着一直在为名声担忧的屈原，终于在死后放下了沉甸甸的心，从汉代开始，只有班固等个别人用“露才扬己”批评屈原，说他为了自己获得好名声不惜暴露楚王的无能和昏庸，这是牺牲了君主的好名声换来了自己好名声。按照班固的理解，如果怀王是晋惠帝那样的白痴，当大臣告诉他老百姓遭受饥荒快要饿死了，那个蠢货反问老百姓为什么不吃肉末炒粉条的时候，屈原就应该立刻回答：“是啊，他们有肉不吃要饿死有什么办法啊！”这样就不会暴露君王的愚蠢，也就不会犯下“露才扬己”的错误了。

但是，我们看到，在历史上，绝大数时候，绝大多数的人们，都对伟大的诗人屈原及他那些伟大作品表达了由衷的敬意。

饮食习惯与道德水准

朝饮木兰之坠露兮，夕餐秋菊之落英。

我们家常的早餐不过是牛奶、豆浆，晚饭随便弄点儿稀饭馒头也可将就，吃饭就是吃饭，基本意义是维持生存。随着生活水平的提高，吃饭和吃什么饭反而与生存的关系越来越疏远，可是说到其中蕴涵的意义，一般来说两个字——没有。但屈原的这两餐看起来就很特别了，它不是普通的吃饭，而是有着深不可测的意义。

孔子说过："士志于道，而耻恶衣恶食者，未足与议也。"

佛教当中也将贪吃当做一项罪孽。

道教有辟谷之术，可以不吃饭而健康如常，据说这样还可以长生不老，汉代的张良就是一个辟谷得以长寿的代表，可见在他们那里吃东西不是什么重要的事。

可是屈原却把饮食正儿八经地拿出来放在自己的诗歌中当事儿说："朝饮木兰之坠露兮，夕餐秋菊之落英。"早晨起来喝的是木兰上滴下的露水，那些露水聚于芳香之处，流过芳香之径，小巧玲珑，晶莹剔透；晚上吃的是秋菊的花瓣，秋菊绽放在天气渐寒时候，傲然不群，绝世独立。

关于"秋菊之落英"需要加一点说明，很多人认为秋菊之落英就是秋菊飘落的花瓣。如果是这样，我们的诗人本来很讲究的饮食就变得有点儿不太卫生了。古人早就发现了这个问题，他们发起了一场声势规模都很浩大的辩论，而这场辩论一下子就延续了很多年。宋代的孙奕认为“落”是开始的意思，与我们今天所说某某建筑物完工了叫“落成”一样，所以“落英”就是刚刚长出的小花，所谓“始生之英可以当夕粮也”。他反问那些坚持落是“坠落”的人，“设或陨落，岂复可餐”，如果都落在地上了，不是枯萎的就是有病的，怎么还能当饭吃呢？怎么能显示我们诗人的高洁品质呢？宋代的洪兴祖批评孙奕乱解释，他认为落英就是掉落，落花有主动落的也有被动落的，秋花（即菊花）没有自落的，屈原吃的落英绝对是新鲜的，因为那是他自己摘下的，是“我落其实”，而非自然脱落。

落花的事情还没有结束。宋代著名的政治家，被列宁称为“11 世纪伟大的改革家”的王安石，有一次在自己的诗中写道“黄昏风雨打园林，残菊飘零满地金”。欧阳修看到这句连连摇头说：“安石同志就是太年轻了，读书太少，怎么能犯这样严重的常识性错误呢?所有的花都会有开有落，可是百花尽落，只有菊花是枯死在枝头上的。”并随口吟了两句诗嘲弄王安石“秋花不比春花落，为报诗人仔细吟”。王安石很不服气：“欧阳先生看来是不行了，还没多老就如此健忘，楚辞当中不是就有‘夕餐秋菊之落英’吗?”两个人争执还没有结束，就又有一个叫费衮的人跳出来说欧阳、王两个人都理解错了，他说：“《诗经》当中有一首《访落》诗，其中有句诗是‘访予落止’，最权威的版本《毛诗》注释为‘落，始也’；另外还有最牛的字典《尔雅》也解释‘落，始也’。楚辞的意思就是摘下秋菊初绽的花朵。”费衮还举了一个看起来很有说服力的例子——苏轼《戏章质夫寄酒不至》中的“漫绕东篱嗅落英”，难道苏东坡会捡落在地上的枯萎的花瓣来闻味道，除非他想闻闻菊花腐败之后是什么味道。

还有更较真儿的人出来，一本正经地从科学的角度考察了菊花到底

是落还是不落，宋代的史正志在《菊谱后序》中说："菊花刚开的时候，就有黄白深浅的不同，由于品种不同，有落的，也有不落的。花瓣紧密的不落，盛开之后，浅黄色变成白色，而白色的会渐渐变红，最后干枯在枝上。花瓣稀疏的大多会落，盛开之后，逐渐变得松散，遇到刮风下雨的天气，就会飘落满地……说到可以吃的菊花呢，只能是菊花刚开的时候，气味芳香惹人喜爱。如果真等到花儿都谢了，凋落了，吃起来还有什么味道呢？"

史正志讲得有理有据，科学的东西让人感觉不能不信。否则我们的诗人要想吃菊花还真有点麻烦，只能是"我等到花儿也谢了"的时候才能吃到，那岂不是要饿很久才等到一餐饭。

明代的胡应麟就聪明得多，他直截了当地指出："谁会真把那玩意儿当饭吃呢？别傻了，屈原只是托物寓言而已。就像他说的集芙蓉来做成衣裳，把秋兰连缀起来做佩饰，那怎么可能呢？至于菊花落不落都没有关系，就算屈原用错了也无关大局，那只是一种比喻。"

是的，那只是屈原的一种比喻，我们慢慢就会习惯他的这种常用的表达方法和思维方式。另外，和那些什么都吃的同僚们比较起来，特别是曹刿同志在讨论战争问题时留下的那句传闻已久的格言"肉食者鄙"，早早就毁了喜爱吃肉的人的名声。屈原虽然只是饮露而不餐风，离神仙还差一点儿，但能够以这样好的东西作食物和饮料的人，一定也是清高脱俗得不得了的人物啊。

诗人的决心

苟余情其信姱以练要兮，长顑颔以何伤！擥木根以结茝兮，贯薜荔之落蕊。矫菌桂以纫蕙兮，索胡绳之纚纚。謇吾法夫前修兮，非世俗之所服。虽不周于今之人兮，愿依彭咸之遗则。

如果屈原是一个阴谋家，他应该像秦国的丞相李斯一样，看着官府粮仓里的老鼠产生哲学的思考：同样是老鼠，过街的老鼠就会遭受人人喊打的局面，吃不饱，睡不好，整天担惊受怕。虽然看上去身材比较好，可那完全是被迫运动的结果。住在粮仓里的老鼠简直幸福到天上了，衣食无忧，甚至可以挑肥拣瘦，一只只吃得肥头大耳，充足的余粮可以给猫行贿，双方和平共处，世界也就一片和平。他痛下决心，人生在世就应该努力追求粮仓里的老鼠境界。

如果屈原是一个战略家，他应该像同时在六个国家担任相国的苏秦一样，在楚怀王这里受了委屈，扭身回到家里，把家里的书柜先整理一遍，凡是过去看得最好最熟的书先剔除掉，完全没有发挥作用嘛。然后找出一本教人最阴险最不守信用的书，例如《鬼谷子》、《阴符经》之类的，把油灯加满油，夜以继日地攻读数月，也许时间更短，因为屈原明显在记忆力方面胜过苏秦。不过，他用不着拿锥子把大腿扎得血淋淋了，从所有的屈原画像看，他的身体恐怕经不起这样的折腾。但在灵活运用上他可能比苏秦要差很多，那些东西是书本上无法学习的，只能在

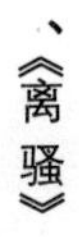

实践中看悟性了。然后，离开楚国周游天下……

可惜，屈原最适合的工作似乎还是诗人。

在他受重用的时候，我们只看到史书中记载他协助楚王处理内政外交，真正的政绩是什么，好像也说不出个所以然来。和秦国的变法比较起来，楚国在政策上并没有值得大书特书的地方，间接证明屈原也许只是在尽一个正直善良的大臣的职责，并没有特殊的政治手段和政治策略能让楚国强大起来。如果说在大家挨个被消灭的时候，坚持得长久也算是杰出才能的运用的话，那我们相信，那个弱智的楚怀王至少不会被人活捉了去。

而屈原在受了最不公正的待遇之后，他除了忍气吞声，别的方法和策略全都没有了，只有文学特长得到了最大程度的发挥，他最好的诗几乎都是这个时候写成的。

像这样的诗句，“苟余情其信姱以练要兮，长顑颔以何伤！擥木根以结茝兮，贯薜荔之落蕊。矫菌桂以纫蕙兮，索胡绳之纚纚。”也就是说，他认为只要自己的思想正确，感情专注，执著于美好的事，哪怕饿得面黄肌瘦又有什么关系呢？他又用了一连串的香草表达自己的志向：手持着一根香木，上面结着香草白芷，并把薜荔刚生出的花心串起来系在香木上。再把菌桂弄直附着上蕙草，用香草搓成细细长长的绳索。这些东西用来干什么呢？

“謇吾法夫前修兮，非世俗之所服。虽不周于今之人兮，愿依彭咸之遗则。”謇，是楚国的方言，只是个语气词，没有实际意义，就像有些人写诗总爱带些“啊”“呀”一样。前修，是前代的杰出人才，看来正是那些人的着装与普通人有很大的不同，香花香草七七八八挂了一身，而今天的人们再也看不上他们那种打扮了，只有屈原信念坚定，仍然愿意学习昔日的先进人物，要用香木、香草来作为着装修饰的东西。

而且，他下定决心，要以彭咸为自己的榜样。彭咸不是诗人，只有诗人才会幻想成为其他人，而其他人一般很少会幻想成为一名诗人。

这里屈原提到了一个大家比较陌生的人物：彭咸。如果是彭祖的话，我们都知道，就是那个据说活了八百多岁的怪人，在庄子的笔下反反复复出现过很多次。有些感觉敏锐的人就会提出问题，他们之间有什么关系吗？是兄弟或者父子？他们还真有点关系，只是这个关系有点儿说不清道不明。关于彭咸和彭祖的材料总结一下，大概有以下几种观点：

第一，彭咸是殷商时期一位著名的政治家，而他最著名的事迹就是投水自尽。至于为何自尽，有两种说法，一种是汉代王逸提出的，说他好心好意提出的好建议被君王拒绝后，一时想不通就跳水了，“谏其君不听，自投水而死。”一种是唐代颜师古提出的，说他长期郁郁不得志，才决定以死明志，“彭咸，殷之介士也，不得其志，投江而死。”虽然这两个人离屈原的时代比较近，可是他们在提出观点之后，没有明确标明自己的说法来自何处，人们无法检验他们说得是否正确。因为事情太过巧合，很多人怀疑他们只是看到屈原最后投江自尽，就找了一个同样自尽的人来作为屈原决心自尽的例子来证明。

第二，彭咸就是彭祖，两个名字本是同属于一个人的。明代的汪瑗经过详细的考订，指出所谓的“殷之介士”或“殷之贤者”彭咸只是众人陈陈相因的说法，他从《史记》中看到蛛丝马迹推断出——彭祖就是彭咸，同时这个人还有很多其他的称呼，比如彭剪、彭铿、彭祖、老彭。汪瑗斩钉截铁地说这些个名称“其实为一人也明矣”。清代著名的学者俞樾关于这个人还有更详细的考证，他认为彭祖和彭咸可能为一个人，因为《山海经·大荒西经》中提到过巫咸，也提到过巫彭，巫是官职，如果以姓来称呼就是巫彭，相当于我们现在叫的彭部长；如果是以氏来称呼就是巫咸，现代一般没有这个用法了。他认为这些古代的事情没有办法证实了，所以也不必太较真儿。

第三，彭咸是老彭和巫咸两个人的合称。晚清学者王闿运提出此观点后，近人顾颉刚先生作了些微纠正，他认为彭咸是巫彭和巫咸的合称，这两个人据说都是殷商时期的贤臣，所以屈原要效仿他们应该是没有什么问题的。

无论哪一种观点，似乎倡导者都能讲得有根有据，但屈原究竟要向彭咸学习些什么呢？“愿依彭咸之遗则”，如果只是就彭咸投水自尽而言，似乎屈原此刻已决心以牺牲唤醒众人。然而，现在我们可以确切知道《离骚》的写作时间是在楚怀王时期，直到顷襄王即位后，屈原还曾对新国君寄予期望，要说他早萌死志好像不大说得通。

诗人的决心也是充满浪漫主义精神的，诗人的决心也只能是向不是诗人的人学习，只不过不是有些人所做的巫师式的预言，早早认定诗人要投水殉国，而应该说巫咸的积极用世精神和极言直谏才是他要效仿的，没有人会下定决心学习别人的死法的。

最厉害的杀手锏

长太息以掩涕兮，哀民生之多艰。余虽好修姱以鞿羁兮，謇朝谇而夕替。

既替余以蕙纕兮，又申之以揽茝。亦余心之所善兮，虽九死其犹未悔！

怨灵修之浩荡兮，终不察夫民心。众女嫉余之娥眉兮，谣诼谓余以善淫。

固时俗之工巧兮，偭规矩而改错。背绳墨以追曲兮，竞周容以为度。

诗人在现实生活中，特别是尔虞我诈的政治斗争中感受到了浓浓的悲哀，这悲哀不只是为了自己，更多的是为了楚国的百姓。

他叹息着，擦了擦眼泪，为人生如此艰难而感到难过，更让他感慨万千的是，自己只不过是爱好美好的德行，并时时以之作为行动的标准来约束自己，居然就遭受别人的诋毁，早上才听到谗言，晚上就被免去了职务。让他感到可笑的所谓罪名，竟然是因为他以蕙草为饰品，而且还采集了那么多的白芷。无可奈何而又立场坚定的诗人严正地表明了自己的态度，只要自己追求的东西是正确的，即使为之牺牲多次他也决不后悔。唯一让他感到遗憾的是楚王，“怨灵修之浩荡兮，终不察夫民心”，浩荡本意是无边无际，楚怀王的无边无际不是皇恩浩荡，而是他的头脑考虑问题无边无际。用今天的话来说，就是楚怀王的脑子进水了，而且进的水还不少。

真正让诗人遭受灭顶之灾的诬陷之词这个时候出现了，“众女妒余之娥眉兮，谣诼谓余以善淫”，那些女人们妒忌我比她们长得漂亮，就合伙造谣说我是个好淫的人。

我们已经反复说明，屈原的诗中开创的一个传统就是将臣子比做妾妇，将君王比做那个让妾妇一往情深的男子。这样的比喻如果用来比喻汉代以后君主与臣子们的关系倒是十分贴切，但在战国时期，特别是战国后期，它也只是个比喻而已，因为臣子还没有形成对君王完全的依附性，君臣之间是合则留不合则走，还没有到整天低眉垂首的地步。但对于像屈原这样一个对国家忠贞不贰的人来说，楚国是他唯一的选择，所以他早早就落在了妾妇的地位。

在中国古代，无论是在屈原之前，还是在他之后，如果有心陷害别人，有一样武器可以说是屡试不爽，称得上是无坚不摧无往而不胜的杀手锏——那就是生活作风问题。一旦被扣上不良生活作风问题，那就是“天作孽犹可违，自作孽不可活”。不要说普通人，哪怕你贵为君王，只要惹上这方面的麻烦，就会亡国亡身。在人们看来，夏桀、商纣、周幽王要不是因为有妹喜、妲已、褒姒这样的淫荡女子，夏朝、商朝乃至周朝都可以生龙活虎地生存下去。

无论男人还是女人，“冶容诲淫”，长得太漂亮了就是在教别人想象淫秽的事情。今天看起来这种思维方式很是奇怪，可是古代的人们往往视之为理所当然。因此，不是夏桀、商纣王、周幽王这些人不好，而是妹喜、妲已、褒姒们长得太有诱惑力，她们的容貌让本来好好的君王们心里乱了套。不怪君王心乱，只怪她们太妖艳，以至于让君王们犯下了亡国的大错。这种方法由于内在的逻辑错误，很容易出现问题。

后来三国时期的刘备在实行禁酒令时，就因为这种不合逻辑的推理方式被他的大舅子简雍给狠狠讽刺了一通。蜀国一度为节约粮食而下了禁酒令。为了从根儿上杜绝饮酒的不良生活方式，刘备命令所有的公私造酒厂一律停业。本来好好的政策，到了下面那些小官吏手中就开始变本加厉，有些人因为家里放着造酒的工具就被官府捉了去。有一次简雍和刘备一起上街，看到一男一女在前面行走，简雍就急忙对刘备说："快，快叫人把他们捆起来送到官府去。"刘备很奇怪地问："为什么啊，他们犯了什么错？"简雍说："他们犯了奸淫罪！"刘备更奇怪了："这么隐私的事情，你怎么知道的？"简雍一本正经地回答道："他们身上都带着淫具啊！"刘备这才恍然大悟："原来你小子是在耍我啊！"不过他还是明白了简雍的意思，很快就取消了禁酒令。

从屈原的诗中我们可以看出，因为自己长得实在太漂亮了（他是用这种方式比喻自己的品行高洁、志向高远）所以就受到了众人的妒嫉。可是，正如庄子在《盗跖》一文中借那个江洋大盗之口所说："长得漂亮不是我的优点，那是我父母的功劳。"同样的道理，对屈原来说自身的美是与生俱来的，对美的爱好和追求是一种天性，他不能不美，不能不追求美。

当人们想要把某人搞臭搞倒的时候，就要从他的生活作风下手，有问题的要把问题揭露出来，有小问题的要把问题放大了弄出来，没有问题的要给他造出问题来。总之，一旦被这种事情缠上，人的品行就有了污点。在依靠道德持家治国的年代，一个人的政治生命等于给毁掉了。

那些妒忌屈原的人轻而易举地阴谋得逞，屈原被排挤出了队伍。这个时候，我们发现屈原并不是一个天真的诗人，他对周围环境的认识还是很清醒的，他说："我知道眼下的社会风气就是这样，人们都在投机取巧，破坏规矩，正常的规则早就行不通了。而那些破坏规矩的人根本就是在搞歪门邪道，但他们已经沆瀣一气，苟且通融并视之为常理了。"

于是，像屈原这样的人只能在众人的暗算下出局了。

生与死的选择

忳郁邑余侘傺兮，吾独穷困乎此时也。宁溘死以流亡兮，余不忍为此态也！

鸷鸟之不群兮，自前世而固然。何方圜之能周兮，夫孰异道而相安？

屈心而抑志兮，忍尤而攘诟。伏清白以死直兮，固前圣之所厚。

屈原早就意识到了自己的与众不同，只是此前由于楚怀王的信任，再加上皇室宗亲的身份，虽然处于一大堆小人佞臣之间，但他相信这些小人不能把自己怎么样，同时自己能够有所作为，并逐步改变楚国的面貌。

只是心里仍然有着一种莫名的忧郁，环境的压抑在心里留下了一处阴影。

忧愁烦闷使他怅然伫立，忍不住发出痛苦的反问："我为什么会落到举步维艰、无路可走的地步呢？"这里要搞清楚一个问题，在古代汉语中，"穷"不是缺少钱财，而是处于困境，无法前进；"困"是境遇艰难，举步维艰。

这事如果放在其他人身上，可能真的像渔父劝屈原的那样去做，既然举世皆醉你独醒，独醒这么痛苦，不如也来个大碗喝酒，一醉方休。可是，屈原是一个不可改变的人，从他出生那一刻起，寅年寅日寅时，所有的一切都是那么正，所以他的正道直行已经成了一种历史的宿命，他无法改变。而此刻，摆在他面前的路看上去好像还有两条，一是让步，跟着别人走；一是坚持，遗世而独立。前一条是生路，后一条是死路。

屈原毫不犹豫地选择了后者：宁愿死去，形神消亡，也不愿意以谄媚的丑态活在世上。

他的孤傲直至此刻还没有丝毫的改变，他说凶猛的鸟儿从来都是独自翱翔在天宇间，这是猛禽的天性。这样，他再一次将矛头无声地指向了敌对者，那些成群结队的只能是小家雀，在一起蝇营狗苟，结党营私。我们不知道屈原是在受排挤之后才开始用这种表达方式，还是他一贯都是这样的嫉恶如仇，因为他的性格决定了他坚决不能容忍丝毫的丑恶。在他看来，方就是方，圆就是圆，一个带棱带角，一个溜圆轮转，怎么可能融合在一起呢？

所以，他与那些危害国家大义的人简直是不共戴天。

战国时期并不乏视死如归的人，"士为知己者死"在很多人看来简直是最死得其所的方式之一。荆轲刺秦王、要离刺庆忌，都是为了报答别人的知遇之恩而不惜以命相酬，其中并不包含多少正义与非正义的观念。也有为义而死的，比如晋灵公派出的那位名叫钮麑的刺客，他去暗杀一个正直的大臣赵宣子，一大早大约四点多钟的时候到了赵宣子家，一看卧室门大开，赵宣子已经穿戴整齐，作好了上朝的准备，因为时间还早，就坐在屋里假寐一会儿。这个很没有刺客职业道德的人居然被感动得不行，立即大发感慨："多好的人啊，对国家的事情如此重视，可是国家的栋梁之才啊。杀害国家的栋梁是有违忠义观念的，而接受了别人的命令而不执行是不讲信义，这两个缺点无论有了哪一个，都不配活在世上了。"于是，这个向国君作了保证的刺客在不能要别人命的情况下，就要了自己的命，于是他一头撞向院中的大槐树，死了。

当然还有为了国家荣誉将生死置之度外的人，比如蔺相如在秦王的

大殿为了保住和氏璧而大大地撒了一把野，终于不辱使命，完璧归赵。在这些人身上，生与死的抉择只是一念之间的事，在特定的时间、特定的场合下，他们都把生命放在了一个次于荣誉的位置上。

屈原与他们最大的不同在于，他不是出于一时的冲动，而是深思熟虑之后的慎重选择。他甚至三番五次地提到宁愿死也不可以堕落，哪怕死得彻头彻尾，肉体和灵魂都无所归依，他也在所不辞。至于心里受到委屈，压抑着个人的意志，忍受着别人难以忍受的罪过，承担着各种各样的指责和诽谤，他都不放在心上。因为他有着明确的信念：宁可清清白白地为正道直行而死去，也不能苟且偷生，而且，还有好多远古的圣人在笑眯眯地看着他，他知道，他们会夸他："好样的，屈原，生的伟大，死的光荣。"

回到从前

悔相道之不察兮，延伫乎吾将反。回朕车以复路兮，及行迷之未远。

步余马于兰皋兮，驰椒丘且焉止息。进不入以离尤兮，退将复修吾初服。

制芰荷以为衣兮，集芙蓉以为裳。不吾知其亦已兮，苟余情其信芳。

高余冠之岌岌兮，长余佩之陆离。芳与泽其杂糅兮，唯昭质其犹未亏。

一个人如果已经决心要走上死路，至少已经表明他对现实绝望了。

屈原如果只是一时的感情冲动，那他一定不会进行反思。感性的花朵只会结出感性的果子。而他却对昔日自己的言行作一番回顾，清醒而理智地检讨着自己的对与错。终于，诗人意识到了自己的错误：

“后悔啊，当初怎么就没有好好地看清楚自己要走的道路呢！”他迟疑着，久久地站立在那儿，终于决定还是回到原来的道路上去吧。趁着迷失道路还不久，赶紧回车到原路。

我们不知道他原来走在什么样的路上，他不是一直坚持走在道德和尊严之路上吗？他不是一直在进行着内外双修吗？到底哪里错了，他今天又走在了一条怎样错误的道上呢？我们被诗人弄得充满了困惑。

学过哲学的人都知道：“人不能两次踏进同一条河流。”这个问题的症结同样适用于屈原：人可以重新回到过去的道路上吗？答案是否定的，人不仅不能重复别人，也不能重复自己。可是屈原不明白，他认为

自己可以回到从前。

他有这样的想法并不奇怪，因为楚国是一个充满了神秘色彩的地方，换句话说就是楚国人的迷信可以达到信仰的程度。有了神的保佑，有了超凡的法力，一切问题都可以迎刃而解。同时，按照非哲学的观点，我们刚才走到十字路口向左转，发现走错了，于是回过头来，再次走到路口向右转不就对了。可是，我们忽略了一个问题：时间已经不再是刚才的时间了。

所以，从根本上来说，屈原已经无法回到原路上去，但他还是要努力这样做。

一方面，他要回到自己选择的道路上，所经之处遍布着香花美草。另一方面，他要继续自己的个人修行，包括服装和扮相。于是，他缓缓地在长满兰草的水边溜马，驰骋在花椒丛生的小山上。然而，他的道路本身就是充满曲折和坎坷，他走过的路从来都不是一帆风顺的。“进不入以离尤兮，退将复修吾初服。”这里的“进”字有两层意思，一是直观的理解，他虽然与楚王同姓，看上去与楚王走得也很近，可是却始终没有真正成为楚王信任的人，这个“进”是进入楚王“信任圈子”的意思。还可以理解为“进谏不纳”，费尽心力，想出了那么多利国利民的办法，可是楚王就是不肯听，岂不是英雄无用武之地。虽然这两种说法都讲得通，可从上下文看来，还是后一种更顺理成章。

他的服饰何时发生过改变？只要想一想，他的服饰多与花草相关，季节流转，每一季节都有应时的花草，而最重要的在于花花草草不像黄金珠玉，只要没有被人偷走或无意中丢失，可以一直佩戴下去。而花草都有一定的保鲜期，到了时间就会凋零枯萎，即便是“只有香如故”，恐怕也不能再当装饰品用了。所以，他不得不经常性地进行新旧更替。

这一次，他的全副行头都是用花草做成，用菱叶荷叶做成上装，又用荷花做成下装，从此诗人脱胎换骨，过去他执著于追求芳香高洁，对那些不洁之物只是表示蔑视。现在，当双方的势不两立成为公开的矛盾之后，他可以公然地宣称："不了解我就随他们去吧，只要我内心洁净就可以了。"而且，他甚至带点挑衅地将那本已高高的帽子弄得更高，让已经璀璨夺目的佩饰更加光耀照人。在花的芳香与玉的润泽交织中，人们就会发现，他那洁白光明的品质从未受到丝毫的污损。

事实上，诗人已无法回到从前，他所坚持的操守品质依旧，周围的国君与小人依旧，可是他的思想再也不能回到那一无芥蒂的状态，他要走的其实是另一条路。

无法抛弃的国家

忽反顾以游目兮，将往观乎四荒。佩缤纷其繁饰兮，芳菲菲其弥章。

民生各有所乐兮，余独好修以为常。虽体解吾犹未变兮，岂余心之可惩！

屈原飞快地用自己的眼睛扫视着周围，目之所及都是一样的乌烟瘴气，所以他只好向更远的地方寻求知音。据《尔雅》所称，“觚竹、北户、西王母、日下，谓之四荒”，这是四个远得不着边际的地方。屈原心里很清楚身边已再也没有了用武之地，就算要到遥远的地方去，他依然执著而坚定地佩戴着繁多而华丽的装饰，那芬芳的气味愈发显得香气浓郁。对别人来说，在楚国不受重用，还有齐、燕、韩、赵、魏、秦等国可以大显身手，可是屈原不可能走那样的道路，他与楚王同姓，楚是他安身立命的地方，更是他的家。哪能因为在家里受了委屈，就跑到别人家去呢？

战国时期是一个非常能够考验个人爱国情感、家国情怀的特殊时期，那个时候，士人在很大程度上可以说是凭着口舌吃饭的一群人，尽管他们的口舌是知识的间接反映，但知识远没有现实政治生活中唇枪舌剑有成效。纯粹的口舌之辩往往就会混淆是非、颠倒黑白。口不应心既然成为一种常态，那么口是心非也就习以为常了。当一个人指天画地盟誓的时候，到底有多大可信度就很值得怀疑了。

屈原的口才很好，他春风得意地游走在诸侯国之间应对之际，能够充分地展示出一个外交家的风度，他制定楚国一个又一个发展规划之时，能够充分地表现出个人的政治才能和爱国情怀。然而这是一个飞速变化着的时代，他所坚持的道德原则和技术方法都不再适用于现实。即便是没有楚怀王、顷襄王的昏聩，楚国的三闾大夫屈原和秦国的纵横家张仪比较起来，谁能如鱼得水地生活是不言而喻的事。

如果用儒家的道德准则来衡量，屈原是标准的好人，而张仪简直不是人。

张仪早年就在楚国混过，曾经在楚相的宴会中吃吃喝喝，结果楚相家里的一块宝玉丢了，大家都把怀疑的目光投向了张仪。张仪人穷不说，品行还很差，品行差也罢了，还弄得大家都知道他品行差。于是被楚相痛殴一顿，让他交出宝玉。他挨了一顿冤枉揍，回到家里还被老婆嘲笑："以后改行吧，别再读书四处游说了。"张仪面不改色心不跳地张大嘴巴问老婆："看看我的舌头还在不在？"老婆说："在。"张仪登时面露喜色："太好了，只要我的舌头还在，你就等着和我一起过好日子吧。"

要是张仪和屈原同殿称臣的话，他恐怕也是屈原眼中的臭草、臭虫之类，太没人品了。但是他也有他的坚持，就是坚持不懈地走升官发财、发家致富的道路。在张仪看来，东边不亮西边亮，楚国不行就跑到秦国。最后在秦国扬名立万，大家都知道张仪在秦国上班，都知道他鼓弄着舌头四处坑蒙其他国家，早就忘了他本是一个魏国人。

屈原也坚持，他坚持的原则是张仪以及当时很多人都绝对会抛弃的东西。"民生各有所乐兮，余独好修以为常"，从这句诗可以看出，屈原并非一个不食人间烟火的人，他其实很清楚这是一个怎样的世界，"人们各有各的爱好，但自己就是喜欢美好的品质，而长期的信仰已经对这种爱好习以为常了"，所以他不能屈心抑志，用很多注释家的话来说，由于屈原与楚王同姓，而这个同姓却偏偏不肯把他当自己人，害得他无法抛国弃家，不可以仿照纵横家行事。他甚至说："虽体解吾犹未变兮，岂余心之可惩。"哪怕粉身碎骨他也不会改变自己的立场，一点点小小的惩罚根本不可能改变他的心志。

女人的看法

女媭之婵媛兮，申申其詈予。曰：“鲧婞直以亡身兮，终然殀乎羽之野。

汝何博謇而好修兮，纷独有此姱节？薋菉葹以盈室兮，判独离而不服。

众不可户说兮，孰云察余之中情？世并举而好朋兮，夫何茕独而不予听？”

在很多时候，人多力量大是没错的，然而，这个力量如果用在了正确的地方，那么它就是伟大的力量，如果这个力量用错了地方，那它将会是可怕的毁灭力。

屈原已经孤独很久，渐渐地，他会习惯自己的孤独，他看人的眼光和思考的方式也会渐渐固定下来，他与周围的人会更加格格不入。一批批树立的敌人成为他生存空间的一部分，周围的奸佞小人在有意地陷害他，很多无知的糊涂人在某些情况下会与小人不谋而合地形成一股力量。他们都不懂屈原，所以他们有时会站在同一立场批评屈原，这股力量大到令人无法抗拒无法想象的地步。

围绕在屈原身边的黑色力量越来越强大，硬碰硬会是什么样的结果，以个人的力量与众人抗衡，其结果是不言而喻的。那么到底谁能说服他改变自己？真有这样的人吗？

如果有，看来就只能是女媭了。

女嬃究竟是谁？“女嬃之婵媛兮，申申其詈予”，因为着急，女嬃说话时禁不住气喘吁吁，出于对屈原的关爱，她抓紧时间，反复再三地责备他的不是。而屈原，居然也都默认了。于是女嬃身上的神秘味道更加浓烈了。如果不搞阴谋诡计，只是放在桌面上进行辩论，屈原绝对是一个好辩手，而这个能让他不辩而屈的人一定与他有着某种特定的关系。

学者们猜测纷纭。汉代的王逸最早提出，女嬃是屈原的姐姐，汉代的贾逵也在旁边证明说：“楚人谓姊为嬃。”楚人把姐姐叫嬃。到了北魏的郦道元更是说得有鼻子有眼：“江水东过秭归县之南，袁山松（或袁崧）曰，屈原有贤姊，闻原放逐，亦来归，喻令自宽全。乡人冀其见从，因名曰秭归，即《离骚》所谓‘女嬃婵媛以詈余’也。”他们一个个言之凿凿，似乎他们就是楚国人，屈原就住他们家隔壁，由不得人不信，屈原对女嬃的态度似乎也很有点亲人的味道，所以他不与她争执。

但从明代开始，就不断地有人对王逸等人的说法提出异议。明代李陈玉认为，“天上有嬃女星，主管布帛嫁娶，人间使女谓之嬃女”，汪瑗表示赞同：“女嬃者谓女之至贱者也。”如果有这样的一个女子在屈原身边，而且可以这样的语气对屈原讲话，那么她很可能是屈原的婢女或丫鬟式的人物，长期在一起，比较亲近熟悉，所以才会直言不讳。一个没有受到过教育的女子，她不可能提出特别有见地的意见来，屈原对一个整天侍候着自己的下女的话，似乎完全没有反驳的必要。

可是，事情还没有结束，“女嬃”为“贱女”的说法没讲多久，又有人出来表达不同意见，明代的张凤翼认为“嬃”字是古代女子的通称，不一定是姐妹。况且以鲧的事迹打比方来劝屈原，这两个人之间根本没有可比性。如果女嬃是屈原的姐姐，他们同样出身于贵族，她所受到的教育应该是超过同时代的普通女子。以她的文化水平，她不可能不了解屈原是什么样的一个人，怎么会拿屈原和鲧来比较呢？

张凤翼的前半部分论证颇有道理，但他举出鲧的例子却并不能说明问题，因为鲧的事迹比较复杂了，他是因治理水灾不力而死。鲧乃颛顼之子，大禹之父，奉尧命治水，九年水患不息，被天帝殛于羽山。《国语》云："鲧障洪水而殛死。"《史记·夏本纪》也说："舜……行视鲧之治水无状，乃殛鲧于羽山以死。"如果鲧是被当时的帝王杀掉，那也没有什么可讲的了，可是他还有另一种死法，倒可以与屈原之死形成对比。《太平广记》对鲧的命运进行了另外一种描述，卷四百六十六云："尧命夏鲧治水，九载无绩。鲧自沉于羽渊，化为玄鱼。……上古之人于羽山之下修立鲧庙，四时以致祭祀。"

女媭是屈原的姐姐还是他的侍女都没有多大关系，重要的是她劝说屈原的这段话反映了一位女性是如何看待政治中的人物，她说："鲧因为刚正不阿置生死于度外而时常与帝尧闹别扭，最后果真不幸地死于郊野。你是一个好学而又有着丰富历史知识的人，明知道有这样的前车之鉴，为何还非要表现出自己那美好的品德呢？现在的问题是你周围遍地都是小人，别人都佩戴着臭哄哄的薋、菉，你何必非要表现出与众不同的样子来。臭气熏天的人都在朝廷的大殿上享受着荣华富贵，你那幽兰蕙草般的清高正直和喋喋不休却只能换来众人的排斥，还是改改吧！楚国有那么多的人，你不可能挨家挨户地说服他们，让大家都了解你的心思想法吧，那么有谁会好好体会咱们的心思呢？既然人们都喜欢成群结队、结党营私，你能不能听我一回，就与大家一样有什么关系呢？"

不论怎样，女媭这样的劝解是为了屈原好，她不忍心看着诗人一天天憔悴下去，不愿意看他孤独地一天天走向绝境，她希望屈原能够过上一种大家看上去比较正常的生活。

可是，那种逐臭而生的人群过得是正常的生活吗？

屈原不那么认为。

帝王留下的教训

一

依前圣以节中兮，喟凭心而历兹。济沅、湘以南征兮，就重华而陈辞。

启《九辩》与《九歌》兮，夏康娱以自纵。不顾难以图后兮，五子用失乎家巷。羿淫游以佚畋兮，又好射夫封狐。固乱流其鲜终兮，浞又贪夫厥家。

浇身被服强圉兮，纵欲而不忍。日康娱而自忘兮，厥首用夫颠陨。

夏桀之常违兮，乃遂焉而逢殃。后辛之菹醢兮，殷宗用而不长。

女媭以为自己选择古代正直的大臣鲧作为典型开导屈原是很有说服力的，可是，出乎她意料的是，对历史了如指掌的屈原立刻举出了更多的例子来证明，特别是那些不务正业的君王国破家亡的历史更是深刻的教训，所以自己坚持要走的道路没有错。

首先，他辩解说自己之所以有今天的遭遇，不是因为自己有意表现正直，有意让君王不高兴，更不是故意和大家作对。没错，众口难调，可自己并没有想去挨门挨户地劝说别人都能听信自己，也没有必要那样去做。因为自己的一举一动都是在效法前代圣人的所作所为，却得不到任用，心里当然很窝火，遭人妒为君疏的结果不是他想要的，但却不得不满怀愤懑地承担着眼下的一切。

其次，他说明女媭举出的鲧的例子是不确切的。鲧因为耿直而被杀，而且是在上古的贤明帝王之时，屈原不相信。他相信鲧只可能是因为有过失或犯错误而亡身，不可能无缘无故地因为坚持正义真理而遭杀身大祸。如果女媭不相信他的话，那么好吧，就一起渡过沅水、湘水去见见虞舜，让这位昔日的见证人给评评理，说说当年究竟是怎么一回事。

最后，他列举了一系列的历史人物证明人只能因为不走正道才会国破家亡。第一位是夏启，他是大禹那个变成石头的妻子在大禹“还我子来”的呼声中破石而出的儿子。大禹聪明睿智，治水有功，因尧的禅让而称帝。启是传说中禅让制的破坏者，不知他用什么手段实现了继承制。这个神通广大的夏启居然跑到天上偷来了仙乐《九歌》和《九辩》，从此之后，沉溺于天上的靡靡之音而忘了正事。还有更严重的后果，由于他不务正业，上行下效，他的孩子们也不学好，五个儿子搞窝里斗，弄得整个国家一塌糊涂。

第二位是羿，由于夏启的后人一个个都不争气，渐渐强大起来的部落领袖有穷国国君羿就从夏王朝手中夺过了统治权。“有穷”按字面理解就是有尽头的意思，这本来是非常符合事物发展规律很有智慧表现的名称，可是谁愿意自己统治的帝国结束呢？中国神话中有一位一举射下九个太阳的神射手也叫羿，他的老婆因为吃独食把羿从西王母那里搞来的不死药一个人偷偷全喝了，就飘到广寒宫里成了嫦娥。有穷国的这个羿恰好也很喜欢射箭，箭法也很好，他最大的爱好就是去打“封狐”，也就是大狐狸一类的野兽，在这种游戏中他觉得很有成就感。可是他没想到自己最后也成了别人的猎物，一个叫寒浞的人趁他沉迷于玩乐之际，结党营私，培植势力，最后在羿的背后来了一下，取而代之。可是这个寒浞也不知道吸取教训，他又看上了羿的漂亮老婆，不知道漂亮的女人和大狐狸一样都会要人的命，于是又一场宿命的循环开始了。寒浞与羿的妻子生的孩子“浇”（读音“傲”）是古代传说中著名勇士，“浇身被服强圉兮，纵欲而不忍”，他曾经带兵消灭了斟灌和斟寻两个部族，扮演的都是斩草除根的狠角色，然而他肆无忌惮地使用武力，放纵自己好勇斗狠的欲望，也为自己的灭亡埋下了种子。他在快乐中忘了还有危险这回事，于是就在快快乐乐的疏忽中失去了自己的头颅。

最后两位就更有名了，有名是因为他们劣迹斑斑，简直可以说是罄竹难书。一个是夏桀，一个是殷纣（商纣王）。夏桀实在太坏了，因为大家都这么说，那么具体的事例屈原也就不列举了，只知道凡是符合常理的事情他都不会做，凡是有违天道伦常的事他都能想出办法进行“青出于蓝”的尝试，当然最终还是有他倒霉的那一天。商纣王比较有特色，他非常善于在有破坏性的事情上搞创新，因为他本身是一个很聪明的人，称得上是文武双全，“智足以拒谏，言足以饰非”，再加上力大无穷，所以干起耸人听闻的坏事来也让人瞠目结舌。“菹醢”就是他发明出来的一种刑罚，具体实施方法就是把人剁成肉酱，然后弄熟了请大家一起吃。远古蛮荒时代吃人不算什么，但是剁成肉酱这种费时费工的创意还没有人想到。屈原选取的商纣王干的坏事中最有代表性的一种，很多书中都有记载，如《礼记》中记载的“昔殷纣乱天下，脯鬼侯以飨诸侯”，《史记》当中的“九侯女不喜淫，纣怒，杀之，而醢九侯”，鬼侯、九侯都是忠心耿耿的大臣，却都落了个悲惨的下场，充分证明了商纣王实属恶贯满盈，自取灭亡。

这些远古的帝王可以说个个都很“牛”，想干什么就干什么，最后怎么样了，还不是都早早完蛋。屈原以这些活生生的事例告诉女媭，不能做坏事，人一定要走正道。周围的奸佞小人就和那些恣意妄为的帝王一样，现在得意，总有他们走投无路的那一天。

二

汤禹俨而祗敬兮，周论道而莫差。举贤而授能兮，循绳墨而不颇。

皇天无私阿兮，览民德焉错辅。夫维圣哲以茂行兮，苟得用此下土。

瞻前而顾后兮，相观民之计极。夫孰非义而可用兮，孰非善而可服？

阽余身而危死兮，览余初其犹未悔。不量凿而正枘兮，固前修以菹醢。

曾歔欷余郁邑兮，哀朕时之不当。揽茹蕙以掩涕兮，沾余襟之浪浪。

我们说过屈原是一个很擅长辩论的人，分析、归纳、举例等论证方法他驾轻就熟地运用在实践中。女嬃的劝说是一番好意，不能让人家下不了台，因此他在讲道理的时候格外注意方式方法，我们看到的不是他在反驳女嬃的话，而是把自己的观点娓娓道来。因为女嬃讲鲧如何，他不能再说鲧的事迹，否则就像在争辩一样，所以从比鲧级别更高的帝王讲起，说明不坚持走正道，就会走上邪道，上了邪道就必然会倒霉。

帝王当中也有好人，他们已经为大家树立了好榜样，比如周朝的周文王和周武王，再比如商朝的开国君王商汤、夏朝的开国君王夏禹，他们为当好国家干部树立了典型，平日里端庄严肃，祭祀和管理国家出自同样的恭敬之心，对治理国家更是刻苦钻研、精益求精地寻求更好的方式方法。

因为他们都是圣君，按照近朱者赤近墨者黑的原则，他们身边自然也都是良臣，夏禹有五位贤臣辅佐，商汤有伊尹和仲虺等人，周文王手下有著名的八士，周武王有十位贤臣。圣君贤臣模式就是后来封建社会时期人们期待的大同社会的模式，举贤任能，遵纪守法而又依法办事，不搞任人唯亲歪门邪道，所以才能保证国泰民安。因为他们都是贤明的君主，所以他们能够辨别人的好坏，他们清清楚楚地知道谁是好人谁是

坏蛋，坏蛋赶得远远的，身边自然都是好同志。于是，天下大治，世代景仰。讲到这里，屈原一副神往的神情，专注地望着远方。多么遗憾啊，自己没有能生活在那个时代。

事已至此，徒伤无益，屈原只好自我宽慰道："上天是公正无私的，有德之人会受到它的保佑。"《尚书》中记录下的周公的这句话和屈原所说是一个意思："皇天无亲，惟德是辅。"他们都认定，只有那些德行过硬的人，才能够做天下的主人。纵观历史，认认真真地看看历史上那些人物，哪里有不义的行为、不善的事情可以公然大行其道。所以，屈原仍然相信自己选择的道路没有错，即便身处险境，命悬一线，对当初的作为也没有丝毫的后悔。不能量着凿眼来修正榫头，不能看着周围的人而改变自己的初衷，那些被剁成肉酱的前辈贤者，不都是宁可死亡也不肯屈服吗？屈原要向舜表达的意思到此为止，也正因为是向舜表白，所以他列举的历代贤明的君王都超过了舜，否则岂不是有当面阿谀的嫌疑。

可是，对舜要讲的话是说完了，可让屈原苦闷的是，为什么自己和那些被剁成肉酱的人一样生不逢时呢？越想越难过，屈原禁不住泪如雨下，他拿起蕙草来擦眼泪，可惜蕙草的吸水性不是很好，滚滚而下的泪水沾湿了他的衣襟。

落泪的屈原是真的为个人命运伤心，为楚国的前途忧虑。然后，更让人揪心的是他已经感到在人间已无法解决面临的难题，只好寄希望于"皇天无亲，惟德是辅"。可是，历史上皇天真正保佑过的人是那样少，简直用得上"屈指可数"一词，我们的诗人是聪明的，大小多少的比例不需要计算便可知道。

他的伤心，也许更多来源于一个心知肚明的永远无法实现的愿望。

路曼曼其修远兮

一

跪敷衽以陈辞兮，耿吾既得此中正。驷玉虬以椉鹥兮，溘埃风余上征。

朝发轫于苍梧兮，夕余至乎县圃。欲少留此灵琐兮，日忽忽其将暮。

吾令羲和弭节兮，望崦嵫而勿迫。路曼曼其修远兮，吾将上下而求索。

诗人在一唱三叹中，往复回环地陈述着个人的观点，一遍又一遍地说明自己坚持的原则是永远不会改变的。

现代心理学研究表明，一个人越是不断地重复某一个话题，往往是表明对自己有一种潜在的不信任，他要通过这种方式来强化某种感受，从而使自己相信其观念或信仰的正确。

当屈原将自己长袍的前襟认认真真地铺放好，庄严肃穆地跪下陈辞完毕，心里登时感到一阵轻松，他觉得自己已经得到了正道。

只可惜人间正道满是坎坷。我们一再说屈原清楚地了解世道人心，他不是不通世情，他只是不愿意、不能够和那些精通世情的人交流。过去我们总以为诗人是天真的，特别是李白一类的诗人，他与屈原一样被称做典型的“浪漫主义诗人”，李白的诗虽然表现得像是不食人间烟火的样子，可在政治生活中往往表现得过于天真，常常忽略了为宦之途的险恶。一旦得到出仕的机会，他会喜形于色地高歌“仰天大笑出门去，

我辈岂是蓬蒿人”；得意之时他会放浪形骸地“天子呼来不上船，自称臣是酒中仙”；遭遇失意时则不免有些灰心丧气，“人生在世不称意，明朝散发弄扁舟”。政治生涯的起落涨伏，人的情绪不免要受到影响，人在理想四处碰壁后也会变得现实一点。

屈原和李白却有一点非常相似的地方，就是他们都坚持自己的理想，终其身而不变。李白一直到生命的最后一刻，都认为自己空有一身本领，只是没有表现的舞台。而屈原同样认死理，他不相信好人会遭受厄运，同时也认定恶人一定会有恶报。另外，屈原是由一个现实的政治人物变为一个浪漫主义诗人，当他担任外交官奔走在各诸侯国之间的时候，是绝对不会想到去写什么诗歌的。同时也正因为有那一段时间，他才对周围几乎所有的人有着异乎寻常的清晰。穷途潦倒后，他开始正式地、大量地写诗，以诉说自己的不幸遭遇。然而，也正因那一段经历，他一直在考虑如何进行改变。要么改变环境，要么改变自己，要么改变其他人的看法，然而，这三点都不现实。

所以屈原不得不修正一下自己，他的修正是寻求另外一个天地，路很长很多，却又似乎没有一条可以走通。就在这时候，本来他坐得好好的虬龙驾着的凤车，忽然被一阵大风吹起，于是诗人来到了天上。

会不会他也遭遇“升天入地求之遍”，“两处茫茫皆不见”的情形呢？

于是，屈原开始了自己的旅程。早上他从苍梧出发，之所以选择这个地方作为起点，是因为他刚刚向虞舜倾诉完心声，传说中舜南巡而不复，死于苍梧之野，安葬在了九疑山。龙车的速度还是很快的，早上从苍梧出发，晚上就到了悬圃。这里我们需要注意了，苍梧是实实在在的地名，而悬圃却是一个在地图上找不到的地方。《穆天子传》中提到过这个地名：“春山之泽，清水出泉，温和无风，飞鸟百兽之所饮食，先王之所谓悬圃。”当屈原来到传说中的仙山灵境，看到这里美丽迷人的景致正打算停留片刻，却发现天色已暗了下来。他不知道自己前面要走的路还有多远，黑夜是无法赶路的。于是他命令给太阳驾车的羲和停下来，让太阳远远地望着崦嵫山，但不要再向它靠近了。太阳就这样停下了脚步，时间也就此凝固。

诗人的气魄有时大得惊人。羲和是谁，我们不大好确定，古代很多书里提到羲和，他或她是完全不同的形象。比如《山海经》里讲道，在“东南海之外，甘水之间，有羲和之国。有女子名曰羲和，方浴日于甘渊。羲和者，帝俊之妻，生十日。”而西汉的《淮南子·天文训》原注有“日乘车，驾以六龙，羲和御之”的记载。两个羲和几乎没有任何相似之处，《山海经》中提到的羲和就太厉害了，她家在东南方，茫茫无尽的大海之外（古人的地理知识以地球为平面，出了大海就见着神仙，所以秦始皇才会派人到海外去找神仙求不死药），而她更厉害的地方在于能够生出太阳来，而且一口气生了十个（结局却很惨，被后羿一口气给射死了九个）。虽然她是东方大帝的妻子，但要生出太阳来，她的肚子简直和太上老君的炼丹炉一样耐高温，而且她还可以领着小太阳去给它们洗澡，神奇之处不可想象。《淮南子》提到的羲和就很一般，虽然没讲是男是女，但只是太阳神的一个马夫而已，习惯中也就当他是男的了。

这里屈原命令停下车来的羲和显然是太阳神的马夫，看来神仙也是分个三六九等的，柿子总捡软的捏，不论是谁，只要愿意，总是找得到可以欺负的人。

二

饮余马于咸池兮，总余辔乎扶桑。折若木以拂日兮，聊逍遥以相羊。

前望舒使先驱兮，后飞廉使奔属。鸾皇为余先戒兮，雷师告余以未具。

吾令凤鸟飞腾兮，继之以日夜。飘风屯其相离兮，帅云霓而来御。

纷总总其离合兮，斑陆离其上下。吾令帝阍开关兮，倚阊阖而望予。

时暧暧其将罢兮，结幽兰而延伫。世溷浊而不分兮，好蔽美而嫉妒。

这里写的是屈原在天上周游一天的情形，我们先来把这一段文字翻译一下：在咸池给我的马饮饱水，用扶桑整理一下我的马缰绳，折下若木的枝条遮蔽阳光，我姑且逍遥自在地游逛一番。我命令望舒替我打前锋，命令飞廉紧跟在我身后。负责开道的鸾鸟已准备待发，雷师告诉我还有哪些没具备；我命令凤鸟夜以继日飞翔不休，旋风呼啸着向我们迎来，它率领着云霞来接我们。它们纷然杂陈，忽散忽聚，色彩斑斓，忽高忽低，飘忽不定。我让天帝的看门人给我开开门，他却斜倚着门冷冷地看着我一动不动。日光渐淡，一天又将过去，我编织着兰草在天门外伫立良久。世间总是这样黑暗混浊，美善因遭人嫉妒而受到蒙蔽。

此前，屈原一直在感叹着人间的黑暗，在对人间已经绝望之后，他想到了海外的仙山，想到了天外的神仙，那里是人间贤明君主灵魂的归宿，所以他以为那里是一片净土。他不顾一切、不辞劳苦地向着梦想中的圣地赶路。为了争取多一些时间，他甚至命令太阳停下脚步，只因为心中有着伟大的目标，那是他最后的希望所在。

一路上，我们只看到他风尘仆仆，风、雨、雷、电、云、霞都在他的挥斥之下乖乖从命，可以感受到他内心的激动和振奋，他经历的神仙处所，只是那一个个稀奇古怪的地名、人名就令人产生无数美丽的遐想：咸池，即古代神话中的天池，是太阳洗澡的地方；若木，传说中长在西方的大树，是太阳夜晚归宿之处，与另外一种神树扶桑相对，扶桑长在东方，是太阳升起之处；望舒是为月亮驾车的人；飞廉是风神的名字。有了这些名头响亮的人或地作陪衬，诗人的形象顿时改观。他不再是那个落魄潦倒的行吟者，而成了腾云驾雾、衣袂飘飘的神仙中人，鸾凤之类过去稀罕的东西现在变得再正常不过，与过去楚国政治生涯不同的是，现在他一路上受人爱戴，前呼后拥，他不再寂寞。意气风发的他终于来到了期望已久的天帝家门前。

可是，意外再次发生了。

一路上都在发号施令的屈原突然碰了软钉子，顿时令他手足无措。天帝的地位自然是高得没话说，在神话中再没有比他权力更大、地位更高的统治者了，他这样的神应该神通广大、无与伦比，根本不需要搞戒备森严的神力资源浪费。因此，屈原到他家门口时没有看到什么全副武装、戒备森严的卫兵把守，只有一个看门人，也许老态龙钟，步履蹒跚，甚至可能耳不聪目不明，反正万能的天帝什么都知道，他只是个摆设而已。

但对于屈原来说，这个看门人却成了走近天帝的最大障碍。天上、人间和地狱还真是有共同语言，那句“阎王好见，小鬼难缠”的俗语，充分说明了那些下层人物在倚仗上层权势时狐假虎威的派头。我们可以想象得到，那个万能的天帝不可能不知道他的看门人在干什么，但是他不管。事实上，他已经成了一切罪恶的渊薮。

这已经不是影射，人间天上原来都是一般的情景。小说《西游记》中曾经描写过一段发生在西天佛祖圣地的公然索贿事件：唐僧师徒四人跋山涉水，历尽千辛万苦终于来到西天，佛祖的得意门生阿难等负责接待他们。因为师徒四人没有按阿难的暗示兼明示“意思意思”，结果给了他们“无字真经”。官司闹到如来佛面前，可是如来一点责怪阿难的意思也没有，他举例说昔日迦叶等人替人说经，只换来一小斗金子，他还怪弟子们卖贱了，害得后来的徒子徒孙们吃不好饭。连那个普度众生的佛祖都对手下人的行为娇惯纵容，更何况本来就不是以善良著称的天帝。

“路曼曼其修远兮，吾将上下而求索”，屈原预见到了求索道路的艰难，可是他没有想到终点会有问题，当这次奋斗再次陷入了空无所依时，他已经再没有地方可去，那么生命还有什么意义呢？

何处求得美人归

香草美人在屈原笔下都有一定的寓意，因为如果不是这样，一个诗人终日津津乐道的不过是花花草草和美女，那他肯定伟大不起来。喜欢讲花草，并不表示他对环境有着特殊的关注，喜欢谈美女，也不表示他满脑子的“窈窕淑女，君子好逑”。而是通过这种表达手法，使他的情感含蓄而有张力，委婉曲折而又意蕴无穷。香草不难得，美人却难求。

一

朝吾将济于白水兮，登阆风而绁马。忽反顾以流涕兮，哀高丘之无女。
溘吾游此春宫兮，折琼枝以继佩。及荣华之未落兮，相下女之可诒。
吾令丰隆乘云兮，求宓妃之所在。解佩纕以结言兮，吾令謇修以为理。
纷总总其离合兮，忽纬繣其难迁。夕归次于穷石兮，朝濯发乎洧盘。
保厥美以骄傲兮，日康娱以淫游。虽信美而无礼兮，来违弃而改求。

一大早屈原渡过白水，登上昆仑之巅的阆风山，停下来系上马，准备歇一阵子。回过头来看看，发现高丘之上居然没有美女，禁不住泪如雨下。飘忽不定的诗人来到春宫，折下仙界才有的琼树枝作为佩饰。趁着花儿盛开枝叶茂盛之际，寻找一位美女赠给她。久闻宓妃花容月貌而又品行淑良，于是他命令云神腾云驾雾寻找宓妃究竟在哪里。解下随身佩戴的饰品作为礼物，让蹇修做媒人前去约定婚期。媒人来来往往的操劳，谁承想事情复杂多变，不知何故惹恼了宓妃，她再也不肯答应这门婚事。以前听说过宓妃很爱清洁，她晚上休息的地方叫穷石，那里有一条著名的神水名为弱水，但她每天早上要不辞路途遥远地到洧盘去洗头，梳妆打扮。美丽的宓妃骄傲无比，她每天就知道吃喝玩乐，什么事也不做。像这样除了美丽而一无所长的女子还是不要的为好，还是抛开她另外再寻找合适的女子吧。

屈原所求的美女不只是容貌上能吸引人，用今天的话来分析，美是外表和心灵的共生体，只有容貌充其量也就是漂亮。升天入地的一番折腾，原本要见天帝，想要有所作为，结果被看门人狗眼看人低挡在了门外。没有办法，寻找美女吧，至少是志同道合的伙伴，心灵上的慰藉，可是闻名人仙两界的宓妃原来也只是个有貌无德的小女子。屈原的失望可想而知。要知道宓妃在中国的历史上也算得上一个著名的女人，她是传说中上古大帝之一伏羲的女儿，死后做了洛水之神，屈原之所以选择蹇修为媒人，因为蹇修是伏羲的臣子，好坏也算是个熟人，容易打通关系。三国时期曹植的《洛神赋》写的也是这个宓妃，其中的名句“罗袜生尘”、“翩若惊鸿，婉若游龙”让多少人对她的美貌惊羡不已。可是，最后，连才高八斗的曹子建也只是恍然一梦，怅怅而返，其他人也只能想想而已了。

屈原对美女的追求是美与德的结合，都是有着特殊意义的，这里我们姑且不论它的深意，仅就表面来看，屈原的求女与其前、其后乃至同时期的人都有很大的不同，因为那些人基本上都只着眼于美女的形象，如诗经中那些“静女其姝，俟我于城隅”、“出其东门，有女如云”都不涉及人品问题。与屈原同时而稍后的宋玉在《登徒子好色赋》中提到他家隔壁的一个漂亮姑娘——“东家之子，增之一分则太长，减之一分则太短”，美得无与伦比，但也没人关心她是否心里美，至于再以后的

才子佳人故事，一见钟情只能是凭外表而论，难道还个个都能一眼看到别人心里去。

另外屈原对美女的期望值也有点儿过高，现实生活中的美女绝大多数都是有点儿架子的。事实上，每个男人在遇到美女之前都渴望能与美女一见；见面之后心荡神驰，满心只盼着能将美女迎娶回家，成为自己的私有财产，为了达到这个目的真是不要说尊严之类没用的东西，就是做牛做马也心甘情愿；可一旦美人进了家门，天天焚香祭拜放在那里也不是个办法，就希望美人上得厅堂下得厨房，自己可以“垂拱而天下治”，如果自己最后的愿望不能实现，美人依然故我地只是梳梳头，照照镜子，逛逛花园逛逛街，那她就品行有问题了。有容无德啊，如果有人借此口诛笔伐，一个美女从此就不再美了。

反过来说，如果美女不是“保厥美以骄傲兮，日康娱以淫游”的话，她还能成为美女吗？答案是否定的。汉代的穷书生梁鸿和孟光是被大家当做夫妻相敬如宾的榜样而树立的典型，可是当孟光同志穿着粗布围裙，用那洗衣做饭泡得红肿的手来个“举案齐眉”的姿势，那还是美女吗？同样是跟着穷光蛋司马相如私奔的卓文君就很会做，她只是坐在酒柜前打酒，而且一定要以最漂亮的姿态出现，从而引起巨大的轰动效应。人们才会惊艳之余口舌不断，让她那个百万富翁的爹不能安心地坐在家里不理不睬，赶紧出了一大笔钱让这一对小夫妻安安稳稳过日子，不要再丢他的脸面了。瞅瞅，这才是美女的效应。

屈原只期望美女应该具有真正的“美”，他愿意以礼相求，并平等地得到“礼尚往来”。无礼之“美”，他是不会屈身以从的，无论这个“美人”是君王，是同等身份的同僚，还是真正的美女，他都一如既往地坚持自己的原则。

二

览相观于四极兮，周流乎天余乃下。望瑶台之偃蹇兮，见有娀之佚女。

吾令鸩鸟为媒兮，鸩告余以不好。雄鸠之鸣逝兮，余犹恶其佻巧。

心犹豫而狐疑兮，欲自适而不可。凤皇既受诒兮，恐高辛之先我。

欲远集而无所止兮，聊浮游以逍遥。及少康之未家兮，留有虞之二姚。

理弱而媒拙兮，恐导言之不固。世溷浊而嫉贤兮，好蔽美而称恶。

闺中既以邃远兮，哲王又不寤。怀朕情而不发兮，余焉能忍与此终古！

天帝见不到，可能会产生一时的痛苦，反正原来也没有见过，只是对他的期望转为失望；宓妃的求而不遇，遭遇艰难而最终被迫退出，也不会有太大的痛苦，反正和她也没有什么感情，只是慕美女的大名前来，不行也就算了。可是，追求的脚步是不能停下来的，如果到了无路可走的地步，那才是让屈原最痛苦的事。于是，他马不停蹄地继续着自己的探寻之路。

他极尽目力四望，看向四方的天尽头，看到高高的玉台上，有娀国的美女飘飘欲仙地伫立在那儿。他让鸩鸟做媒人去给他提亲，可满肚子坏水的鸩却说了不少那女子的坏话。雄鸠倒是乐滋滋地叫着飞走了，可是它那轻佻的样子真让人放心不下。越想越是担心，想要自己亲自上门去提亲，可那样做又不合礼法，真是让人左右为难。凤凰带了聘礼已经出发，前往女方家中去提亲，可是还有更早出发的，那就是高辛，屈原心里的那个担心就别提了，“天哪，这个家伙不会赶在我前面吧。”屈原在心里想。有娀国的美女没有得到，看看周围又没有合适的人选，也没有值得停下来的地方，只能逍遥地四处游荡。转着转着，突然想到，应该趁着少康还没有成家，不如去将与少康结亲的有虞国看看，有虞国的两个女儿那儿说不定还有机会。可是多次失败的教训证明了媒人实在

太无能，恐怕不能说得令人动心。

随即屈原的思想之旅又回到了现实世界，原来这个世界到处都是一样的，自己的幻想破灭了，一团混浊的世界，人们都充满了妒忌之心，不愿意看到美的展现，却都乐于称颂恶行，让恶势力横行霸道。想要得到深闺中美女的欢心，苦于无路可通；想要得到明智君王的赏识，却也不能相见陈辞。满腔的忠贞之情却无用武之地，难道他真的要这样忍受下去直到老死。

屈原的焦虑是有理由的。战国时期的臣子，特别是像屈原这样坚定的国家主义者，除了本国之外而不肯与其他国家合作的士人有不少，他们的报国热情需要国家敞开报国之路，一旦这一条路关上了，基本上除了自怨自艾以外，再也没有别的办法了。

这一段出现了两个女子，一个是有娀国的，一个是有虞国的。我们知道，上古时期的帝喾娶了有娀的女子为妻，生下了契。契诞生后的神奇经历在《诗经》中有详细的记录。

有虞国与少康结亲成就了少康中兴的事业。有穷的羿抢了夏王朝的大权，冤冤相报，羿又被他的手下寒浞干掉。寒浞顺便霸占了羿的妻子，羿的妻子给寒浞生了两个儿子，其中一个叫浇的继承了寒浞的阴狠，他率部灭了斟灌、斟寻。被人夺了天下的夏国国君名叫相，恰好逃亡在那里，不幸被杀。相的妻子后缗逃脱了这场灾难，跑到了有仍部落避难。在那里她生下了少康。部落之间战争讲究的是赶尽杀绝斩草除根。浇不依不饶地追杀少康，最后走投无路的少康投奔了有虞国，有虞国的领袖一眼看出了少康不是凡人，于是将两个女儿许配给了他。依靠着有虞国的帮助，少康召集夏国旧部，消灭了浇，实现了夏王朝的中兴。

可以说，这两个女子都是古代贤明君主的妻子，如果用后世的眼光来看，屈原的追求似乎有违为臣之道，不论是现实还是历史，君臣之分是不能改变的，那是社会秩序的基础，屈原的求而不得是必然的结果。然而，屈原的追求不是建立在求女的基础上，他追求的是一种理想中的人或境界。

想象与真实世界的距离让诗人的思想有了遨游的空间，在这片天地中，他可以不受约束地自由追逐。

占卜的作用

索藑茅以筳篿兮，命灵氛为余占之。曰：两美其必合兮，孰信修而慕之？

思九州之博大兮，岂唯是其有女？曰：勉远逝而无狐疑兮，孰求美而释女？

何所独无芳草兮，尔何怀乎故宇？世幽昧以昡曜兮，孰云察余之善恶？

民好恶其不同兮，惟此党人其独异。户服艾以盈要兮，谓幽兰其不可佩。

览察草木其犹未得兮，岂珵美之能当？苏粪壤吕充帏兮，谓申椒其不芳。

现在民间还流传着“富烧香，穷算命”的说法，可见从远古时期产生的预测术在我们民族当中留下的深刻烙印。最早的占卜多是用来解决日常生活中的实际问题，比如甲骨卜辞中就有这样的一段记载：“癸卯卜，今日雨。其自西来雨，其自东来雨，其自北来雨，其自南来雨。”我们可以把它看做是早期的天气预报，由巫师来进行最后的消息发布：“各位听众，现在预报我们在癸卯时刻测得的天气预报，今天可能会有一场降雨，雨水从哪里来的呢？可能是从西边来，也可能是从东边来，北边很有可能，南边也不是没有可能。”这一天果然下雨了，乌云压顶，从南边飘来，人们惊讶之余不能不叹服，巫师报的就是准。他都说了

"其自西来雨？其自东来雨？其自北来雨？其自南来雨！"只要稍微改一改读法，立刻就成了精确的天气预报。

预测术大都用这种方法，以含糊其辞的方法使各种可能性包含在其中。而且古人没有标点符号，那就更方便破句之后进行排列组合了。

到了后来，占卜慢慢发展成为解决思想问题的方法。特别是在面临困难的时候，走入绝境的时候，人们感觉已是无药可救的情况下，占卜可以起到极大的精神鼓舞作用。历代受苦受难的农民在忍无可忍发动起义前，除了用宗教式的思想团结大家，也都会进行一场占卜，占卜的结果都表明：大吉大利。于是民心振奋，群情汹涌，大伙儿捋胳膊挽袖子拿起武器开干。

屈原的人间、天上之行都遭受到了严重的挫折。女婴的劝说也没有任何效果，反倒让屈原在陈述意见的过程中更坚定了自己的想法。于是他又有了新一轮的追求，然而这一轮又再次失败，天帝没有见到，女娀与女虞都名花有主，他的执著追求又没有得到任何回报。此刻他的情绪不免要低落，谁能再次鼓起他的勇气和信心来，让那"路曼曼其修远兮，吾将上下而求索"的精神坚持到底。于是他索取了茅草为用具，请了灵氛来给他算命，灵氛是传说中算命最准的大师级人物，屈原想让他看看为何自己如此不顺利。

灵氛问屈原想要预测什么，屈原坦然陈辞："双方都是美的，就一定会有机会走到一起，谁能够拥有真美而不求这种结合吗？天下如此之大，难道只有这一个地方有我的所求吗？"语带双关的屈原看上去是在询问追求女孩子为什么会遭到失败，实际上还是对圣君贤臣不能相合表示苦恼。

灵氛大师一眼就看出了屈原问题的症结，他摆弄了一番占卜的工具，将藑茅和筳篿分分合合，口中念念有词，最后神情严肃地告诉屈原："你说得没错，人以类聚，物以群分，美好的东西最终必然结合。

你就放心大胆地到远方去吧，不要有什么担心，只要是追求美的人一定不会放弃你的。天涯何处无芳草，何必总是守在你那破破烂烂的老家呢？”

看屈原还是犹豫不决，不舍得离开楚国而另图发展，灵氛只好把话挑明了，当然挑明的话已经不是占卜提供的信息了，而是任何一个明眼人都看得出的政治局势和楚国的恶劣环境。

灵氛毫不客气地说道：“老兄，别傻了，楚国现在已经腐败得一塌糊涂，不可救药了，谁会了解咱们这种好人呢？本来就是人各有志，美丑善恶各有衡量的标准，对那些喜欢结党营私的人更是不可以常理度之，你还留在这里干什么呀？他们个个以佩戴臭乎乎的艾草为荣，反倒一口咬定幽兰臭不可闻。你想想，他们连整日里常见的草木尚且分辨不清好坏，难道还指望他们能够区分精金美玉吗？所以啊，他们会一个个把粪土塞满自己的腰包，然后一起指着申椒说太臭了。和一大群这样的人在一起，你还指望他们能改变吗？”

灵氛的话一下说到了屈原心里的痛处，他当然知道楚国的确就像灵氛所说的那样病入膏肓，而且他也明白灵氛的话说白了，也就是让他不要再和楚国这样耗下去了，这世上还有很多国家。要是不好意思到邻国去发展，使自己的祖国相形见绌，那就走得远远的，总有人会识得他是块宝玉。天涯何处无芳草，总会有德貌兼备的美女属于他。

永远的心痛

欲从灵氛之吉占兮，心犹豫而狐疑。巫咸将夕降兮，怀椒糈而要之。

百神翳其备降兮，九疑缤其并迎。皇剡剡其扬灵兮，告余以吉故。

曰：“勉升降以上下兮，求榘矱之所同。汤禹俨而求合兮，挚咎繇而能调。

苟中情其好修兮，又何必用夫行媒？说操筑于傅岩兮，武丁用而不疑。

吕望之鼓刀兮，遭周文而得举。宁戚之讴歌兮，齐桓闻以该辅。

及年岁之未晏兮，时亦犹其未央。恐鹈鴂之先鸣兮，使夫百草为之不芳。”

听了灵氛的话，屈原心中掠过一丝悲凉，他未必没有过类似的想法，可是一想到自己与楚王同姓的事实，他就没有办法下决心离开，血脉相连的同宗是无法抹去的，要一刀切断这联系，他做不到。

灵氛是著名的占卜师，他的预言一向是很准的。怎么办？正犹豫间，突然想到巫咸将在今天夜间降神，不如带上花椒精米去见见他，看他有什么建议。各种天神成群结队地来了，他们简直要遮天蔽日，九疑山的众神纷纷出迎。满天神光氤氲，神仙们个个大显神通，巫咸代表大家把那些贤君良臣遇合的吉利事讲给屈原，并劝他说：“别泄气，继续努力，只要你不停地四处寻求，总会找到赏识你的人。”随后，巫咸举了一大堆古代君臣遇合的故事。

第一个出场的是伊尹和皋陶，因为商汤和夏禹急不可耐地四处找寻能够帮助自己的人，碰巧找到了他们，于是君臣各得其所。巫咸认为，只要坚信自己才华出众品学兼优，那就一定会有好的结果，根本就不需要媒人在其中往来穿梭。接着又举了三个历史文化名人给屈原做榜样。

一个是傅说。他最初的遭遇比屈原还惨，道德品行良好，没有任何不良记录的人受到了法律处分，被罚在傅岩一带做苦力。正所谓精诚所至，金石为开。傅说总觉得自己不应该以这样的下场终老，他坚定地想啊想。恰好当时的殷高宗武丁也一门心思想找个贤臣帮自己打理国家，一天晚上，梦到有一个人自称是圣人，给他好好上了一课。武丁深受教育，对其念念不忘。就把梦中人制成画像，命令手下按图索骥给他找出这个人来。结果在傅岩找到了这个人，于是对他委以重任，殷王朝因此而大兴。

再一个是姜太公吕望。据说他在遇到周文王之前曾经很落魄，为了谋生什么都干过。在他所从事的工作中，大家觉得比较低贱的职业大概是屠夫。本来一个胸怀大志的人操刀卖肉已经是很没脸面的事，可吕望不仅不在乎，还在最热闹的集市中间摆上摊子，一边双手挥刀剁着肉，一边高声吆喝着“中国最好的牛肉，便宜卖了”，嗓音洪亮，满街人都听得清清楚楚。在广告学研究中，这算得上中国最早的口头叫卖广告。但对于出过《太公兵法》的姜子牙而言，他最擅长的就是指东打西。钓鱼的时候，鱼钩是直的，那叫愿者上钩。卖肉的时候，高声吆喝卖的不是肉，而是自己。这卖肉声被周文王听了，立刻就认定他不是普通的屠夫，一定要把他装上车带回去。因此他就被周文王当做特殊人才引进，然后助武王灭商，立下不朽的功勋。

第三位是宁戚。宁戚是一个很有才华的人，他瞄上了齐桓公，但是穷得叮当响，没有办法打点齐桓公的左右。只好以经商为名，租了辆车来到齐国，晚上就睡在齐桓公必经的外城门外。晚上齐桓公到郊外接客人，刚一打开城门，宁戚正在喂牛，看到桓公立即满面愁容，似乎有天大的苦事落到了他的头上，敲打着牛角高歌一曲《世上只有知音少》。桓公听了，大吃一惊："人才啊，赶紧请回去。"后来有人打听到宁戚在卫国客居，离齐国不远，问齐王要不要去调查一下这个人什么来头。齐桓公表现出了历代君王少有的大度，他说："千万别去，你们要是查出他有什么小毛病，搞得我心里不舒服，而忽略了他的大才，那就得不偿失了。"虽然我们不知道齐桓公从什么地方看出了宁戚是人才，但事实证明他的判断没有错，连管仲都对这位敲牛角唱歌的仁兄表示了佩服。齐桓公随后任命宁戚为上卿，为齐国的发展作出了巨大的贡献。

比较一下，屈原和以上三位贤人有什么共同点和不同之处呢？

共同点有以下三点：第一，他们都生活在社会动荡得一塌糊涂的时代，国与国之间火并得异常激烈的时候；第二，他们都有着过人的才能而且渴望为人主所知，有用于时；第三，他们都有过非常倒霉的时候，饿肚子、流落街头甚至被判刑。

他们之间的不同点也很突出，主要集中在四个方面：第一，结局不同。傅、吕、宁三人以立功扬名为人所知，屈原以扬名而未立功名垂后世；第二，出身不同。屈原出身名门，家庭历史清清楚楚，先当高官后落魄，那三位出身不大明朗，等他们官至公卿声名大噪之后提供的家谱未必可靠，过的是先苦后甜的日子；第三，官场行为不同。屈原行事比较高调，总是在显示自己的与众不同，那三位当官后比较低调，不高言论事，往往就事论事地做事，不对他人和种种社会丑恶现象发表意见，特别是当高官以后，很少见他们对周围的人发表评论；第四，是否善于推销自己。我们看到无论是姜太公还是宁戚都是极其善于推销自己的人，姜子牙的举刀扬歌，宁戚的对牛唱歌都是在表现自己的与众不同，傅说虽然默不做声，但能把梦托付到别人的梦里，也算是另外一种功夫。屈原在流放之后，一再表示自己不改初衷，那一以贯之的香花香草已经没有让人触目惊心的效果了。

经过这样的一番分析，我们发现巫咸举的例子简直太没有说服力，屈原和那些人根本就不同，况且那些人根本不计较自己的出身，或者不明出身，随便为哪个国家效力都没有关系。屈原怎么可能走上那条路呢？

屈原的《离骚》反反复复，一唱三叹，其实正是为了表明自己决不会改变，但是那不能实现的梦想成了屈原心底永远的痛。

一切都在变，只有我不变

何琼佩之偃蹇兮，众薆然而蔽之。惟此党人之不谅兮，恐嫉妒而折之。

时缤纷其变易兮，又何可以淹留？兰芷变而不芳兮，荃蕙化而为茅。

何昔日之芳草兮，今直为此萧艾也？岂其有他故兮？莫好修之害也。

余以兰为可恃兮，羌无实而容长。委厥美以从俗兮，苟得列乎众芳。

椒专佞以慢慆兮，榝又欲充夫佩帏。既干进而务入兮，又何芳之能祗！

固时俗之流从兮，又孰能无变化？览椒兰其若兹兮，又况揭车与江离。

惟兹佩之可贵兮，委厥美而历兹。芳菲菲而难亏兮，芬至今犹未沫。

和调度以自娱兮，聊浮游而求女。及余饰之方壮兮，周流观乎上下。

屈原最喜欢的香花香草突然变得不香了，兰芷变得没有了芳香，荃蕙化做了茅草，这令屈原更感到悲哀。他忍不住要明知故问："为什么昔日芳香的花草，今天全都变成了萧和艾?"当然，他是知道原因的，不过是由于人们都不喜欢好品德罢了。原以为兰草是可以依靠的东西，谁知它只是表面好看而没有什么实质性的内容。它既然已经放弃了自己的美而随波逐流，只能苟且加入芳草之列。花椒变成谄媚又专横的人，榝子又溜进了人们的口袋，而且装得满满的。既然它们急于成功，又怎能还坚持自己原则，保持芳香不变呢。世俗的风气就是随波逐流，这个世界怎么会没有变化呢？看看椒和兰都变成这样，更何况揭车和江离呢？只有屈原还坚持着最初的本性保持不变，而他的这种美又是为人们

所看不起的，只能留在这里了。然而奇怪的是，不论外面发生怎样的变化，自己身上佩带的香草依然芳香如故。他决定调整好自己的步伐和音乐节奏，先随处走走，去找一找与自己志同合的美人。趁着他自己正处盛年，周游天下，四处访寻那个可爱的美人。

屈原生活的年代，是动荡的年代，环境的变化，带来人们思想的变化，既然一切都在变，如果不改变自己的话，那的确是生活得非常尴尬。前面一个个具备神性的巫师，都很明确地指出屈原的问题在于他自己，他应该改变自己以适应时代的发展。

然而，如果他变了，那历史上就没有楚国伟大的诗人屈原了。

屈原为什么不肯改变，这是一个没有办法说清楚的事情。性格、出身、所受的教育等等都可以作事后的分析，以证明他不肯改变是有原因的。然而，如果我们反过来想一想，屈原如果肯改变，而且努力改变自己会出现什么样的结果。

从女婴到灵氛再到巫咸，提出的解决方案不外乎两个：

一个是女婴提出的生存至上原则，别管这个国家的现状有多看不顺眼，既然别人都能活，而且活得很快乐，咱们也可以像他们那样生活，何必自寻烦恼呢？

第二个是灵氛和巫咸提出的天下为家原则，谁说只有楚国是咱的家，中原处处是我家。只要你相信自己有才华，多走走总会找到合适的地方、合适的岗位。不要认死了楚国这一片地方，就会有光明的前途展现在面前。

好吧，我们的诗人屈原如果选择了第一条路，从现在开始改变，变得像他厌恶的上官大夫、令尹子兰一样，首先努力争取与这些人握手言和，与这些人结伴。一起看怎么让自己过得快乐而楚国好不好不管它，先扔在一边。他也开始斤斤计较自己的利益。这样可以吗？答案是绝对不可以，就算屈原乐意，那些建立在利益关系上的小团体也不会让他这个昔日的正统派来分割利益，他们与过去一样不信任他。也就是说即使屈原肯委屈自己的意志，结局依然是眼下的样子，不会变得更好。

第二条路，屈原游历列国，看看哪国的君主求贤若渴，慧眼识才，虽然他的穿着打扮很奇特，但要让人一眼相中他，非要让他和自己一起坐马车回宫，非要把公卿等位子给他，似乎并不是一件容易的事。以屈原的个性，他不可能像姜太公那样的在市场上大声吆喝，也不可能对着某国的君王高歌一曲，他根本没有推销自己的方式。同时，把当时存在的那几个诸侯拿出来看看，除了虎视眈眈的秦国之外，其他国家的君主也没有像样的。所以说，屈原对时局是很清醒的，他从一开始就要到远得没有边际的海外、四荒乃至仙境去找出路，因为他知道在现实的世界中没有让他满意的地方，如果说他还有一点儿渺茫的希望，那就是他希望能重新得到楚王的信任。

所以，诸位关心屈原的亲朋好友出的主意、想的办法都是行不通的，对屈原来说，不是我不明白这世界变化快，而是随你千变万化，我自岿然不动。

这时，我们会发现，坚定的立场也是造就伟大诗人的必要条件之一。

出发，奔向远方

灵氛既告余以吉占兮，历吉日乎吾将行。折琼枝以为羞兮，精琼爢以为粻。

为余驾飞龙兮，杂瑶象以为车。何离心之可同兮，吾将远逝以自疏。

邅吾道夫昆仑兮，路修远以周流。扬云霓之晻蔼兮，鸣玉鸾之啾啾。

朝发轫于天津兮，夕余至乎西极。凤皇翼其承旂兮，高翱翔之翼翼。

忽吾行此流沙兮，遵赤水而容与。麾蛟龙使梁津兮，诏西皇使涉予。

路修远以多艰兮，腾众车使径待。路不周以左转兮，指西海以为期。

屯余车其千乘兮，齐玉轪而并驰。驾八龙之婉婉兮，载云旗之委蛇。

灵氛哗啦啦又是一番操作，一看占卜结果，好啊，大吉大利，屈原也很高兴，既然大吉大利，那就出发吧。于是，折下玉树的琼枝做珍馐佳肴，将磨得精细粉碎的玉做干粮。准备好飞龙驾车，用美玉和象牙来进行车辆装饰。这绝对是当时的超级豪华车。

车是士人很重要的一件东西。当年苏秦到处去游说的时候，不仅带了大量黄金财物，而且还有一辆车。车对于古代的读书人来说，是一个非常重要的象征物。当年孔子的学生颜回死了，他是孔子最喜欢的学生之一。颜回家里很穷，他去世后家里买不起外棺。颜回的父亲就跑去对孔子说：先生啊，颜回是您最心爱的学生，您不会忍心看着他没有外棺就下葬吧。不如把您的车卖了吧，给我们家小颜买口棺材，他的在天之灵也一定会感激您的。可孔子毫不犹豫地拒绝了："不行，我是大夫，进来出去没有车可是有失身份，那怎么能行呢?"昔日的三闾大夫屈原，当然也要驾着车出游。不过现在马车换成了龙车，要比当大夫时气派得多。

反正自己与离心背德的人是不可能长久在一起的，那么他还是选择走得远远的吧。想通了这一点，出游就不再是"路曼曼其修远兮"那样双目炯炯有神地四处搜索了，而是精神紧张而压抑，因此一路上所见景色也与此前不同。路迢迢水长长，在昆仑山转了个弯，继续前行，车上旌旗飘扬，遮天蔽日，车铃儿叮叮当当，声韵悠扬。早上从天河渡口出发，晚上就到了西方的尽头。那个时候，西方的尽头也就是西方天帝的地盘，还没有佛教传入中国后的西方极乐世界。到了那儿，就见凤凰在九天翱翔，在蔽天的旌旗间悠闲地穿梭往来。然而这里并不是终点，还得继续赶路。这时就发现前面的路并不是一帆风顺的，起伏的流沙和汹涌的赤水挡住了前行的道路，一时之间竟无计可施，只能在赤水边上往来徘徊。但无论如何不能就此停下，于是命令蛟龙盘在流沙之上，架桥通过，又命令西方的天帝给他们带路。路实在太难走了，只好让众车腾起护卫着他的车前进，终于走出了这片险地。到达不周山后向左转，与众人约好西海将是大家的目的地。然后他把自己的数千辆车聚集起来，排列好了，齐头并进。别人是坐八抬大轿，屈原驾的是八龙大车，车上旗帜飞舞，气势非凡。

事实上，这是一次没有目的地的远行，只是一直走下去。屈原不肯放弃自己的理想，不肯也不能向邪恶势力低头，在势不均力不敌的条件下，他也无法进行对抗性的斗争，实际上如果真要斗争，那最后的结果必然是矛头指向他念念不忘的美人——楚王。所以，他只能选择听从灵氛与巫咸的劝说，走向远方，去寻找适合自己的地方，也许一生都将走在寻找的路途上。

不能生气

抑志而弭节兮，神高驰之邈邈。奏《九歌》而舞《韶》兮，聊假日以婾乐。

陟陞皇之赫戏兮，忽临睨夫旧乡。仆夫悲余马怀兮，蜷局顾而不行。

乱曰：已矣哉！国无人莫我知兮，又何怀乎故都。

既莫足与为美政兮，吾将从彭咸之所居！

屈原定下心来，停下马车，而他的思绪已经飞到了很远很远的地方。奏起当时中国的名曲《九歌》和《韶》，在乐曲的伴奏下翩翩起舞，姑且借这美好时光乐呵一阵。他升到了半空中，天空一片明朗，突然，屈原神情大变，他的目光落在了一个地方——他的故乡。他的车夫也看见了，于是悲伤涌上了心头，马儿也再不肯往前走一步。虽然这样，可是诗人还是禁不住发出了痛心的感慨：全国上上下下没有一个人了解我，何必还对那乡土念念不忘呢。既然这些人都不是那种可以共议国事，富国强民的人，干脆追随彭咸去他的居处吧！

都被逼到有本事无处施展，有能力没地方表演的地步了，可是屈原一点儿都不光火。他的诗中有凄凄哀哀的怨，但没有怒。是屈原的脾气特别好，还是他有顾忌，而始终保持着这样一副不温不火的样子？

人受了冤枉委屈怎能不生气？不过如果那气是上级给你受的，那么你又该冲谁去生气。屈原总不能冲着怀王怒吼："我从来都没说过楚国的政令因为是我定的才那么好，上官大夫胡说八道!”那样楚怀王也许会就坡下驴：“既然不是你定的好政策，那就是你定的政策不好，考核不合格，对不起，你被辞退了。”要是屈原回家冲着老婆孩子发脾气，好像也不太像话，有违“不迁怒、不贰过”的儒家规定。而且在屈原的诗歌中没见他提到过自己的老婆孩子，可见他们不是屈原倾诉苦恼或发泄怨愤的对象。孔子曾经讲过：“人不知而不愠，不亦君子乎?”孔圣人希望人们都能以君子为榜样，和睦相处，在他看来，那些受过教育的、有身份的人都应该有一定的涵养，不要因为别人不了解你、误会了你而大发脾气。屈原看上去对这个理论掌握得很好，可是他只针对那个“美人”用这种原则，其他那些臭花臭草不包括在内。

屈原在这一点上的确做得很好，好到出乎所有人的预料。如果说把那个昏庸的君王比做美女的话，那屈原真是典型的恋爱中的痴情男人，无论他钟情的那个美女做了怎样对不起他的事情，他都百死而无一悔，自始至终都在痴痴地等着那个人回头。也正因为屈原这样的态度，才会引得个别专家以为屈原是同性恋。1944 年 9 月，著名古典文学专家孙次舟教授在《中央日报》发表文章《屈原是文学弄臣的发疑》，指出了屈原的同性恋者身份，在当时就引来板砖横飞。但孙次舟不屈不挠，又写了《屈原讨论的最后申辩》继续坚持自己原有的看法。朱自清、闻一多等人都对孙次舟的观点表示了理解和同情。按照闻一多的讲解，孙次舟的话不是全无道理，像屈原那样一个漂亮的小伙子，又聪明又富有杰出的才华，怎能不招人喜欢呢?而且他那样喜欢花花草草和打扮，和正常的男性是不大一样。至于楚王，那还不是他喜欢谁就是谁。偶尔喜欢一下屈原，也是有可能的，归根结底，屈原就是一个文学弄臣。

我们不大喜欢孙次舟的结论，屈原是一个伟大的诗人，他不应该是文学弄臣。

可我们读《离骚》到收场，屈原依旧在克制着自己的不平。不发脾

气可以，可是心里肯定还是有一点点的无名之火在燃烧，如果整天闷在心里，岂不是自己找病生。如果能找个发泄场所，抱怨发牢骚是个不错的方法。老憋着不是办法，普通人可以找人诉苦，向别人唠唠叨叨一番，听着别人口是心非的同情和言不由衷的安慰，也算心里稍微平衡一下。但是他有儒家的原则，那就是“怨而不怒，温柔敦厚”，抱怨可以，但不能发脾气，一发脾气容易出事，特别是君王与臣子之间尤其提倡这种处理问题的原则。历史上就有因怨生恨，毁了国家的事件。中山国的国君有一次大宴群臣，用羊肉羹招待大家。结果厨师准备的肉羹不够分，有一个叫司马子期的人，由于他的座位在后排，轮到他的时候，羊肉羹没有了。大殿上，当其他人都在“吸溜吸溜”地喝着羊肉汤的时候，司马子期只能干瞪着眼闻着香味，心里是越想越窝火，他一怒之下离开中山国直奔楚国，劝楚国去攻打中山国。对势力强大的楚国来说，打一些小国家本来是不需要理由的，现在居然有人邀请他去欺负一下别人，楚国也就没客气，打得中山国国君狼狈逃亡，在逃跑的路上中山国国君才明白过来自己的过失，大发感慨道：“唉，谁想到我会因为一杯羊肉羹而亡国啊！”不管他想不想得到，司马子期算是出了口恶气。

屈原的抱怨都是含蓄的，整个国家没有人了解他，该是多么地失落啊，可是屈原真正关心的并不是全国人民是否爱戴他，只要那个他期待已久的“美人”——楚王，肯对他回眸一笑，那结果肯定是“一笑泯恩仇”。

二、《九歌》

一个业余创作者的超级巫歌

中国古代的人们很是相信语言的魔力，比如巫师可以对着自然界的一些非生命物质发号施令，要求它们按照人的意志来行事，“土返其宅，水归其壑，昆虫勿作，草木归其泽。”想象力丰富的人们从生活中得出经验，要让别人做什么事情总要说给人听，只放在心里是不行的。所以除人之外的其他东西，也许听的方式不一样，但它们也一样在听，只要用特定的仪式通过语言传递出去，那些非生命物质就会按照人类施发的号令办事。

这种思维方式渐渐地演变得更加系统化。谁说中国人不善于抽象思维，你看我们在每一样物体上面都给它派了一个神灵，由它控制着具体的物或人。所谓“举头三尺有神灵”说的就是这个道理。连人也不例外，身体只是一个口袋，里面装的是魂灵，当魂灵走了，人也就没有了生命。

如此一来，人，特别是现实生活中活着的人，尽管身份各有不同，即便是专职负责沟通人与神的人，也不能随随便便命令神怎么样。如果有求于神的时候怎么办呢？聪明的人想出了好办法，糊弄它们呗，好吃好喝好招待，美女帅哥齐上阵，找准目标全力攻关，神仙也会让让步。

如果再有神仙家乡的音乐伴奏，让它们产生宾至如归的感觉，恐怕人们有什么样的要求它们都不大好拒绝了。

夏禹的儿子，那个神通广大的启从天上偷来了《九歌》，整日沉浸其中不能自拔，结果自然就不妙了。而自从人间有了《九歌》之后，不仅像启一样的君王独自享用，欣赏音乐陶冶情操，它还承担起了沟通人与神的职责。动辄喜欢与神仙狂欢的楚国人民对《九歌》有着特别的感情，他们平时进行的一些娱乐活动都少不了要用从天上偷来的音乐，而这些娱乐活动的主角当然都是巫师巫婆，他们对唱、念、做、打等舞台功夫应该很有心得。可是，除了音乐之外还得有歌词，巫师虽然身份地位较高，文化水平也很上档次，可是艺术创作还是讲天分的，有的创作一举成名，流传千古，比如屈原的《九歌》，他只是见楚人祭拜时唱的歌词太俗气太低级，就即兴创作了这样一组祭歌，结果现在传下来的就只有他的作品，那些巫师们的唱词在时间的长河中消逝了。

由此可见，专业的巫师才应该是《九歌》的作者，所谓“国家大事，在祀与戎”，也就是说战争与祭祀是国家头等大事。最高级别的祭祀一直以来都是由文化程度最高、艺术修养最深的巫师们来负责进行的，他们在举行祭祀活动的过程中载歌载舞，尽管有时会用一些谁也听不懂的咒语，但大多数时候还是有着很强音乐节奏感的韵语，很像我们后来看到的诗歌。

和那些职业巫师比较起来，屈原只是一个业余创作者，但由于他在艺术上的深厚造诣，使他创作出了比职业巫师更有吸引力的作品，只是这个吸引力表现在人间，而不是神界。但照逻辑推理，神和人有很多共性，如果一个作品喜欢的人多，神也就有可能喜欢。

我们今天看《九歌》发现它并不是九首，而是有十一篇。不是屈原的数学差到如此程度，而是长期以来我们的计数方法一直存在着这种问题。我们向来以宏观大略为导向，大致不错就可以了。诸葛亮读书的“略观大意”，陶渊明的“好读书不求甚解”，都是备受人们推崇的。所以数字问题就像打仗时双方互报军队一样，明明只有十万人，却号称五十万大军，大家都习惯了就好，反正都是按比例虚报的。

《九歌》的性质：与巫师巫婆共舞

屈原是中国最早以诗人的身份留给我们一份宝贵文化遗产的文学家。此前并不是没有一个以诗留名的诗人，《诗经》中也有一些“吉甫作颂”之类的记载，只是“吉甫”此后就湮没无闻了。他没有屈原这样的历史人气和名望，尤其是没有屈原那般流传千古、家喻户晓，更没有让全国人民因为纪念一位诗人而拥有一个节日的伟业。在那段历史时期，我们是找不到真正的诗人的，留下个把诗的也都是业余作者。研究文学的人早就总结出了规律，在历史上，凡是诗文写得多流传得多的人，就比较吃亏，因为他总有些诗写得好，也有些诗写得不好，于是人们给他的评价就有好有坏。而那些只有几首诗传世的小诗人反倒占了便宜，因为那几首诗都写得确实好，长期流传而不衰，让人反倒没有地方下手进行批评。

可以说，从那时起，很长的时间之内都没有过以诗而闻名的人。不是说那时的诗人觉悟特别高，创作出满足人们精神生活的作品而不愿留名，而是仅仅靠写诗是没有办法生活的。

与后世的诗人比起来，屈原流传下来的作品实在不多，一篇自传，外带几首系列诗歌而已。而屈原之后，也就是从战国后期历经秦汉，直到唐以前，也少有职业诗人，所以，即便到了唐代那样一个诗的国度，诗人们也都会提出更高的理想和志愿，借以表示自己根本就不想当一个诗人。唐以后中国的文人们没有一个愿意当诗人的，更没有一个愿意做职业诗人的，因为那就意味着他已经再没有别的事情可做，治国平天下之类的宏伟大业都将与他绝缘。而且，职业诗人的地位低下到了令人无法想象的地步——“倡优蓄之”，我们把那些专业搞创作而又有一定职务的人称为御用文人，这个称呼里包含的贬义是不言自明的。

早期明明白白在搞娱乐化创作的人只有巫，而他们的创作多多少少总带有点艺术性，实用的目的外面也包上一层艺术的外壳。

九歌者，屈原之所作也。昔楚国南郢之邑，沅湘之间，其俗信鬼而好祠。其祠，必作歌乐鼓舞以乐诸神。屈原放逐，窜伏其域，怀忧苦毒，愁思沸郁。出见俗人祭祀之礼，歌舞之乐，其词鄙陋。因为作九歌之曲，上陈事神之敬，下见己之冤结，托之以讽谏。故其文意不同，章句杂错，而广异义焉。（东汉）王逸《楚辞章句》

巫术家家玩儿

屈原生活的年代，在楚国大地上，到处弥漫着巫风。东汉的王逸在《楚辞章句》中提到："昔楚国南郢之邑，沅湘之间，其俗信鬼而好祠。"作为一种地方风俗和民间信仰，人们愿意相信什么或崇拜什么似乎不关他人什么事。然而在楚国有所不同的是，这种风俗不是一小撮人的兴趣和爱好，而是举国上下万众一心地拜倒在巫风之下。

楚怀王对这种形式就迷得不得了，至于他是真诚地用祭祀向神表忠心呢，还是喜欢年轻貌美的男男女女穿着华美的衣服，载歌载舞地扮演勾引神仙的戏，我们就不得而知了。不过有一件事可以证明他的确是糊涂，而我们忠心耿耿的诗人屈原最大的不幸就在于跟了这样一位糊涂的君王。有一次，楚怀王正和手下最得力的祭神巫师们进行实战演练，有人风风火火地闯进来向他禀报："报告大王，秦兵打来了！"然而楚怀王居然悠哉游哉地继续他的祭礼，气定神闲地说了句："没看我在祭神呢，有神仙保佑我，秦兵有什么可怕的。"这位楚王的确是蠢到了既无现实眼光又无历史经验的地步。早在此前，鲁庄公十年，齐国人挑衅鲁国，鲁庄公向曹刿请教如何作战时就已经探讨过这个问题了。鲁庄公说："牺牲玉帛，弗敢加也，必以信。"他的意思是说，自己献给神仙的东西从来都是实打实的，从没有过隐瞒虚报，这份诚心一定会有好报的。然而曹刿毫不客气地说："算了吧，你那点冷猪肉和水果拼盘神仙才不稀罕呢，哪一家供神仙不都是那几样东西，就凭那想让神仙保佑你，别做梦了。”（小信未孚，神弗福也。）最后，鲁庄公还是凭着自己对法律工作的高度责任感以及老百姓因此而受到的一点小小恩惠获得了曹刿的认可。在曹刿的帮助下，利用“一鼓作气，再而衰，三而竭”的战术取得了胜利。事实给鲁庄公好好上了一课，证明打仗靠神仙保佑是不行的，还得靠自己。事实上，春秋时期就已经有很多眼光不错的人看出了神的不可靠，随国的大夫季梁说：“夫民，神之主也。是以圣王先成民而后致力于神。”周臣史嚚说：“国将兴，听于民；将亡，听于神。神，聪明正直而一者也，依人而行。”他们都认为神是通过人来实现人间事务的管理，所以只管拜神不管人是不行的。

不过既然是民俗，所以人人都可以搞，家家都懂得搞，虽然一套套完整的仪式颇为复杂，但日久天长自然就熟能生巧了。而且，一家人借着祭神的由头，穿上漂亮衣服，唱唱歌，跳跳舞，其乐融融，也是很好的娱乐方式，既可以加强团结增进感情，还可以提高大家的艺术修养。不过历史上很多艺术修养很高的帝王都当了亡国之君，举国上下全是艺术家的国家更是难以长治久安了。

我们伟大的诗人生于斯长于斯，这片热土养育了他，从小他就看着周围的人们如何进行这一类的表演，自然对这些也就司空见惯了，甚至他个人的很多生活习惯都带有这种民俗的特点了，比如好奇装异服，外加那些夸张的装饰品，除了巫风笼罩下的楚国，别处恐怕还真不多见。

如果按照孔子讲的“祭神如神在”，“非其神而祭之，谄也”，恐怕很多楚国人的祭祀都不一定合格。而屈原的《九歌》按照王逸的说法，那更是借他人酒杯，浇自己胸中的块垒。《东皇太一》《云中君》《湘君》《湘夫人》等十一篇楚歌，都是用了楚国祭神的舞曲，重新填上了更加典雅的词。

然而，过去孟老夫子在讲诗的时候曾经要求大家读书不能浅尝辄止，不能吃了鸡蛋觉得味道很好，就不管老母鸡了，他认为大家还是应

该结识一下那只下蛋的鸡，搞清楚为什么只有它才可以下出美味的蛋来。孟子的原话是："颂其诗，读其书，而不知其人，可乎?"并由此提出我们要"知人论世"。

按照这个理论，我们应该搞清楚屈原是怎样的一个人，他是在什么时候创作的这些作品，只有全面地了解了这些，我们才有可能判断出这些诗歌究竟讲了些什么。目前流行的主要有两种说法，一种认为《九歌》是屈原在朝做官时所作，是奉了楚王之命，为国家的祭祀大典而进行的专门创作；一种是认为屈原被贬谪以后，心情郁闷，四处散心的时候，恰好见到有人在祭祀，因为嫌别人的歌词不够典雅，所以又按曲子创作了新的歌词，其意义并不在于祭祀而在于抒发个人感情。

不论哪一种，显然如果不是楚国家家都会巫术，是不可能有屈原这些载歌载舞的作品的。而且，诗无达诂，我们只要找出一种讲得通的说法就可以了。

《东皇太一》——天下第一神

东皇太一

吉日兮辰良，穆将愉兮上皇。抚长剑兮玉珥，璆锵鸣兮琳琅。

瑶席兮玉瑱，盍将把兮琼芳。蕙肴蒸兮兰藉，奠桂酒兮椒浆。

扬枹兮拊鼓，疏缓节兮安歌，陈竽瑟兮浩倡。灵偃蹇兮姣服，芳菲菲兮满堂。五音兮繁会，君欣欣兮乐康。

《东皇太一》是九歌的第一章。

孔子说过："名不正则言不顺，言不顺则事不成。"深受其影响的华夏民族一般说来，的确很重视排名顺序的问题。只要排顺序，那一定是有充分理由的，绝不会无缘无故地把某个人或事排在第一位，也不会随随便便把另一人或事排在后面。

神仙也是要按照官职级别排队的。东皇太一是楚国国家祭祀中最显赫最尊贵的神祇，所以他排在了第一位。古人认为春天是一年四季的开始，而春的方位属东，所以最尊贵的神也就是东边的神，称其为“东皇”。“太一”是起始与开端的意思。

其实，从诗中的描述我们得出的最深感受，不是神仙的高贵，而是神仙的平凡，它们竟然和我们凡人有着一样的兴趣和爱好，喜欢芳香四溢的鲜花和美酒，喜欢悦耳动听的音乐，喜欢华丽精美的装饰品……它们喜欢的东西实在太多了，而且都是我们人间完全可以提供得了，能够满足它们的东西。所以说，不怕神仙不受贿，就怕神仙没爱好。楚国人早早就掌握了这一问题的关键，知道如何让神仙高兴。

我们来看屈原这里所写的迎神祭祀场面，完全是一场戏剧化的、有预谋的娱神行动。《东皇太一》是迎神的序曲，所有出场的人物都在忙忙碌碌地为东皇的到来作准备，场面庄严肃穆，祭品丰盛，音乐舞蹈极尽所能地讨好天神。我们先来看看这首诗究竟写了些什么，翻译成今天的语言大概就是下面的意思：

吉日良辰，虔诚的我们迎接着东皇。
长剑在手，剑饰琳琅。
华贵的席子玉石为镇，美丽的花儿摆席上。
蕙草裹肉，兰草为垫，还有桂酒和椒浆。
轻轻扬起鼓槌，鼓声咚咚响，
悠悠地唱起歌，歌声嘹亮响四方。
音声相和，管乐齐奏，大伙儿齐欢唱。
群巫衣着华丽，舞姿优美，香气四溢，芬芳满堂。
五音相和，乐曲多么悠扬。

东皇心情愉快，天下才能快乐吉祥。

楚人深深地掌握了那些高高在上的神仙们的心理，知道它们和自己的想法差不多，所以还是比较好“糊弄”的，只要给它们点儿好吃的，美酒佳肴奉上，再来点美妙音乐欣赏欣赏，如果是男神仙就让美女给它跳舞，如果是女神仙就让帅哥出马，歌舞升平中就什么事情都好商量了。

原来，神仙和人没有多大的差别，人间的美酒佳肴它们也喜欢，人间的鸟语花香它们也欣赏，人间的美女帅哥也能让它们心荡神驰。至于以后是不是东皇和美女过着幸福的生活去了，似乎从来也没有人关心过，同时那些扮演神仙角色的人，最后还是得去做该做的日常事务。所以，这里的巫师巫婆不会像西门豹治理的邺城遇到的那些低级巫师巫婆，说是把美女嫁给河伯当老婆，居然就当真把那些女子梳妆打扮好了扔进河中，转身就离去了。他们也不会像西方的大神宙斯，动不动跑到人间搞出点婚外情，一不小心还弄出一些私生子来，简直后患无穷，人与神之间的爱情与打打杀杀成了希腊神话必不可少的两个因素。

楚国人培养出的神仙就不会做这种没水准的出格事，大家在一起快快乐乐的只是在演戏，人与神的交情只发生在舞台上，下了台，刚才那一场虔诚而又投入的戏就结束了，没有人去想神仙要是迷上了人的献祭那该怎么办，更不会有人以为自己演了一场嫁给神仙的戏就成了神仙夫人，所以就更不会担心生出半人半仙的怪物来，让下一代不知该如何定位他们的属性。

东皇太一是天下第一神，也就是处于最高位、最尊贵的神仙，当然也是离人们最遥远的神，首先得请它出场，先后顺序是身份级别的象征。也许它也是带给楚国人民快乐最多的神，因为它的地位既然是最高的，人们得到的所有幸福都是它的恩赐，人们要感谢它；人们要是祈求的幸福没有到手，那是下面小神仙办事不力，和它也是没有关系的。后来的战争中处理战犯也是这样一种模式，凡是在前面流血的人，一不小心成了俘虏，必然是双手沾满鲜血的刽子手，面临的将是最严厉的惩罚。相反，一天到晚坐在指挥部里的人，最后也不过是战犯，可以进行教育改造。从这一点来看，东皇太一可以说是人们幸福生活的期望，更是实现幸福生活的一种途径，它没有任何缺点或不足，人们对它只是顶礼膜拜。

娱乐毕竟是什么时候都需要的，战国纷乱的时代，如果生活中连一点点娱乐都没有，那该是一个多么恐怖的世界。把东皇太一请出来，给受伤的心灵一点安慰，给人间的不平一点抚慰。同时，它还管理着很多神仙，它都大驾光临了，其他的神仙还会远吗？有这么多神仙可以时常和人们亲密接触一下，不仅给生活增添了很多的神秘气息，也让人们有了某种精神信仰和寄托。

《湘君》——水边的爱情故事

湘君

君不行兮夷犹，蹇谁留兮中洲？美要眇兮宜修，沛吾乘兮桂舟。
令沅湘兮无波，使江水兮安流。望夫君兮未来，吹参差兮谁思？
驾飞龙兮北征，邅吾道兮洞庭。薜荔柏兮蕙绸，荪桡兮兰旌。
望涔阳兮极浦，横大江兮扬灵。扬灵兮未极，女婵媛兮为余太息。
横流涕兮潺湲，隐思君兮陫侧。桂櫂兮兰枻，斲冰兮积雪。
采薜荔兮水中，搴芙蓉兮木末。心不同兮媒劳，恩不甚兮轻绝。
石濑兮浅浅，飞龙兮翩翩。交不忠兮怨长，期不信兮告余以不闲。
鼌骋骛兮江皋，夕弭节兮北渚。鸟次兮屋上，水周兮堂下。
捐余玦兮江中，遗余佩兮醴浦。采芳洲兮杜若，将以遗兮下女。
时不可兮再得，聊逍遥兮容与。

春秋战国时期的爱情故事并不多，如果以人类的经验作为借鉴，来想象神仙的生活似乎缺乏可比性。诗经当中很多的爱情描写，那是完完全全人类的世界，《关雎》作为《诗经》的开篇，似乎有着某种含意和暗示，虽然这种隐藏的意义后来被儒家学者认为是用来歌颂皇妃高尚品德的作品，但事实上读者却往往根本不理会那一套，“窈窕淑女，君子好逑”不是道德所能约束的。所以到了《牡丹亭》中的杜丽娘学了《关雎》，游览了春色烂漫的后花园，春风春景动春情，这才有了与柳梦梅那一段生生死死相依恋的故事。

神话研究者早就指出，神话世界的本质是变相或扭曲的人类世界。《九歌》中神的爱情故事，不过是人间爱情的一次间接反映。湘君和湘夫人是同一主题下叙述的同一个爱情故事，如果写成剧本的话，一定要分别加上提示：本故事纯属虚构，如有雷同，纯属巧合。

同样的故事，同样的地点，同样的由爱生怨，同样的怨而不怒，同样的……两场事件中太多的一样，然而最明显的共同点就是——它们都是发生在水边的爱情故事。

水是一种纯粹的自然物质，它是我们生存必不可少的基本要素之一，古时人们的居住环境，依不依山没有关系，水却总是要傍的。那时没有自来水公司，别指望方圆几百里都可以随便取到水，所以早期人们的生活区大都距离水源较近。当井水成为人们的另一种水源时，水井边就会发生很多故事，特别是那些柔情似水的故事。

事实上，中国古代那些著名的爱情故事中很多都是与水联系在一起的。《诗经》中的关雎不就是一只小小的水鸟嘛，托物起兴做了引发情思的媒人。后来衍生出来的神话，如牛郎和织女的故事，水更是起了不可替代的重要作用。一个一贫如洗娶不起媳妇的放牛娃在一头基因变异的老牛帮助下，得知有仙女会到人间，而且其中一位将会成为他的老婆，心里激动不已。而要娶得仙女回家，其中很重要的一个步骤就是得用不正大光明的手段，趁那些仙女在河中洗澡的时候，把最漂亮的那位仙女的衣服拿走藏起来，等到其他仙女一个个穿衣升天之后就可以胁迫她。而直到最后，将两人分隔开来的也还是一条天河，河水泱泱两情长。

还有更凄惨的水边爱情故事。《庄子》中曾提到的最早殉情而死的热血青年就是因为水的缘故。有一个叫尾生的小伙子和漂亮的姑娘约好了在桥下见面，谁知不幸出了意外，“尾生与女子期于梁下，女子不来，水至不去，抱梁柱而死。”几乎所有女子约会都会摆一下小架子，晚来个三五分钟属于正常，可谁知本来约好的小桥流水哗啦啦的地儿却千载难逢地涨了水，而傻小子偏偏信守承诺非要死守在那里，誓与桥柱共存亡，其实换块高地守望一下也未尝不可。不过他因此赢得了中国历史上“最守诺言的人”的称号，让姑娘们有了一个可以教训小伙子但不用嫁给迂腐之人的具体例子。

正像古人所说，“水能载舟亦能覆舟”，水能成就爱情也能毁灭爱情。

楚国位于中国的南方，南方最大的特点就是水特别多，而湘水又是楚国境内著名的河流，它与我们伟大的诗人屈原有着不解之缘。

屈原的诗中曾多次出现过湘水，湘君、湘夫人这一对主管湘水的神仙曾给了湘水两岸人民无穷的遐想，人们祈求它们的福佑，赋予它们更多的东西。至于一条河有两个神，到底谁当家做主，似乎从来就没有人追究过。

“柔情似水”，水一般的柔情，让人产生无限的遐想。当人们得知湘水有两个神，一个男神，一个女神，于是，故事就发生了。

《湘君》——爱打扮的男神仙

湘君，是湘水的神，据说是一位很爱打扮的男神仙。本来神仙的性别应该是人搞不清楚的问题，因为它们一般都有点神通，变来变去让凡

人见首不见尾。可人一旦一门心思要知道它们究竟是什么，它们似乎也是没有什么隐私可言的。所以，中国的神仙基本上大家都很清楚它们的性别。湘君的出身扑朔迷离，多少年来，人们也不能最终肯定它的来龙去脉。有人说，湘君其实是个女人，和湘夫人是姐妹俩。她们是尧的女儿，一起嫁给了大禹。大禹治水时她们追随在后，不幸在湘水遇难，就都成了湘水的神。也有人认为湘君是大禹离世后化做的湘水神。且不管湘君究竟是谁，最后大家比较一致的看法，他应该是一位男性神仙。否则一篇《湘君》，一篇《湘夫人》，这么天生一对的文章没有相应的人与其匹配，也是令人遗憾的事情。

在我们习惯性的思维中，除了外国童话《皇帝的新衣》中那个愚蠢的皇帝之外，很少有富贵的男性对穿衣戴帽特别讲究的，即使有人很关心这种事，他们也绝不会放在口头上。所谓的锦衣玉食也不过是说人家家里有的是钱，总是穿着最贵的丝织品衣服而已。再有就是《水浒传》那群从来没有好衣服穿的绿林好汉的态度，上梁山也就是为了图个“论秤分金银，按套换衣服”。还有就是绫罗绸缎在没有货币之前甚至可以当做有价票券使用，拥有其数量和品质的多少可以成为一个人身家地位的象征。

神仙是比人高贵的一个物种，所以它们的衣食住行和人都有所不同，可是几千年前人们的想象力没有今天这么丰富，他们所能想到的一切最好的东西都是人间所有，最了不起的也不过是对人们所向往的那些稀罕之物进行盗版后再发行。

事实上，湘君不只是讲究穿着打扮，他重视的是全套的行头。从出行的车驾，到身上的装饰物，没有一件不是楚地所产的名牌产品。“驾飞龙兮北征，邅吾道兮洞庭。薜荔柏兮蕙绸，荪桡兮兰旌。”他驾着龙舟，在水中是用不着骑白马的，龙舟应该是最神气的座驾了。而且更先声夺人的是人没出场而气势已震惊全场，那雕成龙形的大船上雕着美丽的图案，各种点缀的香草散发着氤氲的芳香，而他，昂首立于船头，衣袂随风飘扬，一副千年前的泰坦尼克号定格的经典形象。

生活中，南方靠水而居的人们欣赏的是手把红旗旗不湿的弄潮儿，会不会骑马根本没关系，像这样英俊潇洒的龙舟公子才是姑娘们心仪的偶像。

而这一切，在屈原笔下写就的这首《湘君》，很容易让人误解的就是主人公，这里真正的主角不是湘君，而是湘夫人，刚才描绘的那个打扮得容光焕发的英俊青年只是湘夫人心中的形象。想象力可以造就令人无限向往的空间，无论是对人、对事还是对景物。

这个爱情故事从头到尾发生在水边，对于不食人间烟火的神仙来说，他们的爱情故事中，水及水边的一切都只是道具而已。不过很奇怪，他们虽然按照人类的想象有了男神仙和女神仙的爱情故事，但仙界的总人口却总是不怎么增加。相反倒是那些仙女嫁到人间的，甚至没修炼成仙的半仙或妖精，常常会给人间增添人口，比如嫁给牛郎的织女，嫁给董永的七仙女，嫁给许仙的白蛇等等，这真是很奇怪的神话逻辑。

《湘君》——神仙姐姐发脾气了

春秋时期，一对恋人约好了要在城墙拐角处会面。可是守时的女子先到了，“静女其姝，俟我于城隅。爱而不见，搔首踟蹰”。迟到的小伙子终于来了，可却找不到姑娘的影子，而且他心里很清楚姑娘已经到了，就是因为自己来晚了才不想出来见他，作为一种惩罚，他得承受这个结果。可是他很聪明，把自己焦急的心理用喜剧化的方式表演出来，做出一副急得抓耳挠腮的样子来，并在原地来来回回直打转。终于姑娘同情心发作，走了出来，最后是以二人互赠礼物，其乐融融为剧终。

约会时的等候是需要耐心的，但是再有耐心的人也是有限度的。特

别是天上人间两种不同时间的换算方式，“天上一日，人间一年”，有时候想一想真是很可怕。湘君与湘夫人相会的地点是湘水边，可如果他们戴着天上的手表，站在湘水边上等待着分分秒秒却是人间的时辰，那可真是年复一年、日复一日了，即使是很有涵养的神仙姐姐，急了也是会发火的。

这是一场发生在湘水边的爱情故事，故事的主人公湘夫人，她的容貌在本文中并没出现，要到另一篇文章中才能见到，但是只要想想“神仙姐姐”四个字就够让人无限神往的了，她的美自然是无法用语言文字来进行表述的。

那一天，她孤独地守候在湘水边，约好的时间已经到了，却久久不见湘君的到来。眺望着远方，眼前出现了幻觉。神采飞扬的青年才俊，驾着飞龙从远处来了，越来越近，他是那样的令人着迷，穿着最时尚的衣服，可是那最终只是一场梦，他爽约了。神仙也这样没有时间观念，而且用的借口也是人间最没有说服力的那一种——抱歉，没有时间。

可是，这样美丽的神仙，居然和她约会的人却放了她鸽子，她怎能不怒火攻心呢？

怒，总要发泄释放的。她简直要被气晕了，在她眼中，一切全都乱了套，“采薜荔兮水中，搴芙蓉兮木末”。本来应该在陆地上采的薜荔跑到了水中，应该长在水中的芙蓉却要跑到树梢上去摘。心里的担心渐渐地变了味儿，是不是那个龙舟王子和自己不是一条心，所以轻易地就会离她而去。

于是，女神也忍不住发脾气了，“捐余玦兮江中，遗余佩兮醴浦”，怒火攻心，将两人的定情信物投到了江里，再把那失信的家伙诅咒上一千遍。可惜还没等咒语生效，她的心里就已经原谅了他，就已经在想着要去采上鲜花献给他，而且非常谦卑地说是要交给他身边的侍女。

女神仙实在太委屈自己了。最后，只能是自己安慰自己："聊逍遥兮容与。"自怨自艾中还留着丝丝缕缕的情意。

《湘君》正解——忠臣曲折的心思

像屈原这样伟大的诗人，一般来说是不能以通常那种代人捉刀的小文人墨客来看待的，不可能只是因为路过某地，看到人们正在举行祭祀活动，唱着歌跳着舞娱乐神仙，觉得别人的歌词写得不好而一时手痒写下的这组诗。像他这样一个忠君爱国以至于"虽九死其犹未悔"的人，必定会在写作过程中有自己的思想感情渗入其中，而且是伟大的爱国情怀，蕴涵着无尽的深意，寻幽索微之后，方才能探骊得珠。

有这种想法绝对没有错误，正如我们今天分析《西游记》时，如果不把孙悟空大闹天宫看做对既存秩序的反抗、不能把如来佛的高徒阿难、迦叶向唐僧师徒索要"人事"看做官场的腐败，看不出众妖怪与神仙的亲戚关系正是明朝的黑暗现实，那简直枉费了吴承恩老先生的一番苦心。

所以，我们还是应该从蛛丝马迹中找出作者隐藏的意义来。

汉代那位著名而且伟大的历史学家司马迁在他的传世经典《史记》中提到屈原的《离骚》时讲过这样一番话："其文约，其辞微，其志洁，其行廉，其称文小而其指极大，举类迩而见义远。"也就是说，屈原的文体简约，词旨深远，加上他个人志向高洁，品行端正，所以他的文章看上去都没有什么军国大事，但偏偏有着某种暗示，曲曲折折地说明其意义深远广大，举的例子虽都是近在咫尺的东西但内涵却很丰富。

简言之，屈原开辟了一个新的写作时代——浪漫主义，而这种浪漫主义很有点象征主义诗歌的味道。不过屈原作品比象征主义好捉摸得多，因为他有基本的套路。

湘君，在这里成为了楚怀王的化身，而屈原则是那个对君王充满了眷恋的女子。用这种眼光和方法来阅读湘君，就需要在内容上做一下段落划分。前一部分是借湘君湘夫人之事作为引子，后一部分才是屈原的忠心表露。

从“沛吾乘兮桂舟”开始，是屈原的独白，屈原乘坐桂木飘香的大船，乘风破浪，激流勇进，而这种桂舟不是任何人都可以使用的，它是按照身份地位来划分的，在楚国又是专门用来迎接神仙的交通工具。诗人以大无畏的勇气，命令沅湘的神仙赶紧平息风浪，让江水平静安稳地静静流淌，好让自己迎接的人平安到来。然而，那个楚王真是让诗人又爱又恨，刚刚说好的事情，转言他就后悔了，重新打起了主意。这次他又食言了。物以类聚，人以群分。诗人只是一个人孤独地等待着，连一个陪伴者都没有，那些香花香草就是他的化身。这样一个几乎找不出缺憾的美人，为什么就没有人爱呢？甚至已经约好的情人也迟迟不来，真不知是不想来，还是不能来。

诗人在苦闷中变得越来越焦虑。不由得发出了感慨：“心不同兮媒劳，恩不甚兮轻绝。”两个根本没有心思交往的人，媒人再舌灿莲花又有什么用呢？没有丝毫恩爱感情的人，自然也不会在乎离别，就算永别恐怕也不会放在心上。唐代诗人白居易的“商人重利轻别离”说的其实也是这么回事，衡量轻重原本就是人在作出选择前要做的基本工作。

从此以后，以男女喻君臣成为历代文人们诉说心事的家传技巧，特别是那些生不逢时郁郁不得志的文人，尤其好用此招。如果谁不懂这种方法，以为这真是男男女女在谈恋爱，一定会被人笑话浅薄无知的。不过这招术真有点儿像武侠小说里的武功，一会儿虚虚假假，一会真真实实，当有人的确是为某个美女伤心欲绝的时候，如果他不肯写段说明文字的话，还是会有擅长发掘文字寓义的人要从中找出所谓的“微言大义”来。

《湘夫人》——美女素描

湘夫人

帝子降兮北渚，目眇眇兮愁予。袅袅兮秋风，洞庭波兮木叶下。

登白薠兮骋望，与佳期兮夕张。鸟何萃兮蘋中，罾何为兮木上？

沅有茝兮醴有兰，思公子兮未敢言。荒忽兮远望，观流水兮潺湲。

麋何食兮庭中，蛟何为兮水裔？朝驰余马兮江皋，夕济兮西澨。

闻佳人兮召予，将腾驾兮偕逝。

筑室兮水中，葺之兮荷盖。荪壁兮紫坛，播芳椒兮成堂。桂栋兮兰橑，辛夷楣兮药房。

罔薜荔兮为帷，擗蕙櫋兮既张。白玉兮为镇，疏石兰兮为芳。

芷葺兮荷屋，缭之兮杜衡。合百草兮实庭，建芳馨兮庑门。

九嶷缤兮并迎，灵之来兮如云。

捐余袂兮江中，遗余褋兮醴浦。

搴汀洲兮杜若，将目遗兮远者。时不可兮骤得，聊逍遥兮容与。

美女现在已经成为了一个搞笑词，大凡六十岁以下五岁以上的女性都可以称之为美女。有人开玩笑说，如果你在大街人冲着人群声如洪钟般地吼一声“美女”，几乎所有的女性和大半的男性都会回过头来。美女成了一个没有标准的泛称，过去一切关于美女的标准都在笑场中被粉碎了。

由于每一个人心目中都有自己的期待，要想画出她们的神韵来的确很难。大家熟知的四大美女之一王昭君，她是典型的画像受害者。汉元帝选美，若把一个个美女叫上殿来亲自过目的话，既浪费时间，又显得皇帝好色而没有正事儿，但不亲自看看，手下那些人的审美眼光还是不

大让他放心，于是就想了个折中的主意。他让画师把待选美女的容貌画下来，他用画像筛选作为初选，初选合格再进行面试。可是王昭君竟然不知道选美的潜规则，一点儿好处费也不肯给画师，她自然就落选了。

可是我们换一个角度，如果不用画像，用文字来描绘，会怎么样呢？

答案只有一个：会难死臣子累死皇帝。因为文字背后有太多的意味，无论是形容美女“气韵淡雅”还是“亭亭玉立”，给的只是一种想象，完全没有实质性的内容，偏偏这种描写又是最具诱惑力的。所以，最美的美女永远是在想象中，而不是在眼前。

湘夫人是湘水的女神，是湘君约会的对象。她是一个美丽的神女，简称美女。这段文字比较长，我们可以把它分割成三部分。第一部分，从“帝子降兮北渚”到“罾何为兮木上”，写湘君想象湘夫人到来的情景。正是秋风萧瑟的时候，仙女从天而降，湘君望眼欲穿地盼望着，目之所及却只是让自己备感哀愁。偏偏又是一个万物凋零的秋天，恰逢霜风凄紧，洞庭湖上落叶纷纷，一派凄凉的景象。第二部分从“沅有茝兮醴有兰”到“夕济兮西澨”，写湘君对湘夫人的思念之情。第三部分从“闻佳人兮召予”到文末，写湘君满怀希望地布置房屋等候到最后绝望却又欲罢不能的感情。

从头到尾几乎没有直接描写湘夫人容貌，可是没有人会认为湘夫人不美的。要知道，美人绝不是用美的标准零件一一装配而成。就像《诗经》当中有一段描写美人的句子：“手如柔荑，肤如凝脂，领如蝤蛴，齿如瓠犀，螓首蛾眉。”

翻译成今天的语言就是：那个姑娘真是俏，十指尖尖像白嫩的茅草，雪白润泽的皮肤像脂膏，颈项颀长像天牛的幼虫儿，洁白的牙齿像葫芦子儿齐排排。小蝉儿一样的额头、细眉轻弯有如蚕蛾须微蹙。

可是，这样一大段的形容完全没有作用，我们根本就想不出来这是怎样的一个人，而最后面的两句，仅仅两句“巧笑倩兮，美目盼兮”，立刻就让美人活了起来，那真是盈盈一笑秀靥含娇，明眸善睐令人魂消。

毫无疑问，湘夫人是美丽的，而她的美丽是语言所无法描绘的，其实也是无须描绘的。

首先，她是天帝的女儿，天帝和天后那些高贵的神祇生出的女儿一定是与众不同的，一般说来，强强联合的优生学应该对神仙也起作用，高贵的身份使她身上罩着一层迷人的光环；其次，湘君是一个非常注重打扮的男神仙，他用如此挑剔的眼光审视着自己的外表，我们相信他不会是一个只注重心灵而不在意容貌的神仙；第三，湘君是一个见过世面的神仙，无论他是不是大禹所化，他不会像某地的土地神一样一辈子生活在一个地方，所以对漂亮的女神仙是有一定鉴别力的。

所以，那一句“目眇眇兮愁予”，借用王国维的话，就是“着此一句湘夫人美之境界全出”。（王国维评宋祁《玉楼春》曰“红杏枝头春意闹”，着一“闹”字而境界全出。）望着远方，湘夫人降临的地方，湘君极尽目力，因为看不清楚，心里满怀着忧愁。

《云中君》——其实你懂我的心

云中君

浴兰汤兮沐芳，华采衣兮若英。灵连蜷兮既留，烂昭昭兮未央。
蹇将憺兮寿宫，与日月兮齐光。龙驾兮帝服，聊翱游兮周章。
灵皇皇兮既降，猋远举兮云中。览冀州兮有馀，横四海兮焉穷。
思夫君兮太息，极劳心兮忡忡！

舞台剧开始了……

楚国的灵巫登上了舞台，手舞足蹈。配合着他的动作，群巫齐声歌唱：

“浴兰汤兮沐芳，华采衣兮若英。灵连蜷兮既留，烂昭昭兮未央……”

这是一首迎接云神的曲子。关于这个云神曾经有过很多争论，有人认为云中君就是云神，他的名字叫丰隆或屏翳。也有人认为云中君在《九歌》中排序名列第二，紧跟《东皇太一》之后，它的地位应该高于雨师、风伯这一类职位不高的神仙，所以它不可能是云神，甚至还有人认为云中君是楚国云梦泽的水神。然而这些争论并未能形成统一的意见。

其实，它究竟是怎样的一位神仙，叫什么名字之类的问题我们并不是很关心。重要的是要搞清楚两个问题。第一，这位神究竟管什么，也就是说它的职权范围是什么；第二，人们一心想让这个神仙高兴究竟何求于它，它的重要性何在呢？

最好的解答就是《云中君》本身，我们会发现，楚国人并非是只顾浪漫而不顾生活的一群人。他们祭祀的神仙必定是对他们有用的神仙，我们姑且认为云中君就是云神吧。

如此一来，云中君就要负责布云降雨的任务，的确与人们的衣食住行息息相关，他们需要云中君，所以他们要想尽办法让他高兴。

曾经有一首流行歌曲中唱道：“你说我像云，捉摸不定，其实你不懂我的心……”

云，瞬息即变，幻化万千，的确是令人难以捉摸。这位云中君也确实有着云一般的特征。然而，在几千年前的楚国，当云神降临荆楚大地时，它发现，楚国人民真是好啊，自己的心思他们居然全明白，和楚国人民在一起，他有点乐不思蜀的感觉了。

如果不是那些受人之托的灵巫们虔诚地邀请，它本来也不一定来，可是假如它真的来到了现场，那种场面还真令这位神仙吃惊不小：

浴兰汤兮沐芳，华采衣兮若英。

在远古的时代，人们对洗浴赋予的意义很是重大，每当有重大的事件发生或以示庄重的时候，比如祭祀、战争等，都要郑重其事地沐浴更衣，然后才能履行仪式。浴，是清洁身体；沐，是洗净头发。身体发肤受之父母，同时也来自冥冥中的命运，云中君来了，看到那位灵巫又是沐浴又是洗头，忙得不亦乐乎，并且他始终保持着庄重的神情，虔诚的态度。他们用的洗澡水是用兰花浸泡过的，他们不用清水洗发，而是用香气四溢的专用洗发水。想想这些人对它这位云神是多么尊重，为了迎接它的到来，连去污除垢的水全是芳香扑鼻的“香水”。后世无论人们用花瓣浴还是泡泡浴之类的东西，和楚国人迎接云中君的香草浴比较起来，都会黯然失色。

另外，那些灵巫穿的衣服也是那样的华美，带着玉一般的光泽。在神情投入的灵巫看来，即便是云中君这样见多识广的神仙也一样喜欢漂亮的衣服，而且云的多变，说明了这位神仙对着装、外表会比其他神仙更重视。人们穿衣除了基本的御寒保暖、防风防晒之外，还有一项重要的职能就是展示自己。对神仙来说，它们不同于常人的特质决定了它们都属于寒暑不侵式的类型。所以，衣服对它们来说只有一种功能，那就是身份、地位及形象上的需要，特别是形象上的需要可能所占比重更大。

看到那个巫师洗得香喷喷，身上的衣服又是这样的漂亮。虽然是肉体凡胎，也不妨将就着进去一下吧，权当做试试新衣服上身的效果。云中君终于抵挡不住诱惑降了下来。

灵连蜷兮既留，烂昭昭兮未央。

“灵”是对云中君的敬称，连蜷是长而婉曲的样子，形容云中君的曼妙姿态。它优雅地降落，舞台上顿时亮了起来，这是神光，意味着云

中君的来临。开始这四句是群众巫师的大合唱，对云中君的降临极尽歌颂之能事。所谓千穿万穿，马屁不穿。人之所以能够和其他人或物进行交流，前提是二者在某些方面的共性。如果神只有神性，人只有人性，二者之间不存在交集的话，那只能是各处一方，至老死不相往来。然而，人在最初设想神的时候，就赋予了神某些人的特征，至少神也是有感情的，所以有什么事情，大家都好商量。于是，初级阶段的唱赞歌是会面之初不可或缺的应酬方式。而且神比人的级别高，所以人类要供奉它们，向它们顶礼膜拜，因此赞歌倒不是违心之言，而是发自内心的颂祷。更进一步，人们又根据人间同性相斥异性相吸的规则，派出许多漂亮的女巫来与云中君对戏，如果他们之间有了感应，于是又可以构造出很多人神恋爱的故事，让神真正对人产生感情，从而庇护人间。

这些已经成了规范化、标准化操作的手段，在实际运用中似乎没有落空的。至少这次云中君就是这样被引下来的。舞台上那位扮做云中君的巫师由于神仙附体立刻变得容光焕发起来，他跳起了轻盈的舞蹈，舒展迂回，就像空中一片舒卷自如的白云。同时，云中君的附身让他一下子有了无比的跳舞才能，瞬间他的舞蹈变了，有如《笑傲江湖》中学了《葵花宝典》之后的东方不败，移形换影，形同妖魅，真应了云中君那变幻不定的“云”的天性。如果扮演云中君附体的那位巫师可以出来讲话的话，他一定会万分诚恳地对云中君说：“阁下之光临，使寒舍蓬荜增辉，鄙人深感三生有幸。”当然这是双关语，因为舞台和他自己都亮了。

蹇将憺兮寿宫，与日月兮齐光。龙驾兮帝服，聊翱游兮周章。

云中君留了下来，它坦然地接受了人们对他的膜拜，表明自己对这种方式很受用。于是它老实客气地向大家表明了自己的态度。“蹇”是发语词，大概楚国人比较喜欢用，“憺”是安乐的意思。它说自己来到寿宫之后，对一切接待都很满意，用汉代王逸注释的话讲就是：“神既至于寿宫，歆享酒食，憺然安乐，无有去意也。”也就是说神仙在人间享受着最高的待遇，它心里乐滋滋地也不想回家了。它现在带给舞台上的光亮，在它看来是足以与辉映千古的日月之光相提并论的。当然，它依然是一个派头十足的神仙，人们敬仰的能降雨的仙界一员——龙，只是它的座驾而已，而它穿着的衣服则与过去的五帝服装一模一样。然而它却有些伤心了，最后一句“聊翱翔游兮周章”则是一句带有点儿遗憾的悲哀，由于职责关系，它不得不离开，偏偏它的坐骑来去神速，很快就要离开这里了，怎能不让人神共同伤感呢！

灵皇皇兮既降，猋远举兮云中。览冀州兮有馀，横四海兮焉穷。思夫君兮太息，极劳心兮忡忡！

聪明的楚国巫师看出来，并且立即想出了新办法，在云中君离开这一刻，他们于是又一次唱起了赞歌：尊敬的云神啊，您既然已经远道而来，历经那霭霭青天片片白云。您可以纵目鉴天下，放眼中原，纵横四海。一想到您要走，我就心如刀绞。

结果怎样诗中并没有写，但我们可以想象，对于如此了解它心思的人，它怎能不青眼相加呢？

《大司命》——人的命天注定

大司命

广开兮天门，纷吾乘兮玄云。令飘风兮先驱，使涷雨兮洒尘。君回翔兮㠯下，逾空桑兮从女。纷总总兮九州，何寿夭兮在予。

高飞兮安翔，乘清气兮御阴阳。吾与君兮齐速，导帝之兮九坑。

灵衣兮被被，玉佩兮陆离。壹阴兮壹阳，众莫知兮余所为。

折疏麻兮瑶华，将以遗兮离居。老冉冉兮既极，不浸近兮愈疏。

乘龙兮辚辚，高驼兮冲天。结桂枝兮延伫，羌愈思兮愁人。

愁人兮奈何，愿若今兮无亏。固人命兮有当，孰离合兮可为？

司命，就是管理人类生死命运的神。生死问题一直是人类最关注的问题，由于对生命的不了解，早期人们对神秘的生命充满了丰富的想象。在想象的基础上，渐渐形成一整套负责人类诞生、死亡、长寿或夭折的神仙体系。

楚国人民把这一神圣的使命交给了大司命，尽管司命不是楚国特有的祭祀神，却由它掌管着人的生死存亡。好生恶死是人的本性，谁也不想死，所以他们得祈求主管生命的神保佑自己长生不老，得要贿赂司命在关键时刻睁只眼，闭只眼。他们从实践经验出发，认为接受了好处的司命一定会给予自己好处的。所以他们要迎请它来，让它感受到人们对它的欢迎，感受到人们对它的敬意，从而对人们的寿命网开一面。

然而，这位掌管着人生死大权的神仙，似乎也不比别的神仙更神气。扮演大司命的巫师开唱了：天门轰然大开，我驾着团团黑云来到人间。旋风在前面为我开道，细雨为我清街除尘。我盘旋着降落人间，和你们站到了一起。人世间生灵众多，谁长寿谁短命可全都由我做主。

于是，其他的巫师们赶紧给这位大司命拍马屁：您飞翔的姿势实在是漂亮，您不仅可以腾云驾雾，还掌管着人世的生与死。我们一定与您保持高度一致，现在就带着您查访九州大地，请跟我来。

大司命当然也就不客气，接着大家的话头自吹自擂：我的彩衣迎风飘飘，我的佩带珠光闪耀。我掌管着人间的生死权，可是没有几个人真正知道我是谁。

随后大司命的说话像换了个人似的，它开始给人们许诺自己将赐予他们的好处：我采下疏麻花赠给你们这些将要离开的人，祝你们幸福吉祥又长寿健康。眼看着你们一天天都老了，我要不及时赶来帮你们一把，说不定以后你们都会忘了我是谁。

说着话的工夫，大司命就到了要离开的时候。众巫师抓紧最后的时间，再向大司命献上颂歌：您乘着龙车冲天而上，远离了我们。望着您远去的背影，我们怀抱着桂枝久久不能离去，一想到不知何时才能再见到您，我们心里就充满了哀愁。可是愁又有什么用呢？希望今后还有机会与您在一起，我们一定会像今天一样，礼仪备至地款待您。人的命运本来就已经有了定数，就像今天与您的相约相离一样，谁也无法改变它。

大司命走了，人们终于松了一口气。

对于手中掌管着生杀予夺大权的人，通常情况下，人们都采取一种应付的态度。而对于高高在上的神仙来说，地上的人那么多，它哪里个个都管得到，所以更是要想法设法糊弄他。就像大司命一样，听了人们一番颂扬，马上就要回报人们给人们增添阳寿，然后它乐滋滋地回天上去了。而这里参加表演的人们，也就可以吆喝一声“散场了”，然后各回各家，等着长命百岁去了。

《少司命》——敬上不敬下与管下不管上

少司命

秋兰兮麋芜，罗生兮堂下。绿叶兮素华，芳菲菲兮袭予。

夫人自有兮美子，荪何以兮愁苦？

秋兰兮青青，绿叶兮紫茎。满堂兮美人，忽独与余兮目成。

入不言兮出不辞，乘回风兮载云旗。悲莫悲兮生别离，乐莫乐兮新相知。

荷衣兮蕙带，儵而来兮忽而逝。夕宿兮帝郊，君谁须兮云之际？

与女沐兮咸池，晞女发兮阳之阿。望美人兮未来，临风怳兮浩歌。

孔盖兮翠旍，登九天兮抚彗星。竦长剑兮拥幼艾，荪独宜兮为民正！

少司命听上去和大司命像是父子或兄弟姐妹般的神仙名称，可通过历代学者们的研究考证，它们除了职业上有一点点相似之外，找不出什么血缘关系来。少司命是主管人类子嗣和儿童命运的神，它可以让人们后继有人，也可以让人们断子绝孙；它可以让小孩子健康成长，也可以让小孩子早早夭折。

我们中国人早年有祖先崇拜的传统，对祖先的信奉甚至达到了人神不分的地步，人类很多早期的始祖身上都带有半人半神的色彩，他们可以保佑子孙后代幸福，所以人们要敬他们。而对于后代，似乎除了天性的亲情以外，多了很多的管教，而且口口声声要从严管教。所以，人们日常生活中，定下的规矩是给子孙的，享受祭祀的是祖先，可以随便教训人的是长辈。

少司命是一个协助人们管理下一代健康成长的神仙。

这首诗前四句写众人在布置迎接少司命的会场。众多年轻美貌的女巫们一边布置场地，一边欢快地翩翩起舞，唱着动听的歌给少司命听："我们将秋兰和蘼芜整整齐齐陈列在堂上，枝繁叶茂，香气扑面而来。人们家家都有自己心爱的子女，您就高高兴兴地与我们一起欢乐吧，别愁眉苦脸地犯愁了。"

紧接着是少司命的到来，当它看到如此庄重的会场，特别是还有那么多美丽的年轻姑娘，不由得它不动心，它认定自己不枉此行："啊，秋兰你是如此的青翠，绿色的叶子紫色的茎。满场都是漂亮迷人的女子，她们与我的目光不期而遇，相互之间含情脉脉。我乘风而来，云旗飘飘，来来去去时间短暂，一句话也没有说就走了。硬生生地与你们离别是多么令我伤心的事，可是遇到你们这些知己，我的快乐难以用言语形容。”

众女巫赶紧迎合，顺着少司命的话说道：“您披着荷叶的姿态真是举世无双，衣袂飘飘，来去倏忽。我们知道晚上您在天帝管辖下的郊野，可是白天，我们看到您静静地等待在云端，您又是在等谁呢？”

少司命像一个擅长调情的少年，对着众多美女的发问，信誓旦旦地说：“我就是在等你们呀，我要和你们一起到咸池洗洗头，再到日出之处晾干头发。可是，我等啊等，你们却一个也没有来，我只好一个人临风而歌。”

众人一听吓了一跳，得赶紧请这个神仙回家去，不然真要惹麻烦了：“您的座驾是那样的华美，天上还有很多的妖魔等着您去铲除。您手持长剑护卫我们的下一代，只有您才是为民做主的好神仙。”

少司命到底是不是如此尽职尽责，没有人知道。凭经验我们知道，如果它真的公正无私尽职尽责，人们恐怕还真不会这样对它礼敬有加。它肯定是有过犯糊涂的时候，就是因为担心它时常犯糊涂，人们才不得不哄着它。也正因为如此，糊涂的它听着这么顺耳顺心的话，心里肯定乐开了花。

所以，它很快就乐呵呵地打道回府了。

历史上，关于少司命到底是男还是女的问题一直以来都颇有争议，并且这个问题对这首诗歌好像还是有点影响的。如果少司命是个女的，那么她和众多美丽女巫的对唱，不可能有别的感情，只不过是姐妹情谊罢了。可是，我们就搞不明白了，天上的神仙姐姐为什么要与人间这些唧唧喳喳的女人们结交。有人讲了，她们都是女性，都有着一种天然关爱儿童的母性，所以会有共同语言。其实这道理并不容易讲通。因为神仙和人的想法是不一样的，如果它们和人类一样关心自身的繁衍，神仙

的队伍一定会很越来越庞大。一般说来神仙都是不会死的，它们也不存在粮食问题（很多神仙都可以餐风饮露，吃东西不过是个形式而已），最后的结果必然是神满为患。所以，简单地把人对下一代的看法移植到神仙的身上不可取。但如果少司命是个男神仙，事情就比较有趣了。女巫们与他的对唱就有点“对山歌”的味道，就是男男女女在调情。在这件事情上，神仙没有任何负担，他们完全奉行的是“不主动、不拒绝、不负责”的“三不”主义，所以他可以轻飘飘地尽情展示自己，可以与众美女眉目传情、明送秋波，最后的结果是人与神仙皆大欢喜，人认为自己糊弄过了神仙，神仙认为自己获得了人的尊重与喜爱。

少司命走了，有虔诚的母亲还在顶礼膜拜，希望它保佑自己的孩子无病无灾，平安快乐。而不怎么虔诚的母亲可能会想：“你保不保佑我们家阿毛没关系，最重要的是你别祸害我们就行。”

《河伯》——爱捣蛋的神仙

河伯

与女游兮九河，冲风起兮横波。乘水车兮荷盖，驾两龙兮骖螭。
登昆仑兮四望，心飞扬兮浩荡。日将暮兮怅忘归，惟极浦兮寤怀。
鱼鳞屋兮龙堂，紫贝阙兮朱宫。灵何为兮水中？乘白鼋兮逐文鱼，
与女游兮河之渚，流澌纷兮将来下。子交手兮东行，送美人兮南浦。
波滔滔兮来迎，鱼邻邻兮媵予。

屈原塑造出来的这个河伯，似乎并不可恶。它一路高高兴兴地来到人们歌祭的现场，与恋人快快乐乐地做了一场游戏就欢天喜地走了，没有为非作歹的罪恶，也没有处处留情的风流。

开场是河伯对着自己人世间恋人的唱词：我和你，迎着风，迎着

雨，波浪滔天，我们遨游九河上。水车缓缓走，荷叶为车盖，白龙螭龙来做马。昆仑之巅望四方，凌云壮气满胸膛，我们神气飞扬。不知不觉天已晚，家住极浦何时还。

河伯的歌声立刻引来了回应：屋顶桁比如鱼鳞，描彩雕龙大厅堂，紫贝朱宫闪闪亮，你为何把我带到水中央？

河伯：乘着白鳖追文鱼，与你同到小岛上。浮冰破裂顺流下，急湍汹涌多壮观。紧握柔荑不忍放，美人永在我心间。

女：我在这里等着你，波浪滔天来迎娶，鱼儿纷纷来送行，送我与你一同去。

歌声悠扬，绕梁三日，不绝于耳。歌声中，河伯的身影慢慢消失在水中。

河伯在中国的神仙中算不上什么名神，但以好色而论，它大概是可以排在前几名的神仙之一。

它的出身很清楚。东晋葛洪的《抱朴子》中记载，有一个叫冯夷的人，在渡黄河时不小心掉水里淹死了，天帝就把他封为河神，负责管理川河之水。显然他属于那种运气好到不得了的人，别人死了，好一点儿的就快快转世投胎去了，落到非富即贵的人家自然是万幸，就算普通一点儿的人家也没关系，只要不去投胎为猪、牛、马之类就可以了。犯过错误又没钱打点阴间高级管理者的就弄到地狱里去接受种种审判，受种种酷刑，然后就留在地下做苦力吧。可冯夷居然脱胎换骨成了神仙，还一本正经地管起事来了，这得修几辈子才有的福分啊。

然而，出身明朗的河伯并不是一个以固定的形象展现在人们面前的神仙。有时他是一个风度翩翩的神仙样子，有时他是腾云驾雾的飞龙，更可靠的是传说河伯是鱼尾人身的外表，浑身上下长满鳞片，有点像安徒生童话中的美人鱼，只不过他是男性，而且长相也很英俊。还有人考证，河伯那个年代产生的神仙，从外表来进行判断，所有的神仙都不超

过三十岁，用今天的话来说正是年轻力盛的时候，外在形象最佳的时候。这一点其实并不难想通。过去的人们生活艰难，技术落后，一点点小毛病往往就会要了命，很难有人可以长寿。像孔子讲的“三十而立”一个人到了三十岁还没点人样的话，在古人眼中恐怕这辈子也不会有太大的出息了。再联想另一句俗话“人生七十古来稀”，显然能顺顺利利地活到七十岁的没几个人，大多数人从事艰苦的体力劳动以养家糊口，他们大多都未老先衰。通过生活的实际经验，人们认为二十岁到三十岁的男性是最有魅力的时候，所以他们在设计神仙的时候，大多数神仙都是这个年龄段的。

冯夷怎样淹死的，我们不得而知，但从他日后管理河川的方式、方法来看，他是一个调皮捣蛋鬼，是一个没有定性的神仙，动不动搞得河水横流，泛滥成灾。有一次，化做白龙顺流而下兴风作浪玩得高兴，没想到遇上了神箭手大羿，羿张弓搭箭，射瞎了他的左眼。如果真有此事的话，那么河伯形象的完整描述应该是一个人身鱼尾还瞎了左眼的神仙。

也许正因为他的调皮，让人认为他是一个没有定性的神，因此他在与女性交往时似乎也很不专一，所以最后必然落下个好色的恶名。于是黄河水一泛滥，人们就认为是河伯到了发情期，开始想方设法让河伯安定下来，其中最广为人知的事件就是给河伯娶老婆。魏国的西门豹在治理邺城的时候，就遇到过地方官吏与巫师巫婆勾结，他们找寻年轻貌美的女孩作为河伯的新媳妇候选人，如果女孩子家里人肯给他们行贿，就可以从候选人队伍中逃出。由此可见，巫师巫婆是不相信河伯有神灵的，否则他们也不会这样明目张胆地糊弄河伯，随随便便就把给河伯准备的老婆掉换了。那些年轻的姑娘似乎也不相信有河伯，丝毫没有要嫁给神仙的喜悦，再说河伯的那种形象也真是很难让人高兴，姑娘们一个个哭哭啼啼地被投进河里，一去不复返。西门豹显然是坚定的无神论者，他把那些巴结河伯坑害百姓的巫婆和小官吏一个个都扔进河里与河伯做伴去，结果并没有因此受到河伯的惩罚。

但我们相信，从此之后，河伯也威信扫地了。

《山鬼》——人鬼情未了

山鬼

若有人兮山之阿，被薜荔兮带女罗。既含睇兮又宜笑，子慕予兮善窈窕。

乘赤豹兮从文狸，辛夷车兮结桂旗。被石兰兮带杜衡，折芳馨兮遗所思。

余处幽篁兮终不见天，路险难兮独后来。表独立兮山之上，云容容兮而在下。

杳冥冥兮羌昼晦，东风飘兮神灵雨。留灵修兮憺忘归，岁既晏兮孰华予？

采三秀兮于山间，石磊磊兮葛蔓蔓。怨公子兮怅忘归，君思我兮不得闲。

山中人兮芳杜若，饮石泉兮荫松柏。君思我兮然疑作。

雷填填兮雨冥冥，猨啾啾兮又夜鸣。风飒飒兮木萧萧，思公子兮徒离忧。

山鬼，就是山里的鬼，而且是个女鬼，一个很漂亮的女鬼，她温柔而多情。可是，即便是这样，如果山鬼不顾一切地爱上了你，整天凄凄惨惨地唱着忧伤的歌在山坳里等着你，估计你不会是欢天喜地，而是毛骨悚然。

人鬼两隔，哪里可能厮守相聚，注定又是一场悲剧。

她轻盈地穿梭于林中，美丽的眼睛从树林间隙向外窥视；她的歌声

甜美无比，在无人的时候，深山里悠然飘出深情款款的歌；她的体态曼妙无比，可惜永远没有人能看清，她总是行踪不定、来去无影；她还可以变化，只要她愿意，就可以变成山里的种种生物。

这一天，她独自在山林中，突然感到巨大无比的寂寞袭来，对感情的渴望从来没有像这一刻那样强烈。从前，曾经有过一段美丽的爱情就摆在她的眼前，然而她却没有抓住机会。如今人去山空，她却始终不能忘怀那个高大伟岸的身躯，时常有幻觉出现在面前。出神地坐了一会儿，她轻轻地唱出了心底的歌：

好像有人在山林中行走，身上披着薜荔，腰间束着女萝。双眼脉脉含情顾盼生姿，回眸一笑百媚生，她温柔可爱，她身姿婀娜，容貌娇好。赤豹是她的坐骑，文狸紧随其后。辛夷与桂花，装饰着车和旗。身披石兰，杜衡点缀，折下一枝鲜花拿手中，心中相思寄无穷。竹林深深深几许，山里道路多艰险，独自姗姗而来迟。孤身一人立山巅，云海茫茫自舒卷。昼如夜来山色暗，狂舞风中天降雨。情愿为你痴痴等，留连忘返何时归，红花易衰红颜老，谁能永保颜如花。行走山间采灵芝，延年益寿永驻颜。山岩垒垒千仞立，葛藤蜿蜒爬满壁。怪你怪你都怪你，害人惆怅忘归去。闻君念我常在心，不得空闲不能来。虽在山中心芳洁，有如山中杜若芳。松树下面饮石泉，思念公子不敢言。口口声声说想我，究竟是假还是真。雷声滚滚雨蒙蒙，猿鸣啾啾夜沉沉。飒飒风声木叶落，想起公子悲难禁。

山鬼的歌声在山林中回荡，幽深的山林仿佛将这声音吸进去，吐出来，变得缥缈轻忽，险峻的山崖上，山鬼窈窕的身姿与赤豹剽悍的体格形成一种诡秘的对照，她是那样的令人不可捉摸。

一提到鬼，人们心目中首先想到的是青面獠牙、面目狰狞的恐怖形象。然而屈原笔下的山鬼竟是如此的美丽，因为她是神，不是鬼。传说中，山鬼本是大禹的女儿，聪明伶俐，大禹时常带她在身边。有一次，她到河边去玩，不小心掉到河里淹死了。悲痛的大禹把她的尸体埋在了后山上。可是她不甘心在花儿还没绽放的年纪就永远停在了黑暗中，于是她的魂魄化做了山鬼。按道理，大禹的级别完全够格给他的女儿封神，可不知为什么，山鬼硬是没有被封神，所以她以神的身份落得了一个鬼名。好在楚国人民对这种称呼定义不是很看重，神就是鬼，鬼就是神，他们不计较名义上的东西。

有人可能会因此而想起天帝的女儿——女娃，同样也是在水边玩，同样不小心掉进水中淹死了。只是女娃的魂魄化做了一只小鸟，每天不停地叼来小树枝、小石头投向海中，立志要把海水填平。她那娇小的身影在忙忙碌碌的劳动中倒也不显得孤单。

山鬼却不行，一但动了感情，感情的空白会让她感到无比孤单寂寞。还好，她是一个有思想有身份的鬼，否则她把寂寞变为缠人的行动，一定会吓死不少人。那样一来，就不会有山鬼这样动人的故事了，而会留下一句忠告：千万别和鬼谈恋爱。

《国殇》——愿为鬼雄

国殇

操吴戈兮被犀甲，车错毂兮短兵接。旌蔽日兮敌若云，矢交坠兮士争先。

凌余阵兮躐余行，左骖殪兮右刃伤。霾两轮兮絷四马，援玉枹兮击鸣鼓。

天时怼兮威灵怒，严杀尽兮弃原壄。

出不入兮往不反，平原忽兮路超远。带长剑兮挟秦弓，首身离兮心不惩。诚既勇兮又以武，终刚强兮不可凌。

身既死兮神以灵，子魂魄兮为鬼雄。

宋代著名女词人李清照曾经写过一首脍炙人口、豪气十足的诗歌：生当做人杰，死亦为鬼雄。至今思项羽，不肯过江东。在词人看来，人生在世，总要立一番功名事业，碌碌无为的生命是没有任何价值的。人杰和鬼雄，不是在进行选择，二者之间是一种必然的因果，人杰化为鬼雄，鬼雄来自人杰。

然而，胜者王侯败者寇，已经变成鬼哪里去称雄？

荆楚大地上，当音乐声再度响起，祭祀的号角呜呜悲鸣，楚国那些为了国家，奋不顾身血洒疆场的将士们的魂灵再次聚集了起来，屈原为这次祭礼，重新谱写了祭歌——《国殇》。

《国殇》是祭祀为国捐躯的英雄们的祭歌，这篇与九歌中的其他篇章看上去有些不大一样，无论是《东皇太一》、《大司命》、《少司命》乃至《山鬼》，歌颂的对象都不是人，所以里面的主人公大多衣着华丽，腾云驾雾，驾龙车骑赤豹，可是《国殇》的主角就是那些在战争中牺牲的英雄们，他们都是有着血肉之躯的年轻战士，在保卫国家的战场上献出了自己的生命。

屈原是文官，他也许从没有见过战场厮杀时血肉横飞的场面，可是战国时期，谁也不会没有听说过战争。另外，那时的文官与武官似乎没有十分明确的分工，像后代文官就只会读书写字，对舞枪弄棒一窍不通的情形在春秋战国时期并不多见。比如大家熟悉的《曹刿论战》中的曹刿，显然是一个以智慧为国君效力的谋臣，甚至在论述“一鼓作气，再而衰，三而竭”的时候，我们依然感觉到这是一个摇着鹅毛扇坐在小推车中的人物。按照李零先生的考证，曹刿和曹沫是一个人，也就是那个以勇力著称，带领鲁国士兵与齐军三战三败的人。如此看来，这个人表现出的两面性就很有趣，带兵他可以坐在战车上指挥，有没有功夫都没关系。谁料到在齐鲁两国国君会盟时，他居然手持小刀暴起，胁迫齐王归还了辛辛苦苦打仗占领的鲁国领土，很是有点无赖的作风。而那个以刺杀秦王不成而英勇牺牲的荆轲，自然是一个武林中人，可是他在易水边上随随便便唱出的两句歌词："风萧萧兮易水寒，壮士一去兮不复还。"居然就流传千古，成为名曲。

不过他们也都有一个共同的特点，即都有为了国家利益而不计个人生死的玩命一搏行为，活下来的就不用说了，死去的人，如果要为他们写歌的话，那就是《国殇》。

一开始，屈原就为我们描绘了一场短兵相接的激战："操吴戈兮被犀甲，车错毂兮短兵接。旌蔽日兮敌若云，矢交坠兮士争先。"士兵们手执吴戈，身披犀甲，战车往来冲突，因车轮中间的长轴交错而绊在一起，谁也不能挪动。双方的战旗挥舞，遮天蔽日，呐喊声中，只见敌人潮水般涌了上来，有如漫天的乌云无边无际。箭像雨点般从敌人的阵地射过来，可士兵们依然无所畏惧，个个争先恐后地奋勇向前。吴戈是吴国出产的戈，据说吴地出产的戈质量最好，锋利无比。吴国曾经能够称霸一时与它的武器先进不无关系。吴国曾经消灭了楚国，楚国后来又重新复兴，而吴国被越国消灭后就不复存在了。此时，昔年吴国的大部分地区都已是楚国的地盘了，吴地的军工企业在争战不休的时代自然也不会停产，楚国的军队用的都是吴戈。

然而，冷兵器时代的战场上毕竟还是人与人面对面的厮杀，不是远距离的武器较量。最终往往是人多势众的一方占据优势，《孙子兵法》当中不是也提到"十而围之"，当你的兵力比对方多出十倍的时候，那就根本不需要什么战略战术了，只要指挥士兵们冲上去把他们围起来，不要放跑了就行。然后就死命地拼杀吧，就算牺牲三个人消灭敌方一人，那也可以全歼敌军，而自己还剩下大部分军队。现在楚国面临的就是这样敌众我寡的战斗，敌人疯狂地倒下一批又冲上来一批，楚军快抵挡不住了，"凌余阵兮躐余行，左骖殪兮右刃伤。霾两轮兮絷四马，援玉枹兮击鸣鼓。"布好的战阵已被敌人冲乱，战车左边的骖马已被敌人

杀死，右边的骖马也受了刀伤，两边的车轮陷入了泥中，拉车的四匹马被乱成一团的缰绳绊住了，一动也不能动。可是车上的战将毫不退缩，依然握紧鼓槌，狠命地擂响战鼓。战场上，击鼓而进，鸣金而退。已经受到巨大创伤处于劣势中的楚军闻听鼓声，更猛烈地冲向敌军。最终寡不敌众的楚国全军覆没，死去的战士们的魂灵怒气盈天地徘徊在战场上，原野上尸骨遍地。

然而，让人感慨的不只是战士们在疆场上的血战到底，而是他们那种为了国家早就将生死置之度外的精神。出门时他们就没有打算活着回来，路途迢迢一路向前，带着长剑，挟着秦弓，即使身首异处他们也毫不畏惧。他们不仅勇敢无比，而且武艺高强。他们宁折不弯，绝不允许国家受到外敌的侵犯。就算是死了，他们的魂魄也要显灵，就算是做鬼，他们也是鬼中的英雄。

这里我们再注意一下楚军的武器，“带长剑兮挟秦弓”，秦弓，自然是秦国出产的弓了，秦国由于与西北部的少数民族接壤，在和少数民族的长期交流与斗争中，连普通百姓也大多弓马娴熟，再加上南山产的檀柘类树木，是做弓干的好材料，在六国的弓箭质量中稳居第一。至于剑，本来也是吴越所产的比较出名，《战国策·赵策》记载，吴、越之剑“肉试则断牛马，金试则截盘匜”；《庄子》中也提到：吴越之剑“柙而藏之，不敢用也，宝之至也”，这时大片的吴越之地都在楚国境内，所以长剑应该是楚国的最好。由此也可见六国之间似乎并没有严格的军火管制或者武器禁运，优质的武器在各国之间可以自由买卖流通。

楚军精良的武器和勇敢的将士，虽然没能打败敌人，但他们以自己的血肉之躯筑起了坚固的城池，在他们的顽强战斗下，敌人必然也遭受了重创，不得不无功而返。

在楚国人民看来，是战士们的魂魄在显灵了，敌人最终没能侵入。

三、《天问》

《天问》放在今天，很多问题都不算是问题了，但是把它放在几千年前，敢于提出那些问题的人实在是太了不起了。它不是屈原在寻求问题的答案，而是屈原以提问的方式表明了现实世界是让人困惑的，也是对现存秩序的疑问。

《天问》当中共提出一百七十多个问题，至少在那个时候，这些问题实在太难了，屈原认为它们是无法找到答案的，所以只好仰天发问。这首诗的创作背景，按照王逸的考订，是屈原在流放的途中，因为看到楚国先王之庙和公卿祠堂里面有“天地山川神灵，琦玮僪佹，及古贤圣怪物行事”，一时兴之所至，产生了这么一系列的问题。但是，由于天的地位太高了，一个普通人怎么能向天提问题呢？只好起名叫《天问》了。很多人并不认可王逸的说法，认为他只是凭自已的想当然，没有任何证据可以表明屈原是在看图作文。清代著名的考据学家戴震就认为王逸是在瞎编，他说：“问，难也。天地之大，有非恒情所可测者，设难疑之。”也就是说，《天问》所提的问题都是一些天地间变化莫测的问题，屈原是在向这些变化提出质疑。

王逸和戴震的区别不仅仅在于这首诗歌产生的时间背景，更主要的是诗人是在什么样的心情下写的这首诗。

王逸说屈原是有感而发，那就很简单了。看着眼前一幅幅令人惊心动魄的壁画，诗人敏感的神经立刻活跃地运动起来，针对画面及画面让他产生的联想，一口气想出了一百多个问题，并以诗歌的方式记录了下来。那么，诗就是诗了，有感而发，而这个感的对象十分明确，就是祠堂里的壁画。

戴震的讲法让诗的主题变得复杂起来，“非恒情可测者”，也可以理解为不可以按常理常情进行推测。那么我们很容易想到，屈原自身的遭遇就是不能以常理度之的事情。试想啊，过去那个时代是家国一体化的时候，对于一个国家的君主来说，家就是国，国就是家，都包产到户了，当然要兢兢业业地干好。手下的大臣都是为自己家服务的雇工，哪里会有不好好经营、有意要把自家搞垮的人？而像屈原这样经过实践检验的优秀人才，又是自家亲戚，用起来多放心啊。谁要是把他开除了，用李斯在《谏逐客书》里的话来说，那简直就是削弱自己帮敌人壮大。那时可不是“仅此一家，别无分号”的垄断，至少外面还有六个国家可以应聘。然而，这样不合常理的事情就在屈原身上发生了，他怎么能不感到郁闷呢？

这个不合理的事情给了屈原极大的刺激，假如真像此前所写《离骚》中所说，屈原已经下定决心，听从灵氛和巫咸的劝告，远游去寻找适合自己的岗位，那么，这次惨痛的经历必然会成为日后的“前事之师”，不合理会时常从他脑海里跳出来，而且在流放的途中，眼见的不合情理之事越来越多。汉代的司马迁曾经说过，人在遇到危机的时候总会有些不寻常的表现：“劳苦倦极，未尝不呼天也；疾痛惨怛，未尝不呼父母也。”

屈原心中很痛苦，身体又很疲劳，他又是孤身一人“上下求索”，所以“劳苦倦极”的时候，他就会呼天，呼天是希望能得到天的帮助。同样，屈原也属于一个对现实基本不抱希望的人，所以他也只能仰天长叹，对天发问。

哪里来的蛋？

曰：遂古之初，谁传道之？上下未形，何由考之？

冥昭瞢闇，谁能极之？冯翼惟像，何以识之？

明明闇闇，惟时何为？阴阳三合，何本何化？

圜则九重，孰营度之？惟兹何功，孰初作之？

我们生存的这个世界究竟是怎么来的？自从达尔文的进化论流行以来，通常人们都不大关心这个问题了，反正这个世界一直都是在变化着的，我们知道眼下的一切都是经过数万年历史形成的就足够了。而更多的情况是，我们根本就没有考虑过这个问题，世界好像本来就是这个样子，管它干什么。

但在古代人心目中，世界不是无缘无故成为现在这个样子的，所以他们用自己当时有限的知识和经验对种种现象作出解释。这个解释再经过许多年的发展演变，就成为了古人心目中的常识。一般情况下，不出什么意外的话，这个常识也就成为千古不变的真理。

可是，一旦问题提出，特别是大家习以为常的问题，较真儿起来发现根本无力解释这个问题，根本无法找到答案时，那就只好问天了。

首先，远古的时候，在文字还没有产生之前，语言是什么形式无从得知，因为那个时候的人都不在了。然而后人总是时不时地拿古时候的人说事，而且说得有鼻子有眼。那么这些事情是怎么传下来的呢？比如有巢氏、神农氏等等，在后人的描述中他们都建立起了完善的国家管理形式，甚至有了较为完善的社会公共管理体系和民主选举制度，谁说的呢？至少可以说明一点，屈原是无从见到关于那个时代的文字记录，而口口相传、添枝加叶的历史，只要稍加反思，就会发现无数的漏洞。当然屈原追究的问题更早一些，“遂古之初，谁传道之？”是啊，只要认真地追问一下为什么，连续几个问号下来，关于创世的几个神话都是禁不起推敲的。如盘古开天辟地的故事，可以说是盘古创造了我们这个世界。可是盘古死了，他死的时候，还没有人类，谁告诉人们是盘古创造的世界？

其次是概念的确定。以生活中的哲学经验，我们会发现概念的确定是从具体的事物进行抽象认识的结果，人类具有这种能力，是经历了一个漫长的历史发展过程。当原始的人类从水中捞出一条鱼时兴奋地大叫着“yuyu”，时间久了，从水中捞出的这种生物就叫做“鱼”了。可是有些东西本身就是抽象的，“上下未形，何由考之？冥昭瞢闇，谁能极之？冯翼惟像，何以识之？”也就是说，天地还没有形成之前，人们如何知道它的存在状况呢？宇宙间昼夜未分的时候，又有谁看得到它是什么样子呢？宇宙总是时明时暗，怎样才能弄清楚它的成因呢？这可真是令人头痛的问题。再回到盘古开天地时期，大家都说盘古把混沌一团的世界劈开，清气上升，浊气下降，这才有了天和地。而混沌的最好代表莫过于圆圆一团，可是没有人看到那是圆圆的一团，连盘古自己也不知道，谁又能说那外面不是方方正正的一团呢？

第三是世界变化的原因。汽车为什么会动？飞机为什么会飞？人为什么要生气？树叶为什么在秋天会凋落……当把这些相互之间没有什么关系的问题放在一起寻求共性时，汇成一个问题：究竟什么是变化发生的动力？“阴阳三合，何本何化？圜则九重，孰营度之？惟兹何功，孰初作之？”是阴阳的变化形成了天地呢，还是天地的变化形成了阴阳？

天分九层，是谁测量过然后把它划分成这个样子吗？无论是造天地还是造阴阳，也无论是测量天还是划分天，都是了不得的功劳，谁能胜任这样艰巨的工作呢？

屈原的困惑，有的是真困惑，有的是假困惑，有的是表示想知道，有的是表示不相信，让我们跟着他的问题，看看究竟为什么。

天的问题

斡维焉系？天极焉加？八柱何当？东南何亏？

九天之际，安放安属？隅隈多有，谁知其数？

天何所沓？十二焉分？日月安属？列星安陈？

出自汤谷，次于蒙汜。自明及晦，所行几里？

夜光何德，死则又育？厥利维何，而顾菟在腹？

女岐无合，夫焉取九子？伯强何处？惠气安在？

何阖而晦？何开而明？角宿未旦，曜灵安藏？

过去我们一直说中华民族是一个务实的民族，我们尊崇实际实用，反对无益空谈乱讲。然而在实际生活中，我们发现并不完全是那样，比如人们对待天和地的态度鲜明地反映了人们重虚而轻实的态度。我们以土地为生活的根基，靠与土地捆绑在一起的生活养育了一代又一代人。可是，人们却认为脚下踩着的土地自己迟早能搞个清清楚楚，反正它就在自己脚下，随时可以握在手里。所以，人们对土地是用而不敬。有敬奉土地神的，但土地神的地位并不高。然而不种地的天子倒是敬奉社稷二神，不过他们的心中更关心的是社稷的归属问题。但人们对天则是另一种态度，高高在上的天却是充满了神秘气息，雷声隆隆，电光闪耀，时而狂风暴雨，时而风和日丽，天上有日月星辰……天是那样的捉摸不透。对于靠天吃饭的古代人民来说，天是一个可敬可畏的形象。从这个

意义上来讲，天是不可究诘的。

我们先把屈原的问题翻译成白话，看看他究竟都有些什么问题。

天要旋转，就得有一个旋转的主轴，这个主轴又在什么地方呢？传说中有八根柱子撑着天空，就像《西游记》中的孙悟空和如来打赌，一个筋斗云飞到天边，看到五根柱子，以为是撑天的柱子，撒了一泡尿就回去了。屈原知道的是有八根柱子在撑着天，可是不知为什么八根柱子中倒掉了一根，倒掉的那一根在东南。所以，天就向东南方倾斜了，从而也形成了中国地势西北高、东南低的现状。当人们诵读古诗中的“百川东到海”时，要明白这是中国的地势决定的，不是全世界到处的小河流水都向东。天不是分为九层吗，那么这九层究竟是如何划分的？它们的边在什么地方呢？天上有许多角落和坑坑洼洼的地方，它的数目究竟有多少呢？天地在什么地方相互连接在一起？十二时辰是怎样划分的呢？日月天体如何连属？众星在天空如何陈列？太阳早上从旸谷出发，晚上回到蒙汜，一天究竟走了多少路程呢？月亮为何白天不见了，晚上还会出来，它只有一夜的寿命吗？它为何能够死而复生？月亮中的黑点是何物？是否兔子在其腹中藏身？女岐（九尾星）没有结婚，怎么会有九个孩子呢？伯强（风神）平日里居住在什么地方呢？和风又在哪里安身呢？为什么天门合上就是晚上，天门打开就是白天呢？每天早上东方未明的时候太阳又在什么地方呢？

屈原的这些问题并非他无中生有想出来的，而是对很久以来一直在民间流传的天地创生神话的一种反思。以八柱为例，长期以来，人们发现，无论把什么东西往上抛它都会掉下来，可是他们就搞不清楚天为什么在那么高的地方就不会掉下来。于是人们就设想在很远很远的地方，有八根顶天立地的大柱子，一头撑着天，一头支着地，所以天才掉不下来。前面我们提到过，我们的老前辈们通常对数字不是很敏感，这八根柱子到底是确切的八根，还是很多根的代称，也没有人搞得清楚。屈原从来没有见过这些柱子，所以他很是怀疑。到了后来有本名为《拾遗记》的书中提到，有一个浣肠国的人们是生活在水上的，并且个个都是卓越的登山家，可以登上最高的山峰顶端，丈量天地的高低宽窄，他们“绕八柱为一息”。本该等长的八根柱子为何会在东南缺一根，民间亦有说法：共工与颛顼争夺领导权，共工不肯服从颛顼的管辖，想要当老大。原先的老大当然不肯让位，共工勃然大怒，一头向不周山撞去。至于他这一撞究竟是撞向颛顼被人家一闪躲过而误撞，还是气昏了头想撞墙发发火，已经没法考证了。但这一撞造成的后果是很严重的，“天柱折，地维绝，天倾西北，故日月星辰移焉；地不满东南，故水潦尘埃归焉。”

不周山在昆仑山之西，按照共工撞倒它而导致的一切后果来看，它应该是顶天的柱子之一，而且是很关键的一根。几何知识告诉我们，三点确定一个平面，现在有八根柱子在一个平面上，如果撞断其中一根，让整个平面产生滑动，也就是说由天构成的平面的重心必然落在其他七根柱子围成的平面之外。另外，天与这几根柱子之间还要有足够大的摩擦力，否则被破坏了平衡的天地会倒得一塌糊涂而不是只向东南倾斜。

屈原肯定不会以这样的思考方式来进行分析，他只是对这类与天有关的问题感到不可思议、不可理解。但实质上，作为一个充满了浓郁诗人气质的人，他只是提出问题而已，也许他根本没想知道答案。只是现实生活中的碰壁让他想不通，然后想想，世界上想不通的问题还有那么多，那就让它们继续成为问题吧。

“大禹治水”疑案

不任汩鸿，师何以尚之？佥曰何忧，何不课而行之？

鸱龟曳衔，鲧何听焉？顺欲成功，帝何刑焉？

永遏在羽山，夫何三年不施？伯禹愎鲧，夫何以变化？

纂就前绪，遂成考功。何续初继业，而厥谋不同？

洪泉极深，何以窴之？地方九则，何以坟之？

应龙何画？河海何历？鲧何所营？禹何所成？

康回冯怒，墜何故以东南倾？

中国的神话很多时候都是不大符合逻辑的，大禹治水就是一个典型的例子。

上古时期，不知什么缘故发生了一场巨大的洪涝灾害，也许是共工怒触不周山，把天撞了个洞；也许像西方的神话一样，大水是天帝对人类的惩罚。总之，遍地都是滔滔洪水，人们简直找不到可以逃命的地方，连当时人间的帝王尧也一筹莫展。

就在这时，有人向他推荐了鲧。按照家谱来看，鲧是黄帝的孙子，也算是皇室宗亲，不过那个时候流行禅让制，只要老爹把皇位让给了别人，基本上就没他什么事了，但也算是名门之后。还有一个说法，鲧是天上的天神，他偷偷地溜出了天门来到人间，帮人们治水。前一种说法中的鲧由于只知道兵来将挡水来土掩的道理，一见水来，就指挥人们挑土担石来堵，一晃时间过去了，堵了西墙漏了东墙，水患依然存在。尧是一个爱民如子的帝王，一看百姓还在受苦受难，一怒之下就派人把鲧杀死，然后让他儿子大禹接班顶替，继续治理洪水。而第二种传说中的天神鲧则全是出于对人类的同情而加入治水工作，他也同样只知道用土来挡水，但是他从天上溜下来的时候顺手偷了天帝一个叫“息壤”的宝贝，这个宝贝可以向外喷土形成堤坝，治水的效率比挑土高得多。可惜方法不当，仍然是堵这边漏那边。而天帝很快发现鲧不见了，而且正在帮助他要惩罚的人类，更可气的是居然偷了他的宝贝去帮助人类。于是天帝派火神祝融去杀了鲧，取回了他的息壤。

屈原的治水疑问主要是针对人间的鲧禹而言，对治水一事提出以下几方面的疑问：

第一，鲧治水失败的责任应如何认定。“不任汩鸿，师何以尚之？佥曰何忧，何不课而行之？”不任，指不能胜任；汩鸿，是治理洪水的意思；师，指众人；尚是推荐的意思；佥，都；课，试用。屈原很想知道，为什么明知道鲧不能胜任治水的重任，大家还要推荐他。特别是在尧心存顾虑的情形下，还是众口一词地劝尧，让他不用为此担心，何不试用一下看看呢？《史记》当中对鲧禹治水这段历史记录得颇为详细：“当尧之时，鸿水滔天，浩浩怀山襄陵，下民其忧。尧求能治水者，群臣四岳皆曰鲧可。尧曰：鲧为人负命毁族，不可。四岳曰：等之未有贤于鲧者，愿帝试之。于是尧听四岳，用鲧治水。九年而水不息，功用不成。”《史记》的陈述如果是客观的话，那么屈原的质疑便直接指向了尧，尧为什么不试用鲧而直接用鲧治水？治水不得法，为何硬要等到九年才发现？

第二，对鲧的处罚是否合理。“鸱龟曳衔，鲧何听焉？顺欲成功，帝何刑焉？永遏在羽山，夫何三年不施？”鸱龟，不是普通的乌龟，而是神话中的龟，《山海经》中记载有这种奇怪的龟类，它长着鸟的头，

鳖的尾巴，叫的声音与猫头鹰一样。这种龟似乎很讲秩序，排着整齐的队，前后相接。据说鲧就是按照鸱龟的队形筑建防水的堤坝。已经建了九年的防水堤坝，如果再坚持两年，未必不能将洪水治理好。而尧对鲧的处罚也很奇怪，先是把他流放到了不毛之地——羽山，多年都没有作最后的判决。这些问题其实还是在指向尧，鲧依鸱龟的形状修堤也是一种方法而已，或者说龟是龟，鲧治水是治水，只是碰巧他的堤坝修得与龟的形状有点像，怎么就说鲧是听从了鸱龟的指点呢？而尧对鲧的处置更是让屈原想不明白，如果鲧不对，那就立即处决好了；如果鲧没有功劳也还有些苦劳，那也不应该把他扔在荒无人烟的地方不管理。

第三，鲧禹父子之间的遗传问题。母系氏族时期，家庭是以女性为主导的，男性居于从属地位。婚姻关系也比较混乱，小孩子是母亲生的，老妈是肯定不会认错的，至于老爹是谁，往往就搞不太清楚了。我们在读《诗经》的时候，知道姜嫄因为踩了巨人的脚印有了身孕，而生下周始祖后稷。这样的故事当然有美化周代创始人的作用，但说穿了不过是母系社会的结果。然而，进入父系乃至父权社会后，男性一支的血脉相传是绝对不允许出现问题的，但无论从哪方面来讲都不可能出现父亲清楚而不知母亲是谁的情况。可是鲧和大禹之间的父子相承，就出了这样的怪问题。“伯禹愎鲧，夫何以变化？纂就前绪，遂成考功。”愎，就是“腹”，禹不是他妈生的，而是他爸生的，而且他爸就是鲧。根本没有人接生，据说鲧死了三年，尸体还完好无损，肚子有没有变得特别大就不知道了。当然也不知道是谁，居然就那么有创意地用一把锋利的吴刀剖开了他的肚子（那个时候就有吴刀么？不知道!），于是禹就从鲧的肚子里生出来。不寻常的出生经历暗示了禹不是一个普通的人，后来的事实果然也证明了这一点。此后，他就投入了伟大的水利工程，继承了父亲未完的事业。考功，就是已去世的父亲的功业。《礼记·曲礼》：“生曰父，死曰考。”可是“何续初继业，而厥谋不同？”他们父子相承治理洪水，为什么所用的方法却不相同呢？说实话，屈原的这个反问真是有点儿没道理。“龙生龙，凤生凤，老鼠的儿子会打洞”，鲧用的是“堵”的方法，不停地堵水的去路，禹是鲧的儿子，也一定要用这个方法才能证明他是鲧的儿子吗？当然不用了。尽管堵水也是要用脑子的，可是禹是先动脑子后动手，他发现了“大河变小溪，越流越无力”，于是改堵截为疏导。一股大水来了，沿着一条河道汹涌而下。给它挖出九条河沟来作为支流，看它还能折腾多大的浪。

第四，洪水治理好究竟是谁的功劳。“洪泉极深，何以窴之？”洪水的发源地深不可测，得用多少土才能填平它呢？“地方九则，何以坟之？应龙何画？河海何历？”大禹在治水过程中，根据土地的肥沃程度，将其按上、中、下分为九等，他这样划分的依据究竟是什么呢？他在疏导水流的过程中，传说有应龙每每在他不知该将大水引往何方的时候，以尾划地，给他指出开掘河道的方向。正因为这样，治水是大禹一家两代人的事，同时应龙也出了力，那么是非功过的评判是否应该公平一点呢？“鲧何所营？禹何所成？”哪些是鲧所做的工作，哪些是禹的功劳，甚至那个一头撞倒不周山的共工（他的名字是康回）虽然没有出现在这里，但也不能否认他的贡献。“康回冯怒，墬何故以东南倾？”正是因为他的一撞，天地向东南倾斜，可以让大水向东南方流去，最后汇入大海。否则，地要是水平的话，要把满地的水弄走还真是件麻烦事。

关于中国地图的设想

九州安错？川谷何洿？东流不溢，孰知其故？
东西南北，其修孰多？南北顺椭，其衍几何？
昆仑悬圃，其尻安在？增城九重，其高几里？
四方之门，其谁从焉？西北辟启，何气通焉？

除了专门研究古代诗歌的专业人士给予《天问》中的问题以高度的评价外，相信很多人都会认为屈原的问题简直是幼稚，只是一味地提问题，四字一句，也不怎么押韵，实在算不得什么好诗。但是，如果设身处地从屈原的角度来看这些问题，就会发现他的诗作的意义。甚至有些时候，他的想法是非常有前瞻性的。

比如这段文字，屈原提出的问题可以说就是关于中国地图或者世界地图的一种构想。中国现存最早的地图是马王堆汉墓出土的公元前168年以前的作品，有地形图，有驻军图，也有城邑图。光从名称就知道这些地图的作用，实用性是绘制地图的直接动力。

诗人有很多浪漫的想法，他的考虑未必是从实用出发。

“九州安错？川谷何洿？东流不溢，孰知其故？”在古人的头脑中，世界就是九州组成。大禹治好洪水之后，就把中国分为了九州，《书·禹贡》一书中记载这九州是：冀州、兖州、青州、徐州、扬州、荆州、豫州、梁州、雍州。而这九州的地理分布及具体设置没有人会去关心它，主要是因为它对于生活在其中的人来说并不重要，除非有人想要抢占别人的地盘或者穿州越国去做生意。但在那时背井离乡是件很惨的事，很少人愿意这样做。因此，不需要了解它。但屈原偏偏提出了这个地理学问题："九州是怎样确定的？深深的川谷是如何挖出来的？所有的水都流向东边，它为什么不会溢出来呢？"这是从整体地形上进行的考虑。

他还在想一些更具体的问题："东西距离与南北距离哪一个更长一些呢？南北的距离看起来狭长一些，它究竟比东西距离要长多少呢？昆仑山上的玄圃到底落根在哪里呢？它的山顶上不是还有高高的增城，那九重的增城究竟有多高呢？山上的四方之门，都是谁在那里进进出出？如果把昆仑山西北方的门打开，会有什么风从那里吹过呢？"

现在我们可以毫不犹豫地回答：北起黑龙江省漠河以北的黑龙江主航道中心线，南至南沙群岛中的曾母暗沙，南北相距约 5500 千米;东起黑龙江与乌苏里江交汇处的黑瞎子岛，西至新疆帕米尔高原，东西相距约 5000 千米，南北距离比东西距离长约 500 千米。

可是在诗人生活的时代，人们是无法进行这项工作的。一个偏居于南方一隅的诗人，表现出了对更大生存空间的关心，这是他博大胸怀的体现。

神话不是用来相信的

日安不到？烛龙何照？羲和之未扬，若华何光？
何所冬暖？何所夏寒？焉有石林？何兽能言？
焉有虬龙，负熊以游？雄虺九首，儵忽焉在？
何所不死？长人何守？靡蓱九衢，枲华安居？
一蛇吞象，厥大何如？黑水玄趾，三危安在？
延年不死，寿何所止？鲮鱼何所？鬿堆焉处？
羿焉弹日？乌焉解羽？

屈原对中国文学的贡献除了他的优秀诗篇以外，还有他用诗歌记录下的古代神话。尽管他只是轻轻一笔带过，可是这些问题却让我们看到了早期中国神话的丰富多彩，可以看到先民在试图解释自然界时具有的丰富想象力。

神话在屈原记述之前就已经在日益衰退，儒家的大师孔子是一个“不语怪力乱神”的人，所以他毫不客气地将那些神神秘秘的东西改造成人类世界的故事。比如有人问孔子：“听说黄帝四面，有没有这回事啊？”孔子回答说：“黄帝也是人，怎么可能有四张脸呢。他是派了四个得力的大臣到四方去治理国家，四处井井有条，所以说黄帝四面。”又比如鲁哀公问孔子：“夔一足，有诸？”孔子说：“夔也是一个人，凭什么只有一只脚。尧都说了，像夔这样才华出众的人，有一个就足够了。夔一，足也。”显然，如果总是这样解释下去，神话恐怕只能是越来越少。幸而屈原的诗可以让我们看到很多神话的痕迹。

“日安不到？烛龙何照？”哪里有太阳照不到的地方？烛龙又将照亮什么地方呢？《山海经》是保存上古神话较多的一本书，书中提到钟山的山神名叫烛阴，他睁眼的时候就是白天，闭眼休息的时候就是晚上，吹气的时候是冬天，呼气的时候是夏天；他不用吃饭，不用喝水，也不用休息。一旦休息，就要刮大风。估计是烛龙的鼾声很大，像狂风大作一般。

“羲和之未扬，若华何光？”羲和本来是给太阳驾车的马夫，这里指代太阳，太阳每天要坐着六龙拉着的车上班，羲和就是负责驾驶太阳的龙车的。这里是问太阳还没出来的时候，若木的花为什么能发出耀眼的光芒呢？在《山海经》中，若木是生长在大荒中的一种树，赤色，青叶赤华。《淮南子》一书中讲得更详细：“若木在建木西，末有十日，其华照下地。”太阳还没出来之前，有黎明前的黑暗，随后就是晨曦的薄光，若华之光大概指的就是此类光线。

随后的一系列发问，也大多来自神话：“什么地方夏天冷冬天热？哪里有石头成林？什么动物会讲人话？哪里可以看到虬龙背着熊游玩？哪里有长着九个头的大毒蛇四处乱窜？什么地方的人可以长生不死？长寿之人持何神术？那个浮萍蔓延根茎盘错的枲麻花在什么地方呢？那条一口吞掉大象的蛇又有多大呢？传说中的黑水、玄趾、三危到底在哪里呢？人们的寿命究竟长到什么程度呢？人面鱼身的鲮鱼在哪里？会吃人的怪鸟鬿雀又在什么地方？羿是怎样把太阳射下来的？被羿射落的三脚乌鸦是不是羽毛乱飞呢？”

如今，用空调来调节的话，夏天凉爽冬天温暖不再是什么难题。但在古代就不一样了，即使贵为君王，如果天气实在热得不行的时候，也只能叫人弄点收藏的冰块放在周围降降温，另外再多几个人扇扇子。那时候期望真正实现冬暖夏凉，这种地方只有神话中有。另外不要以为古

代人一点儿科学知识也没有，他们其实是知道夏天哪里凉快冬天哪里暖和的。宋代的洪兴祖在注释这一句时就指出："夫以气候验之，中原地形，所居者悉以居高则寒，处下则热。"他还提到"高山之巅，盛夏冰雪；污下川泽，严冬草生"。屈原所探寻的不是这些特殊的地方，他是在追问哪里生活着的人们过着四季如春的生活。

巨石累累有如森林，现不知上古有什么神话与其相关，可能是仙境中的景象，真要到了生活中，就像现在昆明的石林一样，不过是一种自然景观而已，也没有特别神奇的地方。动物讲人话在古代很多书中都有记载，鹦鹉、八哥之类跟人学说话的当不算在内。《礼记》当中提到："鹦鹉能言，不离飞鸟；猩猩能言，不离禽兽。"有很多人考证出其他一些稀奇古怪的能说人话的动物来回答屈原的问题。《周礼》中提到国家设有专门负责管理语言的人员，"夷隶掌与鸟言，貉隶掌与兽言。"并由此而证明鸟兽能言的很多。不过这里存在一个问题，就是以上所提鸟兽所言是动物的语言还是人的语言并不清楚。显然这是一种可以和人交流的动物，而且不是现实生活中人们可以见到的动物。还有专门记录奇闻的书《神异记》中记载道："西南大荒中，有兽，形如兔，人面而能言，心常欺人，言东即西，言南即北，其名曰'诡'。"兔子本来以狡猾得有三个窝而著称，又添上了讲人话骗人，而它的名字又叫阴谋诡计的"诡"，可见其还真不是个好东西。后来蒋骥在《山带阁注楚辞》中又提到几种非常罕见的动物，比如狌狌、白泽、角端等。

从上面的几个神话我们可以看出，屈原对于神话中的趣闻逸事，并不是把它们当做需要解决的问题来考察，他只是对种种离奇的传闻表示怀疑。同时对于一个巫风盛行的地方的人们来说，也许平日里很多人是将这些神话当做一种事实上的存在，他们认为这些神异的人或物、神秘的国度就存在于这个世界上，总有一天可以遇到或到达那里。要是屈原相信这些地方存在的话，那他的生活就会有了希望，也正因为他的怀疑，使他找不到解决现实问题的出路，说到底，就是他根本不相信仙境的存在。

历史与神话的纠缠

禹之力献功，降省下土四方。焉得彼嵞山女，而通之于台桑？

闵妃匹合，厥身是继。胡维嗜不同味，而快朝饱？

启代益作后，卒然离蠥。何启惟忧，而能拘是达？

皆归射鞠，而无害厥躬。何后益作革，而禹播降？

启棘宾商，《九辩》、《九歌》。何勤子屠母，而死分竟地？

帝降夷羿，革孽夏民。胡射夫河伯，而妻彼雒嫔？

冯珧利决，封豨是射。何献蒸肉之膏，而后帝不若？

浞娶纯狐，眩妻爰谋。何羿之射革，而交吞揆之？

大禹、后羿等人既是历史人物，也是附会神话比较多的人物，他们有时候是人，有时候是神，全看他们出现在谁的故事中。而屈原的问题则是真真假假虚虚实实，神话与历史在一起纠缠不清。

大禹为了治水，个人作出了很大的牺牲，其中牺牲最大的就是他的家庭。韩非子在论证古人为何不愿意当皇帝的时候曾以大禹为例，他说："禹之王天下也，身执耒臿以为民先，股无胈，胫不生毛，虽臣虏之劳不苦于此矣。"在韩非子眼中，这样的皇帝当的还不如一个普通百姓，太苦了。可是，他没有看到还有更苦的人——大禹的老婆。

屈原在这里以发问的方式为我们描述了大禹一家人的生活状况及皇位传承中曾经有过的阴谋，顺便涉及到了另一位氏族时期的英雄人物羿。

首先是关于大禹的家事。大禹是一个没有成长史的人，传说中他是从鲧的肚中生出，似乎此后不久他就投入到治水工作中去了，看来他的智慧不是学习或经验所得，而是孔子赞扬的那种“生而知之者，上也”式的人物。据说他由于一心扑在治理水灾的事业中，忙得都忘了人要娶老婆这回事，不过他到底是不是人还是个糊涂账。当他奔波于神州大地时，不知怎么就遇到了涂山氏之女。对此屈原感到很是困惑，“大禹的时间精力都用在了治水上，全天下到处走。在哪里遇到了这位涂山氏呢？然后就与她在桑林中成了好事。禹之所以与涂山氏这么快结合，就是为了自己能有个后人吗？他一相情愿倒没有什么，为什么涂山氏在根本没有共同语言的前提下，就同意嫁给了他了呢？”《吕氏春秋》中有一段文字也许可以作为这个问题的答案：“禹行功，见涂山氏之女。禹未之遇，而巡省南土。涂山氏之女，乃命其妾候禹于涂。女乃作歌。歌曰：候人兮猗。”涂山氏之女因为没有见到禹，还特意命小妾去禹可能经过的路上守候，可见她并非对禹没有丝毫感情。可以想见，像大禹那样一个全国治水总指挥，担负着救民于水火的重任，总会有美丽的少女对这样一位英雄人物佩服得五体投地而愿意嫁给他。可是随着结婚后大禹离家出走治水，而且是一去不复返。照过去的讲法，大禹结婚四天后就走出了家门，从此再也没有回来。身为大禹老婆的涂山氏该是多么的伤心啊。

其次，是关于夏朝皇位继承的问题。传说中的禹是打算继承禅让制传统的，他经过考察，提前指定了一个叫益的人作为他的接班人，准备继承皇位。可是他那位从石头里生出的儿子启没有服从他的安排。历史教科书会告诉我们：“启用权，接父位。”也就是说他是靠父亲的权势进行了权力变更，使自己成为了皇位的接班人。关于这场政变，在古代就流传着两种版本。一种是说大禹指定他的大臣益接班，但禅让的关键在于举贤不举亲，而益没有启品行好，所以他自动退位让贤了。另一个版本则说禹传位给益，可是启很不服气，凭什么把自己老爹的东西传给外人，于是他找了理由就和益打了起来，最后打败了益，确立了自己的领导地位。所以屈原会问：“为什么启取代了益之后遭受了灾难？为什么启遇到了困难，而又最终成功地从困难中解脱？为什么益和启作战时，众人万箭齐发射向启，居然对启没有造成任何伤害？”启当然没有防弹衣穿，这种传说的目的不外是证明启是一个不同寻常的人，他是有资格成为新一代统治者的。“为什么皇位的禅让，在禹手中就可以顺利地交接班，而到了益手中就不行了？”这个问题其实没什么道理可讲，因为启想当接班人。这个时候水灾、旱灾等灾难都过去了，社会财富积累，做领袖不用再像他老爹一样风吹雨淋、烈日暴晒，可以舒舒服服地过日子了，干吗要拱手让给别人呢？从启和益为争夺统治权还打过一仗来看，启自然是有备而来，而益也不愿意随随便便就把这个位子让给他。而启一旦当了统治者，大权在握，为了防备别人说三道四，就得赶紧证明自己的合法地位。于是“启棘宾商，《九辩》、《九歌》”，他急急忙忙地跑到天帝那里去拜访，回来就带回了《九辩》和《九歌》两组曲子。在传唱中人们终于知道，原来现在的天子真的和天有亲戚，人家动不动就可以回天上老家去做客。另外启的出生也是不同寻常的。据说禹在治水患时，为了打通挡住去路的轩辕山，他摇身一变，变成了一只大黑熊，用熊掌“哐哐”地拍山碎石。很奇怪的是被称做禹王的人居然只有一个人在搞水利工程，工地上也没有人准备工作餐，还得让家里人自备。大禹在出门前告诉老婆涂山氏，要是给自己送午饭的话，听到鼓声响再来。结果禹的大熊掌拍得石头啪啪乱飞，几块小石头不偏不倚正好落在了鼓面上，咚咚的鼓声中，忙着开山的禹虽近在咫尺却没有听到，远在家里的涂山氏却听得清清楚楚。由于神话出自众口，人人都可以往里面添枝加叶，所以矛盾之处再所难免，这些也就不必计较了。涂山氏到工地看到一只巨大无比的黑熊正在劳动，她立刻就意识到那是自

己丈夫，悔恨不已，嫁个老公不回家就算了，居然还是个黑熊，心里感到无比的屈辱。于是她扭头就跑，虽然怀着身孕，而且很快就要生了，她依然跑得飞快，大禹硬是没能及时追上。结果涂山氏跑错了路，跑到了悬崖边，这才被大禹赶上。涂山氏一怒之下变成了石头，大禹真是智慧超群的圣人，他明白这女人一旦翻脸不认人，那就是一块石头，所以根本没有打算向她解释。再说大禹娶老婆不是为要老婆，是为了要个儿子。所以他只是冲着大石头喊"还我儿子"。在喊声中石头破裂，启就这样诞生了，而他的母亲本来还是一块完整的石头，这下也裂开了，也就是屈原发问的"何勤子屠母，而死分竟地"，大禹这个超勤劳的人生下的儿子害死了母亲，并且害母亲死得四分五裂。细想一下，这里好像也有逻辑问题，那块完整的石头难道还是活的不成？

最后，则是关于羿的历史故事与传说了。"胡射夫河伯，而妻彼雒嫔？冯珧利决，封狶是射。何献蒸肉之膏，而后帝不若？浞娶纯狐，眩妻爰谋。何羿之射革，而交吞揆之？"屈原问："羿为什么要箭射河伯？为什么要娶洛水之神雒妃为妻呢？他闲来没事最喜欢打猎，捕杀巨型野兽。他献给天帝的祭肉是那么肥美，为什么天帝还不肯保佑他呢？寒浞看上了羿的老婆纯狐氏，于是就和她一起设好了阴谋。为什么羿的箭术举世无双，居然还有人敢合伙害他呢？"在过去的历史和传说中有两个羿，一个是帝尧时的神箭手羿。尧时的旱灾演变成天上出了十个太阳的神话，羿就演变成了射下九个太阳的仙界中人。还有一个羿就是夏代有穷国的君王，前面我们已经提到过这个人物，据说因为启的儿子太康当天子不够敬业，羿就带人把他推翻了，将夏统治下的人民从危难之中解救出来。"帝降夷羿，革孽夏民"说得就是这件事，《左传》中对此记录得较为详细："昔有夏之方衰也，后羿自钼迁于穷石，因夏民以代夏。"也就是说羿不是为了贪图夏启那片土地，而是不忍心看着夏启的那个混账儿子欺压百姓，他是奉天帝之命干掉了启的儿子。既然是奉天帝之命而来，他的父母是谁也就没有人提了，而从他箭射河伯一事来看，他是那种带有神性的人，而不是一个普通的人。河伯不是随便找条小河当水神就是河伯，他是黄河的水神。王逸不知从哪里看到的资料，他说因为河伯化做白龙在水边玩，被羿看到了，顺手一箭射瞎了他的左眼。河伯哭哭啼啼地跑到天帝那里去告状：“天帝啊，我可是你的人啊。羿射瞎了我的眼睛，你得给我做主，杀了那个家伙为我报仇吧。”一向不怎么清醒的天帝这次不知为什么，竟难得地清醒了一次，他问河伯：“羿为什么射你？”河伯说：“我在水里待得寂寞了，出来透透气，变成一条白龙在水边玩玩。”天帝顿时来气了：“我就说嘛，让你在河底守护着神灵，羿怎么能射得到你？你自己变成个长虫，活该被人射，那是你罪有应得。羿有什么过失啊？”

羿是没什么过失，可他夺了夏王朝的统治权后，不务正业，沉溺于打猎游戏中不能自拔。这倒也无所谓，更不幸的在于他不能慧眼识人。一个叫寒浞的人，本来是伯明氏族中不成器的弟子，被部落的人们赶了出来。可羿不知看中了他哪一点，任命他为相，内外重大事务都交由他处理。可他在处理对内事务时近水楼台看上了羿的老婆纯狐氏，而这个充满诱惑力的女人也很容易就被别人引诱了，于是她和寒浞合谋杀害了羿。屈原想不通的一点是，羿那么强的一个人，寒浞色胆包天也就算了，其他人怎么就有胆量与寒浞配合干这种勾当呢？他忘了，寒浞求色之外还有统治大权，那个妖媚的女人可能还在其次，有了大权他什么做不到？他可以轻而易举地许诺给别人很多足以增强胆量的东西。

失败的英雄

阻穷西征，岩何越焉？化为黄熊，巫何活焉？

咸播秬黍，莆雚是营。何由并投，而鲧疾修盈？

按照记载，鲧是硬被大家推上治水负责人的岗位的，尧从一开始对他就既无好感也不信任，而他似乎没有得到表态的权利，就走马上任了，不辞千辛万苦地开始了抗洪救灾工作，整整九年过去了，堵来堵去，洪水依旧横流，不见有起色，尧一怒之下决定处死鲧。

死去三年的鲧尸体不腐，剖开肚子，生出了大禹。这个时候，鲧的尸体一翻身站了起了，变成一头大黄熊向西跑去。屈原的问题就是从这里开始的，西征的黄熊，一路上有那么多的高山峻岭，困难重重，而且有很多不可逾越的天险，一头大笨熊究竟是怎样翻山越岭，到达目的地的呢？他要去的地方是巫师的聚集地，那里名叫灵山，巫师们也确实很灵验，他们用仙药救活了鲧。然后鲧就留在了“诸沃之野”这个地方，在那里教人们如何种植秬黍，如何除杂草种庄稼，如何在水草中寻找可以吃的东西。他成为受人们尊重的人，到禹继承天子之位后，鲧成为夏代人民祭祀的对象。

由此可见，鲧是一个多么好的同志，他第一次活着的时候，尽管他可能真的不适合做抗洪救灾的负责人，或者说尧是贤明而有洞察力的，而鲧自己也是有自知之明的。可是众人一致大力推荐，在找不到更合适人选的时候，他勉为其难地接受了艰巨的任务，并将自己的全部精力都投入到工作中去。从今天留下的记载来看，没有任何证据表明鲧工作不努力，而只是方法不得当，因而没有取得好的效果。而当鲧第二次活着的时候，他没有因为受罚而对国家和人民怀恨在心，依然尽己所能帮助人民。同时呢，他也确实是一位多才多艺的人，种植庄稼在行，辨认植物是否可以充当食物也是行家里手。解决吃饭问题，一直是古代人民生活中最大的问题。至于屈原想知道巫师到底是怎样救活鲧的，那只能说不可解释，也无从解释，神话是不讲理性的。正如神话不怎么讲道理一样，一会儿说禹是从鲧腹中所生，一会儿又可以给禹造出个老妈来。

大禹有一个亲生母亲，她的名字叫“女喜”，又叫“女嬉”，是鲧的妻子。传说她怀大禹也有一番神奇的经历。据说她有一次到泉水边挑水，看到水中有一颗鸡蛋大小的珠子，就拿在手中把玩不已，又试着含到口中，可是一不小心吃下了肚，不久之后就怀孕了。这一怀就是十四个月，可是在生孩子时又遇到了麻烦，怎么也不见孩子正常生下来，最后只好采取非正常的手段把他取出来。有人讲女喜是从背后生出的大禹，也有人讲是从胸前生出的大禹，总之这些不正常的出生通道都证明了禹的出生是一场难产，最后是用刀子划开母亲的身体才取出的他，同时这也意味着他的某种不平常。

然而这样一来，就产生了另外一个问题：大禹是鲧的儿子是毫无疑问的，但如果他是女喜所生，那么就和鲧没有了任何血缘关系，只是又多了一个天生圣人的例子；如果他是从鲧的腹中所生，那么他就是没有母亲的。两个传说显然是不同神话体系下的产物，不过有一点倒是鲧禹父子相承的，那就是他们都曾经变成过大熊，禹变成大黑熊开山救民于水深火热之中，鲧变为黄熊翻山求人救己再生。

而鲧的形象，也就成为了早期神话中失败的英雄之一。在中国人心目中，失败的英雄往往给人们留下的深刻印象要远远大于成功

的英雄，无论是被凿开七窍的混沌，还是追日的夸父，无论是怒触不周山的共工，还是被天帝砍了头还挥舞着干戚的刑天，他们的失败或者牺牲不是最终的失败，而他们不屈的精神和顽强的意志永远激励着奋斗不息的人们。

成仙的故事

白蜺婴茀，胡为此堂？安得夫良药，不能固臧？

天式纵横，阳离爰死。大鸟何鸣，夫焉丧厥体？

古代的人们因为生活艰难，往往很难长寿，而求生又是人的一种本能，所以他们对长生不老甚至成神成仙充满了期盼。有的人也许会觉得奇怪，人生活得很幸福的时候，才会觉得生命苦短，恨不得自己可以永远享受下去，而生活在苦难中的人只会觉得度日如年，怎么会对长生感兴趣呢？

的确是这样，穷苦人民是没有长生的欲望，他们只有转变的想法，希望能摆脱苦难的现状。但是早期的文化是掌握在贵族手中的，普通人就算有想法也没有给他记下来。因此，我们看到的早期成仙的人往往非富即贵。比如较早由人脱胎换骨升天成仙的人就是人类的始祖之一黄帝，他是人间贤明的帝王，所以他是有资格升天的，后来他就乘着龙飞走了。

后来还有一个非常著名的变成神仙的人，他的名字叫王子乔，而屈原的这个问题就是与王子乔有关的。

王子乔是东周时人，是黄帝的四十二代传人，原来的名字叫姬晋，字子乔。他是周灵王的太子，我们知道，古代的皇帝一般叫“灵”什么的，基本上都不怎么机灵，而且大多不是什么好货色。这个周灵公也同

样，做了不明智的事情，太子劝谏惹得他不高兴，就将太子废为了庶人，郁郁寡欢的太子三年后就去世了。在此前，晋国著名的音乐家师旷曾经拜访过太子，看到太子脸色不大好，就直言不讳地说："太子恐怕不是长寿之人。"而王子乔直截了当地回答道："我再三年之后，将上天到玉帝之所。"果然，三年之后，师旷在晋国收到了王子乔的讣告，由于他对自己死期的精确预测，人们都说他变成了神仙。他的成仙经过很简单：他喜欢吹笙，吹奏的乐曲如凤凰鸣叫。他游于伊水、洛水之间，遇到道士浮丘公把他接上了嵩高山。三十余年后，他对一个见到他的人说：请告诉我的家人，七月七日在缑氏山巅等我。到了那一天，就见他骑着白鹤停在山头上，冲着众人挥了挥手，然后就乘鹤而飞，不知所踪。唐代诗人李白对此不无羡慕地说道："吾爱王子乔，得道伊洛滨。"

然而，多年以后，当王子乔再次出现时，已经是能够帮助别人变成神仙的神仙了。

"白蜺婴茀，胡为此堂？"蜺，是彩虹的一种，也就是副虹；婴茀：妇女首饰。白虹披身作为衣饰，为何常仪这么堂皇？

问得着实有些让人莫名其妙，因为这里有一个关键人物没有露脸，他叫崔子文。崔子文曾经跟随王子乔一起学习变成仙人的本领，学了一段时间，王子乔认为崔子文已经具备了成仙的条件，决定使用药物帮他完成由人到仙的转变。但他事先并没有告诉崔子文自己将要怎样做。王子乔选择好了一个良辰吉日，准备好成仙的灵药，摇身一变，成了一道耀眼的白虹，四周云雾缭绕，浩浩荡荡地来到崔子文家的厅堂。崔子文正在屋里修炼，看到一道白虹横在自家的大厅里，身手敏捷地一跃而起，拿起屋里的一把戈，冲着白虹就是狠狠一下。

意外就这样发生了。"啪"的一声，仙药散落在地上，接着"轰隆"一声掉下更大的一样东西，崔子文被惊呆了。回过神来上前一看，地上居然是自己的师父王子乔，此刻已早断了气。崔子文毕竟也是修炼过的人，他不慌不忙地把王子乔的尸体拖进卧室，盖上了个破烂竹筐。过了一会儿，屋里出现了一只大鸟站在竹筐上，昂首向天，发出凄厉的叫声。崔子文掀开竹筐一看，王子乔的尸体不见了，这只大鸟原来是王子乔的尸体所化。再一回头，大鸟已腾空而起，转眼飞得没了踪影。

屈原是在问，但更像是在反问王子乔："不管你从哪弄来的仙药，为什么就不能好好地保存着，这个样子拿来给人，还赔上了自己的性命。上天的法则就是万物有纵有横，有阴有阳，相互转化。如果阳气完全离开，人就会死去。"

王子乔显然是阳气离身，留下的只是他的尸体。可是"那只大鸟又在鸣叫什么，它是怎样从王子乔的尸体转化而成的呢？"

最后的问题本来是不需要回答的，因为王子乔既然能变成白虹，还能变出云气来，他当然是想变什么就变什么。可是问题的关键在于，他已经死了，为什么还能变化？

问题最终是到没法回答为止，因为神话是没有道理可言的，也没有严密的逻辑推理。人既然随手能拿人间的武器杀死神仙，那本来就死不了的神仙硬要死去，谁又有什么办法呢？

根本不是一个层次上的问题被放到了一起，难怪屈原困惑不已。

远古的复仇者

萍号起雨，何以兴之？撰体协胁，鹿何膺之？

鼇戴山抃，何以安之？释舟陵行，何之迁之？

惟浇在户，何求于嫂？何少康逐犬，而颠陨厥首？

女歧缝裳，而馆同爰止。何颠易厥首，而亲以逢殆？

汤谋易旅，何以厚之？覆舟斟寻，何道取之？

山雨欲来风满楼，天色愈来愈暗，黑云压顶。

狂风呼啸着从远处扑来，暴雨倾盆从天而降，山岳在风雨声中耸动，一个巨大的身影，弃舟行走在高低起伏的山陵上，把一个硕大无朋的东西弄走了……这样的天气，无论什么样的罪恶事件，都有可能发生。

罪恶，总是要昭彰于天下；制造罪恶的人，也总是会受到应有的惩罚。

“萍号起雨，何以兴之？撰体协胁，鹿何膺之？鼇戴山抃，何以安之？”萍号，是传说中的雨神。天下不下雨，下多大雨由它定，下多下少也由它定。在靠天吃饭的年代，人们表面上对它充满了敬畏，心里恨不得能掐着它的命门，让它服从指挥。尽管它只是天帝的手下，但是天帝似乎很懒，从不监督下属的工作，所以它实际是大权在握。人们求雨的时候，只要求它就可以了。然而“雨师下雨，究竟是怎样下的呢？”屈原实在搞不明白，它从哪儿弄来那么多水可以比较均匀地下个不停？

“撰体协胁，鹿何膺之？”是说一个东西长得很像鹿，两肋下到肋骨的地方是一个交叉点，上面连着两个身体。这个怪物在传说中还有一个名字叫飞廉，也就是古代神话中的风伯。过去有“云从龙雨从风之说”，风雨总是交加在一起的，所以，本来无形无影的风本不是人们关注的对象，由于涉及到雨，而为人们所瞩目。“风伯一个躯体两个上身，究竟是怎样组装在一起的呢？”

“鳌戴山抃，何以安之”是说海里的一种巨龟，背负着大山划动着四脚。一个爬行动物如何可能背负起那么高那么重的东西，又如何让它稳稳当当的不倒下来呢？

龙伯国的巨人，弃舟上岸，到了高高的山陵上，目的却是从大洋中钓起六鳌，他是如何实现自己的愿望呢？按照《列子》的说法，龙伯国的巨人大得令人难以想象，抬腿走不了几步，就已经越过了五座世间最高大的山脉，到海边垂钓，一次就钓上来六只巨鳌，然后他把六只鳌背在身上，轻快地迈着大步就回家了。

前面的这些描写似乎都只是为了下面的问题做铺垫。

人世间也有这样力大无穷的人，他就是寒浞与羿的老婆纯狐氏生的儿子浇。浇孔武有力，也许就是在那样一个风雨交加的晚上，他带人出奇不意地袭击了夏后相。只是斩草未能除根，相的妻子逃走了，她的腹中怀着复仇的种子——相的儿子少康。从此，仇恨深深地埋在了这个逃亡者的血肉之中，他要亲手割下仇人的脑袋，而且他还有更远大的理想，那就是恢复祖先们宏伟的基业。事实证明，仇恨的力量和韧性绝对胜过爱，历史上无数成功的复仇就是因为大屠杀中有漏网之鱼。

如果浇勤政爱民，品行端正，行为自律，整日在宫里处理政务，出门又有戒备森严的警卫，要杀他还真不是一件容易的事。可是他同父亲一样地好色而不检点，看来好色也可以遗传。只是这一次，他居然勾引

上了自己的嫂子，做这种事情当然要偷偷摸摸，最好除了两个当事人之外再也没有人知道。这就为少康复仇提供了机会。在古代，叔嫂关系是男女要重点处理好的关系之一，孟子作为开通的思想者，曾对叔嫂间的各种禁忌提出过灵活的处理方式。他说："嫂溺叔援，权也。"不会游泳的嫂子掉进水中快要淹死的时候，小叔子可以伸手拉一把，不要太死板地恪守男女授受不亲的规则。然而这也说明，只有在生命攸关的危急情况下，叔嫂才有接触的权利，可见此种禁忌的森严。"惟浇在户，何求于嫂?"浇这个坏小子，对嫂子的美貌早就觊觎已久，只是不知女人会以怎样的态度对待自己。毕竟也是有头有脸的人物，要被嫂子怒骂出来，搞得左邻右舍都知道了，要不了多久就会成为传遍全国的绯闻。他试探性地找嫂子，敲门前，力大无穷的他轻而易举地随手将自己衣袖扯得裂开一条大缝，看她肯不肯让自己进屋，愿不愿帮自己补这件破衣服。没想到事情出奇地顺利，而他的倒霉之日也同样到来得出奇顺利。

夏后相的儿子少康自懂事以来，就把杀掉浇作为自己的使命。"何少康逐犬，而颠陨厥首？女歧缝裳，而馆同爰止。"得知浇借着补衣裳与嫂子女歧勾搭成奸，少康知道杀掉浇的机会来了。现在浇不管有没有衣服补，都在女歧那里住宿。少康立即命令手下的勇士带着猎犬出击，他们悄悄地包围了女歧的住处，潜伏了下来。夜黑风高，大雨倾盆而下，风雨声掩盖了刺客们的脚步声，少康手下的得力干将带着猎犬突然袭击了女歧家。勇士们迅猛地冲进了屋，干净利落地将还在睡梦中的人的脑袋割了下来。只可惜"颠陨厥首"，砍错了脑袋，那个时候男人女人发型在白天还有所分别，但晚上躺下来披头散发都差不多。砍下的那颗人头是女歧的，浇毕竟是一名机警超群的武士，刺客们闯进的瞬间，他悄无声息地杀死了伏在窗下的刺客，迅速消失于不远处的密林中。可是他待了许久的温柔乡中留下了太多他的气味，数十条猎犬咆哮着尾随而至，浇终于再次落入了包围圈，这一次他没有再逃走，在与猎犬和刺客的搏斗中他显示了自己的勇武，给了来犯者以重创，但最后还是寡不敌众，落得个身首异处的下场。“何颠易厥首，而亲以逢殆？”亲，是亲身；殆，是危险。事实上，从女歧当了他的替罪羊那一刻起，他就已经身临万劫不复之境，这个问题不需要回答。

然而，新的问题又来了。“汤谋易旅，何以厚之？覆舟斟寻，何道取之？”据朱熹考证，“汤谋易旅”的“汤”字应该为“康”，指少康，这几句话是说“少康谋划着重整旗鼓、再造山河，他是如何使自己拥有一支强大的队伍的呢？浇兵强马壮、势力强大，就像善于乘舟之人，为何就在小河沟里翻了船，什么缘故导致他走上灭亡之道呢？”这的确是一个值得研究的问题，少康中兴是有夏一代的大事，可是自从夏后相被人追着赶着杀掉了，连收留他的同姓诸侯斟寻、斟灌也受连累被浇消灭了。好在他的妻子很机灵，居然从屠杀中逃得一命，奔回自己娘家有仍国，回去生下了仇恨的种子——少康。那个时候也许已经有了谍报机构，浇很快就得知相的老婆没有死，而且还知道她跑回娘家生下了一个儿子，生下女孩子也就算了，男孩子一定要杀掉，斩草要除根，他立刻派人去追杀少康。

这样的场景真是如同后来我们阅读的武侠小说一样，本来这个孩子也许只是一个普通的孩子，他失去了显赫的地位，寄人篱下只是求个生存。可是，不断的追杀让他在一次又一次的逃命生涯中学会了杀人。生存是生物的一种本能，于是他明白了，只有杀掉想杀自己的人，才能真正自由地活着。偏偏要杀他的人很强大，他只能想方设法让自己变得比对方更强大，至少要旗鼓相当才有可能进行殊死一搏。

少康就是这样被浇“培养”出来的，浇派出的追杀者反倒成了促进少康成长的动力，他在逃命的过程中变得更聪明、更智慧、更坚强、更有力量。人往往是有惰性的，外界的极端压力会把人的潜能压出来。少康逃到有虞国，在那里他联合被浇打败的斟寻、斟灌两国的人们，将他

们组织成为有战斗力的队伍。屈原不明白这些被人打得七零八落的人重新组织起来，怎么会有如此强大的力量。

答案很简单，他们心里充满了仇恨，对那个杀了他们父母妻儿、害得他们四处逃亡的人怀着刻骨的仇恨，当这仇恨的力量会聚一处时，自然会变得所向无敌，无往而不胜。

帝王间的比较

桀伐蒙山，何所得焉？妹喜何肆，汤何殛焉？

舜闵在家，父何以鳏？尧不姚告，二女何亲？

厥萌在初，何所亿焉？璜台十成，谁所极焉？

俗话说，不怕不识货，就怕货比货。即使再无知的人，把长短高下大小不一样的东西放在一起，他们也能发现其中的差别。方法同样适用于人，如果所有的帝王都能严格要求自己，那么就不会出现像夏桀这样的天子了。

说句老实话，我们并不知道夏桀做了些什么。但是新天子商汤承天景命，推翻了夏王朝的统治，并且说夏桀绝对是个无可救药的坏蛋，老百姓在他的统治下已经苦到了极点，所以上天才派自己来取代他，如果不把夏桀换掉，就会有更大的灾难发生。所以夏桀肯定是做了很多的坏事，由于他高高在上，所做所为不是人人都可以了解的，因此要通过一定的宣传让人们认识到这个家伙是真坏了。而在天子的位上，最大的坏事莫过于宠幸某个女人，为了这个宠幸的女人，他往往会做出许多头脑发热的事情。

“桀伐蒙山，何所得焉？”读过《春秋》的人都知道，古代的历史学家最欣赏的就是《春秋》笔法，也就是用一个字就可以表明自己或褒或贬的态度。像征、伐、讨等词都各有不同的意义。天子有权征讨其他不

肯臣服的人，“普天之下，莫非王土，率土之滨，莫非王臣”已经授予了他随便打人的权力。即便是这样，真要兴师动众与人动粗时，他们还是很愿意提出一个更冠冕堂皇的理由。所以出征的理由是不需要深究的，反正欲加之罪，何患无辞，最关键的是每次出兵，他究竟得到了什么好处。从史书中的记载来看，夏桀不属于智力发育不全的人，他不仅智力超群，而且勇武过人，据说可以空手把弯曲的铁钩拉直，绝对是超一流的大力士。所以他不会打没把握的仗，也不会无缘无故地带兵出征。然而后人对他这次出战有施氏的记录，只提及一点收获，那就是美女妺喜，似乎这个间接的收获成了他发动战争的原因。从此之后，这个手无缚鸡之力的美女就被认定为夏王朝灭亡的直接因素。因为她，夏桀从百姓身上搜刮更多的钱财修高楼，建酒池，搞得人们无法生存，指着太阳诅咒：“时日曷丧，予及汝偕亡。”用官方的话来说，他这样“倒行逆施”是在“自取灭亡”。然而稍微用脑想一想的人们就会觉得有一点点不对头。有了妺喜之后，夏桀并没有终止从民间挑选美女，他凭什么要哄妺喜高兴，似乎应该妺喜哄夏桀高兴才对呀！另外，一切命令只能是发自夏桀，而且他想用某种方式让这个女人笑的话，这个女人也没有办法阻止他改变。然而，直到夏朝灭亡，在认定商王朝立国合法性的同时，还是要肯定夏朝天子的合法地位，那么圣明的天的儿子只能是被女人引诱坏了。屈原始终没有看到天跳出来主持过公道，他也就会对天子这个所谓的天的儿子产生怀疑：“妺喜何肆，汤何殛焉？”妺喜能做什么过分的事呢，商汤要给予她惩罚？现在我们都很清楚，她其实什么也不能做，只是成了帝王荒淫的替罪羊。从而再次证明，那些以天子自居的人本身是不容置疑的，他们所犯的错误都是被别人教唆的，他们顶多是个从犯。

相比较之下，圣明的天子简直了不得。了不得的体现之一就是他们不近女色。舜是远古时期著名的贤明君王，按照天子的行政级别，他应该有几个老婆也都是有明文规定的。因为没有人可以管他们，规定只是规定而已。但是舜就是一个老婆少得出奇的帝王。当然，也可能是他著名的老婆就那么两个，其他不著名的老婆还有一大堆。

“舜闵在家，父何以鳏？尧不姚告，二女何亲？”这两句话是说舜都三十多岁了，还没有老婆，他很是忧愁，可是他的父亲为什么不给他娶妻呢？舜姓姚，他父亲自然也姓姚。尧没有给舜的父亲通告一声，怎么就把两个女儿许配给了舜？

舜的婚姻与他的家庭密切相关。他的家庭成员关系不复杂，但也不单纯。他有一个爹，爹是那个亲爹，但妈却不是亲妈，在他很小的时候亲妈就死了，他爹瞽叟给他另找了一个后妈，而这个后妈又为他们家生了两个男孩子，也就是说他有两个同父异母的弟弟。从此舜就不再是他们家的宠儿，事实上他以前似乎也不受宠。于是，最不可思议的事情发生了，舜在家里饱受虐待，一心想把舜整死的不是后妈，反倒是那个亲爹，动辄抡起棒子照头就打。孔子表扬舜是孝子的时候还特意举了他爹打他的例子，当瞽叟用小树枝抽他的时候，他就站在那里不动，让老头子打了出出气，一旦看到瞽叟拿起超过擀面杖粗的棒子，舜撒腿就跑得没影了。按照舜的理论是，小树枝打打也不怎么疼，让老爷子消消气也好。大棍子抡圆了打下来，一不小心就会要了命，要了他的命倒无所谓，关键是老爹可能会因杀人罪而坐牢或杀头，那样岂不是因为自己而害了爹吗？所以不能等着挨打，得跑。从瞽叟多次下狠手痛殴舜的事实来看，这样的爹不给他娶老婆简直是再正常不过的事情。

古人娶老婆过程很复杂，没有父母之命、媒妁之言是不可能娶进新娘的，而看他老爹那个样子，就不是一个可以正常沟通交流的人，尧虽然贵为天子，也不大好与瞽叟这种人打交道，所以他只好破坏了结婚的正常程序。但是这桩婚姻背后却有着深远的政治目的，尧要考察舜是否可以当自己合格的接班人，别人反映舜的问题不可能全天候监控，现在

把两个女儿嫁给他，从此舜的一举一动都在尧的掌控之中。

一下子娶了天子的两个女儿，也就是说做了驸马爷，称得上是一步登天了吧。可是舜在家中的地位却一点也没有变，该干的活还要干，挨打受骂一切照旧。而他不成才的弟弟又看上了两个嫂子，甚至与瞽叟多次合谋要害死舜。但机智的舜在两个聪明老婆的帮助下，一次次化险为夷，并且毫不计较地继续努力与老爹和弟弟搞好关系。

尧的两个女儿应该是很漂亮的，而且地位也比舜高，用后世的说法那就是公主，而舜从此就是附马了。可是舜照常劳动，一点也没有腻歪在家的意思，也没打算讨好这二位公主。不像夏桀那样大力地讨好美女，结果搞得丧国亡身。

然而，无论是夏桀遇到妹喜，还是舜娶尧的两个女儿，当男男女女初次相遇时，谁也不会想到以后会发生什么，会遇到什么样的结果。所以屈原总结说："事物刚进入萌芽时期，谁能料到会有怎样的结果呢？十层高的玉台搭起来后，谁知道它会遭遇怎样的结果呢？"

创生神话

登立为帝，孰道尚之？女娲有体，孰制匠之？

研究楚辞的专家周拱辰认为，屈原写作很喜欢用倒装句式，“《天问》中尽有上句不说出人名，下句才指出者”，也就是说屈原常常把事情过程叙述完毕后，才点出这是某某人干的事。按照这种方法，“登立为帝，孰道尚之”的主语应该在后面，也就是中国历史上和传说中鼎鼎大名的女娲。

屈原的问题总是直指核心，他问：女娲做皇帝，究竟是根据什么样的方法、按照什么样的原则、经过什么样的程序才当上的呢？女娲也有自己肉身凡体，她自己的这个身体又是从哪里来的呢？

女娲是传说中的人类始祖之一。关于她有两个系统的传说：

一个是说她本身是人，因为某种缘故，地球上的全部人类就是她与哥哥伏羲的后代。她姓凤，出生于陇西成纪。一场意外的灾难，也许是天帝对人间种种丑恶现象厌恶之极，才决定让这个物种从地球上消失。可惜计划百密一疏，他们兄妹俩居然侥幸逃脱性命，然后兄妹结合，繁衍了人类，因而也就成为现存人类的始祖。

另一个说法是说她本来就是神，因为看到地球上的生物都不够聪明，于是她想创造出智慧更高的物种来，于是她仿照自己的样子来造人。刚开始在黄河边上用黄土捏泥人，然后赋予他们生命。最后捏得

手都疼了，感觉效率太低，就用柳条蘸泥汤一甩也能造人。捏出来的人就是以后的贵族，偷懒随手甩出来的泥点变成人就是以后的穷人。也有说法是女娲用七天的时间造地球上的各种生物，直到最后一天才造人，中国传统习俗里有一个很重要的节日叫“人日”，据说就是为了纪念女娲造人而设。

如果是人性的女娲，那么她们兄妹两人繁衍出人类，除了她们兄妹俩当老大之外，别人是没有资格的。又因为远古时期，男性的体力还没有在日常生活中显示出绝对的优势时，家族都是由女性统治的。屈原那个时期的人们是不肯承认女性有过当家做主的时间，所以他不能理解，女娲凭什么做天子。如果是神性的女娲，她就算造出了人类，也绝不会为统领这样一群自己用泥巴造出来的东西而感到骄傲的，这样的话她好像也没有什么必要在人间做什么帝王。

第二个问题才是一个真正令所有古代的人们都想不通的问题。那就是他们赋予了女娲合法的创造生命的权利之后，让这个高高在上的“人物”创造人类，凌驾于人类之上，然而，她自己又是从哪里冒出来的呢？

按照现代人的观点，女娲是按照自己的样子造人的话，那她至少应该有一种母仪天下威严。或者说，在人的眼中，女娲应该是一个像模像样的人。可是王逸在给楚辞作注释的时候，他所描绘的女娲形象实在令人不敢恭维，“人头蛇身，一日七十二化”，别的不说，光那个人头下面拖着的长虫躯体，就够恐怖的。这样的女娲又是谁造出来的呢？

从屈原的这个问题我们也可以看出，屈原对老子的学说应该是没有进行过钻研的，否则那些“有生于无”，“一生二，二生三，三生万物”等理论一定会对他有所启发，他会把女娲或者人类的存在看做一个从无到有的过程，而不是去追究到底谁制造出来谁，至少在世界产生这个事情上不会再有那么多的疑问。

真不知道还是假不知道

舜服厥弟，终然为害。何肆犬体，而厥身不危败？

好心有好报的朴素思想在战国的混乱状态下早就不为人们所信服，事实上以怨报德早就成了家常便饭，谁还会在乎那一点点个人的操守问题。

然而，任何一个时代不同寻常的人物就在于他们的思想不同于常人，屈原就是这样一个人。当苏秦、张仪师兄弟摇唇鼓舌将众人玩弄于股掌之上时，鄙视他们的人远没有羡慕他们的人多，屈原不相信，这般没品位的人会成为一种潮流。所以，他是用一种对现实的思考去拷问古人的灵魂，自然是没法得出答案的了。

“舜服厥弟，终然为害。何肆犬体，而厥身不危败？”舜总是让着他那不成器的弟弟，但那坏小子却始终坚定地怀着害人的信念，不把舜害死他决不会罢休的。既然那小子坏到了如此不可救药的地步，过去总是教育人们“善有善报，恶有恶报”的人此刻却有点说不出话来，因为舜的弟弟象虽然干出了猪狗不如的事情，可他却照样活得很滋润，不仅可以继续精神百倍地搞破坏，而且直到最后也没有听说他遭遇了什么不幸。按照传说，象是舜同父异母的弟弟，但不知为什么他总是与父母一起合伙算计舜，总想把舜置于死地。想想也是，如果象是一个具有孔融让梨精神的好孩子，那如何才能证明舜是一个好同志呢？只有让象坏到了极点，宽容大量的舜就会显得好到了极点。虽然只是家庭琐事，可在

讲究修身齐家治国平天下的古人心目中，治家与治国是相同的，家能治好，国就能治好。

因此，应该说正是因为有了瞽叟和象，才成就了舜的名望。有一次他们让舜上房顶去修顶篷。看着舜在上面修得起劲。瞽叟悄悄地来到下面，抽走了梯子，点了一把火，打算把舜烧死。要知道古代建房子，木材占建筑材料的绝大部分，着起来简直太容易了。火苗呼的一下就窜了起来，房子陷入一片火海。舜在劳动期间是戴着斗笠的，有点像我们印象中治水的大禹。在紧急情况下，他手举着斗笠，直接从屋顶上跳了下来，斗笠发挥了降落伞的作用，他平平稳稳地落在了地上，毫发无损。还有一次蓄谋已久的不成功的谋杀。舜下到井底去浚通井水，象在上面打帮手。其实是早就预谋好了要把舜活埋在井底。舜一下到井里就拼命干活，他挖出的泥土石块放在筐子里，象在上面接应。看到一筐又一筐的土在身边积成了小山包，象得意地冷笑着，原来自掘坟墓说的就是这种人。等到又一筐土拉上来之后，他没有向外倒，而是直接一翻筐子将土倒回井底，然后他飞一般地将上面的土块石块向井里倾倒，兴奋得甚至顾不上听舜的痛苦呻吟。土回填到井中，象急不可耐地冲向舜的家中，口里还念叨着："牛羊给老爹老妈，房子给老爹老妈，武器归我，琴归我，两个嫂子住我家。"总之他是准备全盘接收他哥哥的遗产，包括那两位身份高贵又如花似玉的嫂子。可是进了舜的家门，他登时就傻了眼，舜在屋里悠闲自得地弹着琴。然而，从瞽叟到他的两个儿子，全都是心理素质好到不得了的人物，无论发生了多大的事件，都可以当做什么都没有发生过。象略微有一丁点儿不好意思地说："哥，我实在太想念你了，过来看看你。"而这一丁点儿不好意思表明他已经在心理上输给了舜，舜镇定自若地回答："我就在家里，随时欢迎你来。"语气平静得就像他从来都没有出过门。

于是就有人出来对此发表评论了，王逸说："难道舜真的不知道象要杀自己吗？他怎么可能不知道呢？只是因为他对弟弟实在太好了，所以凡事总是替象着想。”用王逸的原话来说就是“象忧亦忧，象喜亦喜”，也就是说舜的一切行动都是为了他那个亲爱的弟弟着想的。

至于舜为什么埋在井里后可以若无其事地回到家中，很多人云亦云的书中都提到，他那两位不但漂亮而且聪明的老婆早就预料到了在打井这件事上象恐怕不怀好意，提前警告舜要提高警惕，保护自己。所以舜下到井里之后，玩命地挖土刨土，他只向下挖了一阵后，就开始往旁边挖一条横向的通道，给自己挖出一条通向地面的逃生路。等象看到身边的土堆成小山的时候，舜已经在侧面挖出了一条横向的地道，而且距地面还很近。当象往井里回填土时，舜顺手挖了挖，就开辟出了回家的新路。

难道这些故事屈原不知道？他当然都知道，只是以他疾恶如仇的性格，他不能相信，一个英明的帝王会对罪恶有如此的宽容心肠，所以他感到困惑。

那两个人是谁

吴获迄古，南岳是止。孰期去斯，得两男子？

缘鹄饰玉，后帝是飨。何承谋夏桀，终以灭丧？

帝乃降观，下逢伊挚。何条放致罚，而黎服大说？

让一个国家长盛不衰需要几个人呢？屈原回答：两个。

“吴国长期存在于世，它立国于南岳。谁能预料到会出现这种情形呢？究其原因就因为得到了两个男子。”

通常人们熟悉的吴国是与越国争霸时期的那个吴国，其他的时候，我们根本想不起来吴国还做了些什么事。事实上，吴国存在的历史是相当久远的。到战国纷纷上演争霸战的时候，吴国已经存在了很多年。它究竟为什么可以存在这么多年？屈原认定的那两个人又是谁？这个话题说起来就比较长了。

吴国的地盘很大，包括今天的江苏省和浙江省的一大部分，对中原人来说，吴地的语言可能比楚国的方言更让人难懂，他们自然要被划归到“非我族类，其心必异”的那一伙中去。另外，孔子在赞扬管仲的时候曾经说过的一句话似乎有点吴国人的影子，孔子说：“微管仲，吾其披发左衽矣。”也就是说要是没有管仲的话，我们恐怕都得披散着头发，衣襟向左边扣上。后来人们常用这句话表示国家沦落于异族手中。当然，对于更爱披发的越人，《淮南子·原道训》中也说：“(古越族) 九嶷之南，陆事寡而水事众，于是民人披发文身，以象鳞虫。”另外，《韩非子·说林》中同样有“越人披发”的说法，吴国、越国与楚国都是南方的大国，地域相邻相接，他们的风俗也往往相近，披发文身是这一带比较常见的装扮。

吴国的发家史就是从两个人披发文身开始的。《史记·吴太伯世家》中提到：周太王有三个儿子，老大太伯，老二仲雍和老三季历，因为季历聪明异常并且思想品德高尚，同时他还生了一个更聪明的儿子昌。周太王很想让季历做接班人，以后好由昌来再接再厉。太伯和仲雍都明白家中老爷子的想法，为了不让老爹和弟弟为难，太伯和仲雍二人联手离家出走了。他们一路下来跑到了荆蛮地区，也就是后来楚国的地盘上，两人“文身断发”，表示完全融入少数民族地区，誓与中原断绝关系。后来，季历接了班，再后来传位给了昌，就是大名鼎鼎的姬昌——周文王。太伯和仲庸在新居住区自号勾吴，他们来自文化发达的地方，行为处事自然很有一套，没过多久，当地的土著居民主动来依附他们的就有数千家，于是太伯就在这里当了老大，人称吴太伯。自此，大地上才有了吴国。太伯死后，因为没有儿子，就由弟弟仲雍接替了他的职位。可以说，要没有太伯和仲雍两个人，世界上就不会有吴国，更不会有以后称霸一时的吴王夫差等人的出现。

让一个国家灭亡需要几个人？屈原的回答：还是两个。

夏朝是毁在了夏桀的手中，然而要不是有那两个厉害的人物出现，他应该还能维持一段时间。这两个人一出现，打着应天从命的旗帜，加速了夏的灭亡。这两个人一个叫汤，后来成了夏王朝的掘墓人兼商王朝的奠基者。另一个叫伊尹，以厨艺闻名于世，转行做了政治家，获得的声望远比在饮食界高得多。

“缘鹄饰玉，后帝是飨。”缘，是装饰的意思；鹄指天鹅；饰玉，装饰着美玉。这几个词是用来形容吃饭用的器具精美异常，使用如此高档

餐具的人自然不是普通人。后帝，那时的后即指帝王，后帝属同义复用。这里的后帝指商汤。伊尹用最好的餐具做出最美味的佳肴请汤享用，用打动主子胃的方式打动了主子的心。伊尹是一个处在乱世却很有想法的人，一心想攀龙附凤成就一番功业。他看好汤，而且认准了汤，所以不惜以陪嫁的媵臣的身份来到汤的家中，进而用一手好厨艺让汤认识了他，并很耐心地听他发表一大通治国的意见，经过亲自鉴定，承认了他的杰出。《史记》中对此有记载："伊尹名阿衡。阿衡欲干汤而无由，乃为有莘氏媵臣，负鼎俎，以滋味说汤，致于王道。"后来老子曾经提出的一句名言"治大国如烹小鲜"，说的是治理庞大的国家与做一餐可口的小菜使用的是同样的原理，看来，伊尹的事迹曾给过他不小的启示。

汤与伊尹搭档，开始了颠覆夏王朝的计划。屈原提出的问题是"何承谋夏桀，终以灭丧?"他想知道，伊尹究竟与汤研究出了怎样的一份作战计划，居然就深入虎穴，并最终里应外合要了夏桀的命。想来伊尹应该又是用自己最拿手的厨艺侍候夏桀，然后让夏桀吃得高兴，酒也多喝了几杯，本来就被人指责为昏君现在变得更昏了。世上的事情就这么奇怪，同样是美女，与贤明的君王做夫妻，就各安其分，相夫教子，母仪天下，即便备受宠幸，全国人民都认为那是她应该享受的待遇。可如果不幸被所谓的暴君宠幸，那就倒了大霉，那个暴君头上的罪过有一大半要由她来承担，比如妲己、妺喜、褒姒等人，似乎要不是她们，那几个君王个个都会变成尧舜禹，他们的统治也可以延续千秋万代。进而连吃饭也成了与君王道德相关的东西，同样的饭菜，吃在汤的口中，那就是为国操劳为民怀忧；一到了夏桀的口中就成了穷奢极欲的表现。仔细想想，那道理实在不是很充分，很可能屈原对此也有所怀疑，只是不好明说而已。

他紧接着提出的问题是："帝乃降观，下逢伊挚。何条放致罚，而黎服大说?”商汤是带有上天使命的人，所以他从天而降，结果一下来就遇到了伊尹（伊挚就是伊尹），一个一心想大干一场的人，于是两人合谋以武力推翻了夏桀的统治，开创了一个新的王朝。新王朝的合法性在于对旧王朝的取代，所以也要承认旧王朝的合法性，对活捉了的夏桀不能采取简单粗暴的处理方式，随随便便把前任君王砍头了事那不合乎规矩，但又得进行点惩罚以表明那个人确实犯了错误，而且是不小的错误。最后用了个看似折中，实际对当事人很残酷的处罚，将桀流放到了鸣条山，舒服惯了的夏桀哪受得了苦，没多久就死在了流放地。黎，是黎民，普通的民众；服，指各地诸侯。古代实行分封制，将距京城不同的距离划分为九个不同的辖区，称为九服，分封诸侯管理。商汤将夏桀流放，举国上下一致赞成，人人拍手称快。屈原的问题是，为什么流放了夏桀，上至诸侯下至普通民众全都欢天喜地?

诸侯如果是跟着商汤打天下，立功行赏，领了新地盘或者扩大了属地的自然很高兴；普通的人们看到新天子上任，传说中残暴的君主下台了，想着今年也许少收点儿税，可能会高兴一阵子。第二天还得面朝黄土背朝天的接着干活去，他们高兴是有限的。即便有当时的史学家记载下人们全都如何的兴奋，我们也应持保留态度看待这一问题。

一塌糊涂的遗传学

简狄在台，喾何宜？玄鸟致贻，女何喜？

该秉季德，厥父是臧。胡终弊于有扈，牧夫牛羊？

干协时舞，何以怀之？平胁曼肤，何以肥之？

有扈牧竖，云何而逢？击床先出，其命何从？

恒秉季德，焉得夫朴牛？何往营班禄，不但还来？

昏微遵迹，有狄不宁。何繁鸟萃棘，负子肆情？

眩弟并淫，危害厥兄。何变化以作诈，后嗣而逢长？

在没有掌握科学的遗传学之前，人们一直用朴素的规律来解释遗传现象，诸如“龙生龙，凤生凤，老鼠儿子会打洞”之类的。然而涉及自身，出于种种目的，人们往往用一些乱七八糟的想象来解释现实问题。

比如，很多时候明明不知道孩子的父亲是谁，普通人没人管没人问的也就罢了。一旦某个人不小心成了伟人或者名人，那就得给他找一个看起来像回事儿的爹。而在这个找爹的过程中，几乎没人会去考虑那个爹产生的合理性，甚至完全不计较那个爹属于什么物种。传说中姜嫄就是因为在野外看见有巨人的大脚印，很好奇地拿自己的小脚在那个大脚印上比了比，心里突然产生一种异样的感觉，没想到居然就因此而怀孕了，怀胎十月生下了“弃”，也就是周代的始祖。因为谁也没有看见巨人，只看脚印，恐怕很难知道那是不是人的脚印。

“简狄在台，喾何宜？玄鸟致贻，女何喜？”简狄在高高的台子上，为什么她与喾的婚姻就那么合适呢？玄鸟专程送来了礼物，简狄收到礼物为什么会喜不自胜呢？这些问题还得从头说起。

简狄在中国历史上也算得上大名鼎鼎，她是为数不多既美丽而又有好声誉的女性之一。因为古代人思考问题的逻辑方式很奇怪，大多完全是一相情愿式地从主观出发作判断，如果女子长得漂亮了，就一定会不干好事，也就是所谓的“冶容诲淫”。简狄是神话中有娀国的著名美女，她还在有娀国没出嫁的时候，就曾经因为“高台事件”而引起万众瞩目。据说有娀国专门为简狄和她妹妹建造了一座奇高无比的台子，让她们姊妹俩住在上面。估计一方面可以让大家远远地观瞻到美女，另一方面又可以产生“可远观而不可亵玩焉”的距离。《吕氏春秋》中还提到，简狄姊妹俩居于“九成之台，饮食必以鼓”，而这就很有点炒作的味道了。过去常讲有钱有势的人家是“钟鸣鼎食”，到了吃饭的时间要击钟列鼎而食，场面气派，餐具豪华，不仅搞那么高的台子，放两个美女在上面，每到吃饭的时间还要敲鼓，那不就是在大张旗鼓地宣扬吗。所以，简狄在赢得大家瞩目的同时，也找了个好夫婿，她嫁给了黄帝的曾孙帝喾。帝喾作为黄帝的嫡系传人，他的父亲、祖父都不曾继承帝位，到他这里才坐上天子的宝座。按理说，这个时候，他的孩子即便是他所生，从血统看也不存在什么问题，所以没有必要再伪造出身，不像后世那些赤手空拳抢人天下的好汉们一样，为了获得正统性，一定得要搞得爹不是爹来妈不是妈才行。可是不知为什么，作为殷商始祖的契却也要和他的父亲帝喾脱离血缘关系。《史记·殷本纪》中提到，殷商的始祖是契，契的母亲就是简狄。有一次，帝喾与简狄等三人正在洗澡，见到一只玄鸟从天上飞过，并掉下一只鸟蛋来，简狄不知是饥不择食还是图好玩，居然就把那只生鸟蛋吞进了肚子，结果就有了身孕，后来就生下了契。玄鸟是黑色的鸟，有人认为就是燕子，所以说，殷的祖先契

不是他爹的儿子，而是一只燕子蛋在她母亲腹中发生化学反应的产物，按父系的谱系来说，他也就是一只鸟的后代，与帝喾乃至黄帝没有了任何血缘关系。

燕子掉下个蛋来，简狄有什么可高兴的，难道她早就不想给帝喾传宗接代，或者她知道用别的方式怀孕会生出了不起的后代来？没有人知道，但整个事情的经过充满了令人不可思议的离奇味道。

紧接着，另外一个登场的人物也是因遗传出了问题而进入屈原的视野。“该秉季德，厥父是臧。”“该”实际上是另一个字“亥”，也就是殷人的另一个远祖王亥。“季”是王亥的父亲王季，王亥继承了父亲良好的道德品行，他的父亲又的确是一个好人，从理论上来说他应该是个品行端正的人。可是，他也出了理论预测的轨道，而且犯的是很严重的作风问题，并因此而丧了命，同时使他的子孙们对另外一个氏族部落充满了敌意。“胡终弊于有扈，牧夫牛羊？”王亥在放牧牛羊方面很有天分，养的牛羊膘肥体壮，同时他也很有经济头脑，牛羊养多了还可以用来交换，于是他和弟弟王恒带着手下一群牧人来到了“有扈”这个地方，打算建立个贸易基地，可以长期居住下来进行交易。“有扈”确切地说应该是“有易”，也是传说中的古国。国王绵臣此时已经一大把年纪了，看到强大的殷部落年轻有为的两个领袖来到自己的地盘做生意，心里很高兴，热情地款待两兄弟。然而，他做梦也想不到的是，这两兄弟到这里来会让他戴了绿帽子。

老国王绵臣有一个年轻体健、貌美如花的妻子，老夫少妻的搭配方式很容易使少妻在婚姻外寻求新的对象。原先这个小女人与一个年轻的宫廷侍卫勾勾搭搭，之后在自家的宴会上一看到外来的两个“位尊而多金”的青年人，禁不住一颗春心蠢蠢欲动。而王亥的弟弟王恒的一双眼睛也在宴会上扫描着，立刻便被美丽的王妃吸引住了，这样的情形如果用“一见钟情”不大合适的话，称做“一拍即合”应该是没有什么问题的了。男欢女爱，偷就偷吧，最重要的是不要被抓住把柄。可是老绵臣的这个小女人却不肯停止下一个目标的搜寻，偏偏在一次宴会上，王亥起身跳了一支舞，手挥着干戚一类的东西，“干协时舞，何以怀之?”也不知为什么王妃的眼睛会盯上他，并对他念念不忘，最让人感到莫名其妙的是，如果王亥是个英俊潇洒的帅哥还情有可原，屈原描述王亥是“平胁曼肤，何以肥之?”也就是说王亥牧牛羊很成功，所以牛羊肉也没少吃，长得很胖，而且是胖得异乎寻常，两胁肥肉蔓延向下铺展，简直无法想象人怎么可能长成这个样子。当然，也有可能是先民生活艰难，特别像有易这样的小部落，人们还不能过上衣食无忧的日子。而当大多数人还在为一日三餐犯愁的时候，魔鬼身材应该是不足为奇的，相反倒是王亥的体型要算得上是物以稀为贵了。总之，王亥以自己特有的形体特征引起了王妃的关注，很快就与年轻的王妃打得火热。

这样一来，绵臣、宫廷侍卫、王恒、王亥与王妃形成多角恋爱，三角恋爱都会时不时地惹出人命案，更何况这么多角。世上没有不透风的墙，而真正的男主人公反倒是最后的知情者。最愤怒的是第一个偷情者，当初他蹚这趟浑水的时候，自我感觉好极了。要知道那可是王妃啊，尽管是冒着生命危险，可是一想到王妃肯屈身相就自己一个小小的卫兵，就是为这事死也值得了。谁知远方来的两个牛羊贩子都插了一腿进来，尤其是那个胖得猪一样的家伙，简直让自以为玉树临风的侍卫感到了莫大的屈辱。

屈原问：“有扈牧竖，云何而逢?击床先出，其命何从?”王亥正与王妃乱搞的时候，本来是偷偷摸摸的事，怎么会就让人知道了，怎么会就让有易的牧人遇上了呢?不管怎么说，王亥也是远道而来的大富翁，与他有染的女人也是王妃，为什么有易的小小牧人敢毫不迟疑地出手，击杀王亥于床上，他受谁的指使而如此胆大妄为呢?有可能是那个气不过的侍卫，也有可能是绵臣，不管怎么说，王亥由于在遗传上没有

能够继承其父良好的道德品行而遭受杀身之祸，也算是咎由自取了。

此后，他弟弟王恒的表现似乎也不大符合遗传规律。“恒秉季德，焉得夫朴牛？何往营班禄，不但还来？”王恒继承了父亲的好品德，但是王亥被有易所杀之后，他的大批牛羊自然也就被有易据为己有。就算老绵臣再好心肠，得知被杀死的王亥与自己的女人同床，也不会根据什么法律把王亥的财产还给他的直系亲属。王恒是个好人，所以他不会是个好战分子，那他又是从哪里弄回属于他们家的牛羊呢？这两句话由于找不到确凿的史实，传至今天众说纷纭。著名楚辞专家游国恩先生认为王亥被杀后，牛羊被人抢了，他的国家也因此而不存在了。王恒另外开辟了一块国土，重新召集自己的部族，加紧军事训练，最后在与有易的战争中大获全胜，夺回了属于自己国家的牛羊，然后对出征有功的人员大加赏赐。也有人认为不是那样，“不但还来”的“不但”是“不得”的意思，也就是说因为王恒没有成功，所以才有后来的王亥的儿子上甲微再次向有易寻仇。如果王恒已经把有易打得大败，那就不存在上甲微二次攻打有易的事了，搞得有易国不得安宁。“昏微遵迹，有狄不宁”，昏微就是王亥的儿子上甲微，传说王亥死后由他继承了王位，有易国的杀父之仇成了他心中挥之不去的痛，再加上叔叔王恒又被有易国扣留，他决定遵从祖先们走过的道路，要狠狠地教训有易国一下。于是，他向河伯国借兵去攻打有易国，河伯国与有易国也是盟国，河伯国君知道如果借兵给上甲微，绵臣恐怕难逃性命。如果不借兵，他似乎又得罪不起。再三权衡，只得将人马借给上甲微，然后仰天长叹，他知道自己对不起老朋友绵臣了。果不其然，上甲微率领军队将有易国杀得大败，绵臣也死于乱军之中。上甲微在整个事件中表现得正气凛然，不愧是王季的嫡系子孙，得其祖父品行真传。然而事情并没有到此结束，转眼间，上甲微似乎又变了个人，“何繁鸟萃棘，负子肆情？眩弟并淫，危害厥兄。何变化以作诈，后嗣而逢长？”“繁鸟萃棘”形容上甲微率领的士兵群情激情奋勇当先。“负子”指上甲微，“肆情”是放纵感情，“负子肆情”指上甲微纵情报仇，一洗血耻。然而就是这样一个看上去很有作为的年轻人，为先人报仇，尽显一身正气。然而到了晚年之后，却薄德无行，荒淫无度。一旦君主不像个君主的样子，马上就会有人想要取而代之。上甲微的年老昏聩而导致他的弟弟们纷纷起来闹事，甚至有人起来想篡夺大哥的王位。遗传到这里似乎再次发生了变异，本来好好的一家人，按遗传学都应该是些好孩子，不知怎的全都变得如此邪恶，实在让人想不通，难怪屈原要提出这么多问题来。

到底是谁捣的鬼

成汤东巡，有莘爰极。何乞彼小臣，而吉妃是得？

水滨之木，得彼小子。夫何恶之，媵有莘之妇？

汤出重泉，夫何罪尤？不胜心伐帝，夫谁使挑之？

毫无疑问商汤是一个成功的男人，成功的男人背后有一大群人。男人女人同样一大群，但真正起作用的不过一两个人而已。商汤的成功，离不开一个女人的功劳，如果没有这个女人，历史到底会是怎么样，确实还很难说。

商汤巡行东部地区，有一天来到了汴州陈留县，也就是今天的河南开封，当时这块地方属于有莘国的辖区。“有莘爰极”的“爰”是“于是”的意思，“极”是“到达”的意思。为什么他只是向有莘国要一个小臣，结果却得到了一个大吉大利的妃子？“吉妃”就是那个给商汤带来好运的女人，她是有莘国君的女儿。据《吕氏春秋》记载，有莘国君原本就很佩服商汤，看到他从自家门前经过，正兴奋得不知如何招待才好，不料商汤提要求说想要一个人。有莘国君很高兴地忙问是谁，当得知商汤要的是伊尹后，他立刻没了兴致。伊尹算什么，不过是个奴隶而已，大老远跑来只为要个奴隶，岂不是看不起我们有莘国，于是他委婉地拒绝了商汤的要求。商汤忙改口说，刚才是开玩笑的，听说有莘国君的女儿漂亮贤德，此番是专程前来求婚的。有莘国君大喜，于是置办了丰厚的嫁妆，举行了盛大的婚礼，将那个微不足道的伊尹放在了陪嫁的奴隶行列。虽然商汤此行的目的不是要娶老婆而是那个奴隶伊尹，但是意外得到的这个老婆确实是一个很贤惠的人。《后汉书·列女传》称这位有莘氏“德高而明，伊尹为之媵臣；佐汤致王，训正后宫，嫔御有序，咸无嫉妒也。”

商汤娶了有莘国这样的好老婆，后宫一片安宁，才可以从容地去应付外面的大事。这个时候，那个叫伊尹的人开始登上历史的政治舞台。所以，如果不是有莘国嫁给商汤，伊尹有机会作为陪嫁品转换门庭，很可能一辈子都在有莘国的厨房中度过了。关于他有过很多传闻，比如这次东巡据说也是他托梦给商汤，商汤才不辞辛苦地亲自出马来找他。而且，他本身就是一个神话的产物。“水滨之木”是长在河边的空心桑树。有莘国的一个年轻姑娘在河边采桑叶，不知何处传来一阵阵婴儿的啼哭声，四下里一打量，却看不到一个人，而哭声就在自己附近。仔细一寻找，发现其中一棵桑树的中心是空的，里面躺着一个小婴儿正哇哇大哭。她急忙把婴儿抱了起来，可是又不能带回家去，这种事情很容易搞得说不清道不明。于是她把孩子交给了有莘国君。好奇心人人都有，国君也不例外，他把孩子交给宫里的厨师抚养，想看看到底是怎么回事。后来了解到，原来这个孩子的生身母亲家住伊水之上，在她怀孕的时候，一天晚上做了个梦。梦到一个神仙告诉她说，如果看到她们家舂米的臼出水了就赶紧撒腿向东逃命，一路上千万别回头。第二天一看米臼，果然出水了，她把这事告诉了邻居，然后就拼命向东跑去，跑了大约有十里路，回头一看，她们家那边全都被大水淹没了。而她也因为回头一看的缘故，化成了一棵空心桑树。接着就发生了采桑女子听到婴儿啼哭，捡到孩子献给国君的故事。那个婴儿就是伊尹。

屈原问：“为什么有莘的国君会厌恶伊尹而让他做了一个陪嫁的奴隶呢？”其实很简单，伊尹的出生经历如此神奇，让身上没有神奇色彩

的国君不免有些恼怒。当然他有办法处理这种事情。不管有什么样的神仙曾经帮助过你们家，现在我就可以让你不得翻身。就这样，伊尹成了一个奴隶，而且在奴隶之中，陪嫁的奴隶地位要更低下一些，可以满足一下国君的虚荣心。

伊尹在有莘国君手中，只是一把切菜切肉的刀，可到了商汤手中，却成了一把锋利的剑，他帮助商汤颠覆了夏桀的王朝。

然而，夏桀毕竟是当时的天子，要想把他推翻，不能随随便便说动手就动手，大前提是要证明夏桀的天子命运到头了，小前提则需要充当导火索的具体事件。商汤讨伐夏桀是在出了监狱之后，“汤出重泉，夫何罪尤?”说得是商汤终于从重泉监狱获得自由，他究竟犯了什么过错才被关起来的呢？商汤使劲地在百姓和诸侯面前做好人，弄得夏桀不是人，夏桀心里很是恼火。有个深深懂得帝王心理学的奸臣赵梁给夏桀出主意，先把商汤骗到都城，然后借机监禁起来。但当商汤重获自由之后，自然是禁不住“怒从心头起，恶向胆边生”，本来还要慢慢找理由的，现在再也不能容忍了。所以屈原的这句“不胜心伐帝，夫谁使挑之”极有可能是一句反问，意思是商汤实在不能忍受夏桀的暴虐，这才率领军队向夏桀发动了战争，哪里用得着别人来挑拨离间！

不过后世的很多人总是一相情愿地把那些贤明的帝王讲成守规矩的模范，一切违章乱纪的行为要么是迫不得已发生，要么是受别人的挑唆而起，总之要表明他们是打心底里不愿意做这种以下犯上大逆不道的事情。有人就揣测，伊尹到来之后才发生了商汤讨伐夏桀的事，大约是伊尹从中捣的鬼。再加上伊尹还到夏桀那里去做过一段时间的卧底，夏桀做的一些坏事没准也是伊尹挑唆的，以便促成这个恶贯满盈的君王的覆灭。

墙倒众人推

会朝争盟，何践吾期？苍鸟群飞，孰使萃之？

列击纣躬，叔旦不嘉。何亲揆发，何周之命以咨嗟？

授殷天下，其位安施？反成乃亡，其罪伊何？

争遣伐器，何以行之？并驱击翼，何以将之？

周文王一直在积蓄着力量，面对着那个让大家深恶痛绝的商纣王，他始终不肯亲自动手干掉他，谁也不知他在等待着什么。有人说，他一直在寻找着可以真正辅佐他成就大事业的人。可是，当吕尚也就是姜太公到了他的旗下，军队训练得兵强马壮，团结可以团结的力量达到了人鬼神三界，可是两个人在一起谋划了很久，还是迟迟没有动手。

直到周武王即位之后，终于发布了向纣王开战的号令。在这里，我们看到了一幅前所未有的壮观景象："会朝争盟，何践吾期?"朝，即甲子日；争盟，争先恐后地来参加盟誓。周武王发兵攻打商纣王之前，按照当时的惯例，要进行誓师大会。时间选在了甲子日早晨，甲是天干之首，子是地支之首，选择甲子日举事意味着新的开始。那天早上，黑云压城，甲光向日，八百多诸侯从各地会聚在了一起，马嘶人扬，喊声震天。"何践吾期"用今天的话来说，就是一种作者预先设入的方式，就像我们和别人说话套近乎的那种语气，例如"咱们家的孩子最近学习怎么样啊"之类。"期"是约定的期限，按照王逸《楚辞章句》中的解

释，是说周武王向商纣王宣战之前，纣王知道迟早会有这么一场战争，得知周武王聚兵于鲔水之上，于是派了一个著名的贤臣胶鬲来见周武王。胶鬲见了周武王很艺术地使用外交辞令问道："你们打算到什么地方去啊?"周武王回答："你们家，殷地。""计划什么时候到啊?"周武王当然知道胶鬲是奉纣王之命来打探军情的，可他没有使用"兵不厌诈"的诡计，而是老老实实地实话实说："甲子日。"然后胶鬲就回去向商纣王报告了。说到这个胶鬲，本来就与周有着密切的关系。胶鬲早年生活不如意，被迫经商，从事鱼盐生意，赚不到几个钱还弄得一身臭鱼虾味。后来周文王慧眼识才，看出他是不同寻常的人，把他推荐给了纣王，并在商王朝中做了官。可以说，周文王对胶鬲是有着知遇之恩的，而这次他却是代表纣王来的，虽然周武王看到他表现得很亲热，他在探明了消息之后，还是义无反顾地返回了殷都。接着，周武王率领大队人马，浩浩荡荡地开往殷都。不料，天不作美，大雨倾盆。那个时候是没有柏油马路的，一下雨，土路全成了泥路。道路泥泞异常，部队无法顺利前行。然而武王却下了死命令，日夜兼程，无论如何必须在甲子日赶到。有谋士实在忍不住了，过来劝说周武王："雨下得太大了，战士们苦不堪言，不如休息两天再前进吧。"周武王解释说："我知道战士们冒雨赶路很辛苦，可是我已经告诉了胶鬲甲子日到达殷都城，而胶鬲也一定会向纣王报告的。如果我们不能按时赶到，纣王一怒之下肯定会杀了胶鬲的。我之所以不敢休息，是担心纣王会杀胶鬲，我们日夜赶路就是为了救他一命。"姑且不管这场急行军路上有没有累死拼命赶路的兵士们，最后，好心肠的周武王终于准时于甲子日到达，他们救了胶鬲的命，要了纣王的命。这是对"践吾期"的一种解释。还有一种说法，认为"何践吾期"说的是众多的诸侯王在甲子日会盟誓师。想一想，八百多诸侯，在没有现代化交通工具和通信设备的情况下，既要让所有的人都知道会盟的日子，同时又要防止过早地透露消息、人多口杂暴露秘密，这该是一项多么艰难的工作。然而，它奇迹般地实现了，众多诸侯如期而至，所以说是“践吾期”。但清代著名学者王夫之对这句话却有不同的理解，他认为“践吾期”的“践期”是不期而会的意思，也就是说大家并没有正式约好某一天到周武王家门前集合，可当他们得知周武王集结军队的消息后，立刻从四面八方赶来会合。所以屈原才会感到惊讶，这些人是通过什么方式得到消息并能够如此迅速地赶到集合地点呢？

其实这事说穿了也没有什么奇怪的，不过是应了那句老话：墙倒众人推。大伙都盼着纣王倒台，可谁都不想当出头鸟，看有人愿意出头，跟在后面有好处分，自然时刻准备着跟上队伍，不要让别人落下了，以后分不到好处。另外，纣王为所欲为已经很久了，凡是归他管辖的每一个人都有可能被他下令召见，至于觐见的结果是什么，那就很难说了。也许一句话惹火了他，被扔进大锅里活煮或者与烧红的铁柱进行亲密接触都是极有可能的。就眼下的情形来说，武王和纣王要进行决战，如果大家都站到纣王的一边，那武王恐怕胜算不大。想一想小说《封神演义》中的那场混战，武王集合了多国部队还进行了那么艰苦的战争，双方都有无数的英雄人物到封神榜报到去了，武王最后才取得了胜利。尽管那是魔幻小说，可是背后有着那场战争的真实影子。如果大家都站在周武王一边，胜算也是有的。何去何从，诸侯们心里打完小九九，都会很快作出明智的选择。

紧接着写大军出发后的事情，“苍鸟群飞，孰使萃之？列击纣躬，叔旦不嘉。”英勇的战士们像雄鹰一样狂傲不羁，谁能让他们团结在一起呢？周武王亲自在纣王的尸体上痛下狠手，周公为什么不赞成他的这种做法呢？显然，这些像雄鹰一样桀骜不驯的勇士们不全是武王的手下，因为他们是来自不同部落的军事联盟，那肯定是为着某种利益而加入到战争中来。推倒殷商的围墙，大家重新划分疆土。如果说大家只是

为了推倒暴君，要立一个仁慈的君王，从此天下人民过上安稳的幸福生活，同时也便于他们隔三差五地朝拜进贡，估计他们的思想觉悟还没有高到这种程度。经过一番苦战，纣王的军队火线倒戈，虽然纣王力大无穷，但大势已去，回天无力。他没有做俘虏的耐心，但是他有死的勇气。关于纣王的死法，曾经有过种种猜测。汉初的贾谊在他的著作《新书》中提到：纣王兵败后退，武王的士兵随后一路追杀。在殷的宗庙前与纣王展开激战，纣王单枪匹马作最后的挣扎，他的手下全都在一边看热闹，没有人肯出手帮忙。最后，他终于倒下了，一旁围观的普通群众，纷纷上前虐待纣王的尸体。最后周武王不得不派专人用帐子把纣王的尸体收起来。然而，司马迁在《史记》中却还有另一种说法，他说，纣王兵败退回京城。他穿上自己最好的衣服，戴上最昂贵的宝玉，一把火点燃鹿台，然后昂然走入火中。不知是他放火的技术不够高明，还是鹿台的防火功能比较强，或者他自身属于火烧不动的材料，总之，他是死在鹿台，但没有被火烧成灰，而是留给了周武王一具完整的尸体。于是，周武王亲自割下了他的脑袋，悬挂在了白旗上。

在纣王的死因上，屈原似乎和司马迁观点一致。在他们看来，周武王在最后攻入纣王的都城后，心里一直窝着一团火，仗打得算不上很顺利，两代人辛辛苦苦终于到了收获的时候，可是冤家对头居然自己走到火里去，不能亲手杀了他。幸好尸体还在，于是他箭射纣王的躯体，砍下了纣王的脑袋。武王的做法让一个人很反感，却又不好当面批评，可是他的态度人们都是了解的。他就是周公。周公在中国文化历史上的地位几乎可以说是无人能及，每当我们提及中国文化时，往往会把周公与孔子并称，传说周公创建了中国的礼教文化，孔子将其发扬光大。正因为周公对于“礼”的认识，所以他不能赞同武王这样对待前朝天子。这是以暴制暴的手段，他希望有一个更合乎情理的处罚用于纣王。周公是一个很有远见的人，一般人根本看不明白他的远见。不过后世的帝王大多都能够明白周公的意图，所以他们如果做了弑杀前任君王的事，一般都会找个替死鬼出来，然后自己再现身，以一副正义凛然地面孔，将替死鬼除去，然后为死去的前朝皇帝举行隆重的祭祀，表明自己对前朝皇帝忠心耿耿，或者表明自己实在是迫不得已、上顺天意下从民心才做的这种事，然后顺理成章地接过前任皇帝的一切产业。而这种做法实际上对后人还有一种警示作用，告诫他们没事别乱学样，自己才是正统的真命天子。

后面还有几句话，再一次反映了屈原思考问题的深刻性，也再一次证明他所提出的问题不是没有事胡思乱想的人在瞎琢磨。“何亲揆发，何周之命以咨嗟？授殷天下，其位安施？反成乃亡，其罪伊何？争遣伐器，何以行之？并驱击翼，何以将之？”这里有五问，可以归结为三个问题。第一个问题是关于周公的，为什么周公亲自帮周武王姬发谋划了这场推翻殷商的战争，但事后不知为何他却一个劲儿地发出深深的叹息声。这个问题的答案可以上接武王对纣王的处理方式，按理说真正与纣王动粗的人无论如何不应该是周武王，至少他在这个事件中不应该表现得太主动。像当初伯夷、叔齐那两个书呆子拉住武王的马缰绳不让他去打纣王，劝他不要犯欺君的罪过时，大军统帅姜子牙也只是令人把他们拉到一边去，不和他们计较，武王基本上没有态度。而事实上，这种没有态度就足以反映出他的态度了。然而，在刚刚取得胜利之后，武王不知是得意忘形还是有意要表现自己是替天下讨伐纣王的姿态，硬是自己在纣王身上动了手。周公可能当时不在场，未能及时阻止武王的不明智举动，但他知道这样做会使皇权处于一种可争夺的地位。所以，在取胜之后，周公反倒深深地叹气，他知道自己还有很多事要做，光是重新分配国家权利和社会福利制度的建设就不知要下多大功夫，只有这样才能保证新政权神圣不可侵犯的合法地位。而承认前朝的合法性正是为了证实自己取而代之的合理性。后来，周对殷的皇亲国戚采取了非常宽大的

处理政策，给他们封地，让他们居住在一起实行区域自治，而不是把那些人当奴隶来使用。由此也可见，他们之所以尊重原先那帮皇亲国戚的身份和地位，其实是为了让人们尊重自己。

第二个问题是关于殷王朝的：殷得到天下，究竟是按照什么规则获得的？为什么他们建立了属于自己的王朝，最后却落了个亡国的下场，他们到底犯了什么错？规则的提出很重要，实际上也是以后王朝屡屡成功夺权后再一次要延续的东西。不论谁获得了权柄，都要声明自己并不是为了享受荣华富贵，不是为了掌握别人的生杀大权，只是因为上天要让自己取代前一任君王，甚至有些时候还要表示一下自己真的很不想干天子这个工作。但最后得出的结论却是，虽然他与前任君主没有任何血缘关系，可是他们都是天帝的孩子，所以众多的普通人就应该服从他们的统治。每一个王朝的灭亡都有后一个王朝给它总结原因，其实到底最根本的原因是什么已没有人知道。人们能知道的只有一点，那就是当周文王、周武王两代人把家业整顿得日渐强大的时候，他们肯定是有目的的，一定会想办法做点儿与自己的实力相匹配的事情。

第三个问题表面上看来是关于殷周之间战场指挥的问题，实质是对战争的性质提出了疑问。各诸侯国争相派兵参战，到底是怎么回事呢？左右两翼强大的军队向殷发起了总攻，又是怎样接受总指挥的命令呢？屈原之前，每当人们提起这场战争，总是按照传统的思路先分析出正义方与非正义方，然后早早定下调子，正义方必然胜利，非正义方必然失败。遵从这样的逻辑，殷已经处于墙倒众人推的境地，纣王所犯下的那些十恶不赦的罪过就是在走向死路。如果真这样的话，那还需要打他吗，或者说还需要这么多人去打他吗？特别是讲到最后一场大战时，大家印象尤其深刻的是纣王临时组织的首都保卫战，刚刚开战就有人战地起义，加入到了周的队伍中。殷商如此不堪一击，还兴师动众地会聚八百诸侯来，岂不是有点小题大作的感觉。问题的关键在这里就暴露了出来，殷决非不堪一击，纣王的统治还没有崩溃，他还有力量，而且是相当大的力量，文王之所以能够那样忍气吞声不发作，就是因为商纣王的力量太强大，他始终觉得没有把握取胜，所以才将艰巨的任务转交给了下一代。

倒霉的天子

昭后成游，南土爰底。厥利惟何，逢彼白雉？

穆王巧梅，夫何为周流？环理天下，夫何索求？

妖夫曳衔，何号于市？周幽谁诛？焉得夫褒姒？

天命反侧，何罚何佑？齐桓九会，卒然身杀。

彼王纣之躬，孰使乱惑？

周朝上应天命，下顺民意，从殷商手中接过了天下的统治权。然而，所有王朝最后的结局却都是那么相像，那么老套，周朝同样又一次陷入了“聪明老爹笨孩子”的结果。笨孩子如果生活在普通人家，不过就是个笨孩子而已，除了几个好事的邻居茶余饭后嚼嚼舌头之外，没有人会理会他们的。可是，笨孩子做了天子，那可真是个倒霉孩子，平常人们做的事到他们手中会变成罪大恶极的事。圣明的周文王和周武王的后代中可真没少出这类倒霉孩子。

西周的王位传到一个叫姬瑕的人手中，也就是历史上的周昭王，悲剧上演了。很多人对周昭王可能没有什么印象，但提起他祖父周成王、父亲周康王，大概多多少少有些耳闻，因为那是历史上有名的“成康之治”时期。与祖父和父亲比较起来，周昭王就黯然失色了。了不起的父辈祖辈给他造成了很大的压力，他想要努力地好好表现一下，最好的方法莫过于开拓疆土，既可以领着雄兵耀武扬威，又可以显示自己的才能。然而，很不幸的事情发生了，周昭王十九年，昭王亲自统兵征讨荆蛮，一直没有将野蛮人放在眼中的周昭王，栽了个大跟头，并且栽下去后就再也没能起来。昭王十六年时，他曾经征讨过荆蛮一次。不过这次时过境迁，频繁的战事给当地的百姓带来了很多的灾难，特别是战争的集中地汉水一带，当地的百姓更是恨死了大老远赶来给自己添麻烦的周昭王。这样一来，还没有开战，周昭王的人马就相当于处在敌人的包围圈中。关键的时刻终于到了，周昭王和一干重要的官员们上了大船，没想到船开出去没有多久就散了架。那是一艘没有用钉子只用胶水的船，真正的用糨糊粘起来糊弄人的船，在水里很快变得七零八落，而昭王与随从们也就此与世永别。这对周朝真是一个莫大的讽刺，整天在强调自己是天子的人竟不知道在天上的老子会什么时候收回自己去。

“昭后”，就是周昭王，古时的帝王称“后”。南土，就是南国，这里专指楚国。昭王到南方巡游，是检查工作吗？当然不是，他是来扬威的，可是号称蛮夷的楚国人根本就不怕他，最后还把自己的性命也搭了进去，真是得不偿失。失败在善于反思的人手中，往往会总结出很多的经验教训来。可是周昭王此行却让人感到很棘手，让人们没法进行反思。他是天子，御驾亲征，但出师的名目似乎并不那么光明正大，而他死在汉水这件事更是丢人，所以后来的史书中提到他最后的这段经历，总是含糊其辞地称之为“昭王南征而不返”。当然，公正的历史学家司马迁在《史记》还是指出了昭王实在是该死：“昭王德衰，南征，济于汉，船人恶之……”一般说来，没有了“德”的帝王一般都不会有好下场的，昭王不得好死是注定了的。然而还是有很多人愿意为昭王的南征找一个合理的解释：“厥利唯何，逢彼白雉？”人做事情总是有目的的，昭王不会带着大队人马费尽千辛万苦去干无利可图的事，于是就冒出一个代表着吉利的东西来：白雉。传说在周成王的时候，由于德义昭著，周围的小诸侯们都对他佩服得不行，所以一个个赶着上门来进贡臣服。有一年，越

裳氏就向成王进献了一只白雉，成为天子有德的一种象征。昭王对前辈的功业向往以久，所以才会搞出那么多事，那么当白雉和前辈的成就联系在一起的时候，他自然也想把这个吉祥物弄到手。清代学者毛奇龄从《竹书纪年》中发现了昭王南巡根本不是天子征伐，而是一场惊天大阴谋：昭王到了晚年变得糊涂昏聩，楚国人低声下气地向昭王汇报，他们那里有一只白雉，打算要献给昭王，希望昭王能亲自迎取。昭王完全没有料到蛮人敢陷害他，还以为自己真的德配天地，毫不犹豫地就答应了。结果到了楚人的地盘上，惨剧就发生了。

周昭王走上了一条不归路，紧跟着继承王位的周穆王由于其能在人与神仙之间周游而名闻后世。“穆王巧梅，夫何为周流？环理天下，夫何索求?”穆王擅长驾车，他为什么要周游天下呢？不辞辛苦地环游天下，到底有什么目的呢？“巧梅”是擅长驾驭车马的意思。对于古代的贵族们来说，驾驭马车是“礼、乐、射、御、书、数”必须的技能，可大多数人也只是“会”而已，要真达到擅长或者说熟练的程度，恐怕没有几个。也许周穆王对驾车旅游特别感兴趣，所以他会狠下一番功夫。同时，由于他有此偏好，那些掌握这种技能的人也会受到他的特别欣赏和照顾。穆王自身的骑术怎样现在不得而知，但是有一个叫造父的人却因为擅长驾车而受到穆王的宠幸。传说中周穆王坐着八骏周游天下时为他驾车的就是造父，他们周游天下的具体轨迹已无法考证，可他们的行车距离却有据可察。据《竹书纪年》载，穆王曾在东方巡游走过二亿二千五百里，向西走过一亿九万里，向南行一亿七百零三里，向北行二亿零七里。我们可以看到，这里的数据有零有整，看上去很真实的样子，不像是在伪造数据。驾着马车跑而且马蹄是在地面不是在云端跑的话，马车的时速不可能超过一百公里，直到 18 世纪，最好的四轮马车在最好的公路上的时速也不过是每小时十六千米多一点。西周时期的马车和路况不会好过 18 世纪的英国，也就是说如果当真计算的话，穆王几辈子也跑不了那么多路。另外《史记》中也还有一个关于穆王车速的记录，那是穆王西巡的时候，由于见到的新鲜东西太多，眼花缭乱，好长时间都不愿意回家。当然了，《史记》中的说法大多是比较谨慎的，而民间的传闻可就完全是周穆王的绯闻了，周穆王到西方不是普通的旅游，而是到瑶池会西王母去了，又一个人神恋爱的故事，只是故事的主人公身份和地位比较特别而已。结果这时东方有一个诸侯叫徐偃王，他是徐国的国君，因为好行仁义，周围的三十多个小诸侯国纷纷前来归附，一时之间声威大振，有人说他是僭越称王，有人说他造反，也有人认为是周穆王觉得让他这样发展下去不得了，总之是这个徐偃王和周穆王已经闹到不可调和的地步。《史记》中的记载是“徐偃王作乱，造父为穆王御，长驱归周，一日千里以救乱。”徐偃王真是个好人，因为怕人们遭受刀兵之灾，居然主动放弃交战逃亡了。“一日千里”是古人用来形容速度常用的模糊计算方式，这里用来形容穆王的车驾，是当时的人们可以想到的最现实最快的速度了。然而，穆王除了玩飞车外，似乎并没有干什么正经事，后来的很多人除了羡慕他可以与西王母聊天外，可以称道的地方实在不多。

接下来要说的是周代最不成器的天子周幽王，说到他的时候，有时候我们会想不起他有过何等伟业，可是提到他宠爱的美人褒姒，那简直可以说是无人不知无人不晓，烽火戏诸侯就是他为了博得冷美人一笑而想出来的绝妙主意。不爱江山爱美人在古代中国是绝对行不通的，爱江山也爱美人在古代中国同样是遭人蔑视的，为了美人而丢了江山更是帝王的大忌。“妖夫曳衒，何号于市？周幽谁诛？焉得夫褒姒？”妖夫就是妖人，一切思想、行为与正常人不符的都可被当做妖人，先知先觉有先见之明的人混得好的是高人，混得不好的就是妖人；曳，拖着或拉着的意思；衒，是衒耀。一个看上去不大正常的人，拖着一包不知什么东西沿着街道叫卖，他到底是怎样吆喝的呢？本来卖东西的吆喝就是广告，广告的目的在于告知，可是这里却对他的吆喝提出了疑问，显然吆喝声中有玄机。“周幽谁诛”不是在问谁杀了周幽王，而是属于古代汉语的

固定用法：疑问句中代词作宾语需要前置。周幽王杀了谁，他又是从哪里得到了褒姒？周幽王大概是忘了自己的身份，对这个钟意的美人爱得不知该如何是好，什么荒唐事都做了出来，结果得罪了诸侯，没有人愿意再臣服这个拜倒在石榴裙下的天子。因为古代的中国实在只是中间那一点点地方，诸侯的臣服作为军事盟友的意义远大于没事干的时候献点礼物向天子表一下忠心。当他们不再臣服的的时候，危险就降临了。西边的少数民族犬戎入侵，将没有向心力的周天子兵马打得落花流水，幽王被乱军所杀，西周就此灭亡。如果周幽王不是天子，他爱怎么逗褒姒开心纯属个人私事，即使发动他们全家人也没关系。可这个倒霉的孩子偏偏是天子，为了让美女高兴一下，丧命亡国还落个千载骂名，真是太不幸了。

出人意料的结局不由得让人们对上天产生了怀疑，天子不都是上天的孩子吗？“天命反侧，何罚何佑？”可是上天有时候却是如此的反复无常，一会儿喜欢这个孩子，一会儿喜欢那个孩子，而且还允许一个孩子将另一个孩子置于死地。另外有些人可能是享受完了他应该有的待遇，所以遭遇了不幸。“齐桓九会，卒然身杀。”称霸一时的齐桓公多次召集诸侯们举行会盟，可惜风光无限时光有限。大名鼎鼎的宰相管仲去世后，齐桓公的国政开始了小人当道的岁月，最后齐桓公本人也被权臣害死。然而像纣王那样享有天命的人按理说不应该没有好下场啊，可是既成的事实又无法用来证明上天的存在，所以只好给纣王找替罪羊，“彼王纣之躬，孰使乱惑？”纣王之所以犯下那么多的过错，主要是有人捣乱，如果没有外界的诱惑，他依然是圣明天子。

历史总是在一遍遍地上演着类似的剧目，除了晋惠帝那样让百姓没有饭吃去吃肉糜的白痴皇帝之外，大多数天子都是被人带坏的。如果要总结的话那就是：天子的本质都是好的，只是有时候他们有点儿倒霉，碰上一群坏人或者一个坏女人把他们带坏了，出了问题又不能怪他们，那只能怪他们命不好了。

忠臣的舞台，小人的天地

何恶辅弼，谗谄是服？比干何逆，而抑沉之？

雷开阿顺，而赐封之？何圣人之一德，卒其异方？

梅伯受醢，箕子佯狂？

毫无疑问，屈原是忠臣，而且对楚国、楚王真是忠心耿耿，虽九死而犹未悔。否则他就不用自沉汨罗江，换个地方继续做公务员好了。我们都知道忠与奸是一对反义词，同时它们也是相互存在的基础和依据，如果没有小人，也就没有了忠臣，如果没有忠臣，小人也是无从表现的。在屈原生活的现实世界中，小人看上去是那么的多，通过屈原的眼睛来审视历史，过去的忠臣也大多没有好结果。

还是以商纣王为例。“何恶辅弼，谗谄是服？”“恶”是厌恶、讨厌；“辅弼”指正直贤良的大臣；“谗”是背后说别人的坏话，进谗言的人；“谄”指善于巴结讨好别人的人；“服”，任用，重用。纣王是一个很聪明的人而不是一个糊涂鬼，所以他心里一定很清楚忠臣与小人的区别，而且他也一定很清楚任用小人和任用忠臣贤良对国家所产生的不同作用，同时他更知道天下就是他的家。那么为什么他还会把贤臣要么杀掉，要么流放，要么下牢？难道他就这么愿意当一个败家子吗？“比干何逆，而抑沉之？雷开阿顺，而赐封之？”这里举出两个截然相反例子，比干和雷开。比干因为屡次劝谏纣王，惹得纣王不高兴，可比干

才不管他高兴不高兴，坚持认为劝谏君王不正当行为是自己职责，哪怕为此付出生命的代价。比干有句名言："为人臣者，不得不以死争。"另外有一点值得注意的是，比干是商纣王的亲戚——他是商纣王的亲叔叔，也许正因为如此，他虽然以不怕死的精神在谏诤，可能心里也认为纣王并不会真把他怎么样。可商纣王倒好，一点儿也没有客气，既然比干以死争，他就让比干死，而且他处死比干的方式还带着点黑色幽默。他说："我听说圣人的心脏有七窍，比干不是圣人吗，把他的心剖出来看看。他的心要有七窍，我就听他的。"在小说《封神演义》中这一段故事又被添枝加叶弄得异常曲折，小说中想挖出比干心脏的人变成了苏妲己，在她的唆使下，纣王像一个好奇的孩子一般，向自己的亲叔叔比干提出了借他那颗七窍玲珑心给妲己治病。比干愤怒地自己剖开了胸膛，取出心脏递给纣王一言不发地扭身就走了。由于有姜子牙的救命符，比干没有立即毙命，他一路走下去，遇到一个卖空心菜的老太太。比干问老太太，人要是没有心会怎么样。老太太回答道："人无心即死。"结果比干大叫一声就死去了。

雷开是纣王时的一个佞臣，据说他最擅长的就是阿谀奉承，因为这个特长而获得赏赐，加官晋爵。关于雷开究竟干过些什么坏事，历史书籍中记载多语焉不详。反正他是长袖善舞，深得纣王宠幸。至于他究竟怎样迎合纣王倒不重要了，关键在于他是一类人的代表，只要这一类人存在，就说明君王不再圣明，或者说即便圣明也被蒙蔽了。当然这类人物是历朝历代都有的，他们被人称做奸佞小人，特别是在每一个王朝走向没落的时候，他们简直就是衰败王朝的罪魁祸首，他们要风得风要雨得雨，那些糊里八涂的君王简直就像他们手中的玩偶，然后整个国家的坏事基本上都是由他们这种小人引发的。他们还有另外一个作用，就是成就贤良忠臣。我们可以想象一下，如果不是小人当道昏君主政，哪里还有忠臣的舞台。按照《论语》中所说的"巧言令色鲜矣仁"的标准，忠臣全都是直杠头，说话直来直去，不揭真龙天子的逆鳞算不得忠；小人全都是嘴巴上抹了蜜，君王喜欢听什么他们就专拣那些话来讲，君王可能喜欢什么他们也不惜劳心费神地揣摩，至于苍生百姓怎么样他们才不管。然而，这天下却是由小人和那个糊涂君王说了算，忠臣只是在舞台上表完他们的忠心，就再也没法去真正实现他们的主张了。最后的结果就是，忠臣想要为国家、为社稷、为百姓着想，可是他们只能想想而已，一切都是空想；小人根本不想为国家、为社稷、为百姓着想，他们满脑子算计自己的利益得失，总之国家安危、百姓艰难还是没有人管。我们可以想象一下，如果一切反过来，忠臣不只是表演，而是实实在在地大权在握，比如说屈原，他是楚怀王一人之下万人之上的高官，发现靳尚、上官大夫之类小人为非作歹，直接将其拿下，然后向楚王一报告，来个除恶务尽，听起来倒是很痛快，可是他身上的“忠”字还真不大好看出来，相信时间一久，他倒会被大家看做一个仗势欺人的家伙。

如此一来，要做忠臣，大多数情形下就不能期待自己在现实中获得一个圆满的结局，但是，不同的人却会有具体遭遇的不同，这也就是屈原所说的“何圣人之一德，卒其异方？梅伯受醢，箕子佯狂？”圣人指代下面提及的梅伯和箕子，为什么圣人们具有同样的美德，但最后行事的方式却不一样：梅伯忠正耿直，被剁成了肉酱；箕子一心为国，却不得不披头散发佯装精神失常。梅伯是纣王时的诸侯，因为看不惯纣王的所作所为，就经常给纣王提意见，而纣王根本就不是一个听取别人意见的人，两个人一个是屡说不止，一个是屡听不行，可两人的身份不是对等的，纣王决定要眼不见心不烦，于是就杀了梅伯，并把他剁成了肉酱。箕子与商纣王同姓，是殷商的贵族，曾任太师辅佐朝政。他也针对纣王的言行提出了很多批评意见，纣王同样也不答理他。如果与比干比较起来，箕子算是幸运的，如果清算亲戚关系，比干与纣王的关系要比箕子与纣王的血缘关系亲得多，可是比干却被挖了心，而箕子还保住了

性命。但有时候，活着的人远比速死的人还要痛苦。箕子屡次进谏，有好心人劝他离开这个是非之地。而箕子对纣王的荣誉还是很维护的，他对劝他的人说：“为人臣谏不听而去，是彰君之恶而自说于民，吾不忍为也。”然后他披头散发，胡言胡语，完全一副非正常思维的样子。他虽然处处为纣王着想，可纣王对他并不客气，以为他真疯了，就把他监禁了起来，一直到周武王武装解放殷首都，箕子才被放了出来。可是箕子不愿做周的顺民，于是带着一大帮子殷遗民去了海外。

武王伐纣是殷商末期的一件大事，这段时期出了很多忠臣，比干、梅伯、箕子、伯夷、叔齐等等，到武王取得胜利坐了天下的时候，他们有的死了，有的隐居不出，有的栖身海外，都没有能够与圣君共事。武王的手下此时贤人多于小人，但他们究竟有多么忠心却无从考量，不像纣王手下的忠臣，一眼就可以看出来，因为他们个个都不怕死，而且大多死得慷慨激昂。看来只有小人占据一席之地的时候，忠臣才有表现的舞台。

让老爹又恨又爱的孩子

稷惟元子，帝何竺之？投之于冰上，鸟何燠之？

何冯弓挟矢，殊能将之？既惊帝切激，何逢长之？

后稷在中华民族的发展史上是有着重要地位的，他还有个名字叫“弃”，传说是周人的始祖。他擅长耕种，并教会人们种植稷和麦子，从此这两种农产品成为中原大地最基本的粮食作物。

但是，稷是一个出身不太清白的孩子，在他的出生问题上存在着让人起疑的地方。他的母亲姜嫄是帝喾的元妃，元妃生的孩子就是元子。“稷惟元子，帝何竺之?”稷是帝喾的元子，为什么帝喾那么痛恨他呢？而且这种痛恨达到了非置其于死地不可的程度。这里的“竺”字是一个通假字，也就是古人写的错别字，但大家又都承认可以这样用的写字方式。“竺”实际是“毒”，也就是憎恶的意思。稷一出生，姜嫄就使用了种种办法想要了他的小命，可是都失败了。“投之于冰上”只是其中的一种方法，此前她已使用过几种其他方法了。首先将其扔在狭窄的小巷中，希望有牛啊马啊的路过时，随便哪只蹄子踩上都足以要了稷的小命，可是，哪些牛马在只容一身通过的狭小地方居然恰到好处地让四只蹄子越过而不碰到地上的孩子；后来她又将孩子带到山上，想扔在荒野树林里，无论是给猛兽吃掉还是饿死都是很有可能的，谁知平常里不见一人的山上那天在搞集会，人来人往根本没

法丢弃孩子；最后，她只好将刚出生的小家伙扔在冰天雪地里，心想这下哪里还有冻不死的道理。可谁知偏巧有只大鸟飞落下来，不偏不倚恰好落脚在姜嫄弃婴的地方。天寒地冻，估计鸟也觉得踩着那个包裹捆儿挺暖和，所以就卧下来休息了，这下婴儿与大鸟刚好可以相互取暖。这一切都原原本本看在姜嫄的眼中，然后再由姜嫄的口中传出。按道理，由本人传出的亲眼所见应该是最可靠的，可如果是和本人有重大利益关系的陈述，那又将会是最不可靠的传说。显然，姜嫄讲述的一切，都有可能是她作为一个母亲被迫要抛弃这个来历不明的孩子时做过的，可是，她每次抛下这个可怜的孩子后，母亲的天性又使得她恋恋不舍地要作最后的看护，当几件巧合的事情发生后，一直期待能让孩子活下去的母亲找到了很好的理由。她可以抱着孩子回去交差了，她可以说不是她舍不得杀死这个孩子，而是老天保佑，不让这个孩子离开人世。

这对于孩子的父亲帝喾，那个知道自己妻子出门转了一圈，踩了巨人的脚印后心里有所感动而生下一个孩子的人来说，无疑也是件很苦恼的事。前面我们说过，在母系氏族时期，生下的孩子只知母亲而不知父亲是常有的事。而巨人的脚印是带有神异色彩的东西，帝喾也不能公然挑战神的权威，因为他自己还要凭这种神赋予的权威统治天下呢，所以他只能把责任推托给犯错误的妻子。

后世的人在说到“稷”这个话题时，总以为是姜嫄无缘无故生下孩子没法向人交待清楚，而迫不及待地要将这个孩子害死，却不知很久以前屈原就指出来，是帝喾对这个来历不明的孩子深恶痛绝，欲杀之而后快。

但经过姜嫄对大家宣传这个孩子不同寻常的出生经历和自己多次欲杀之而不能的奇迹后，立刻使稷身上充满了传奇色彩，而姜嫄也下定决心要将这个孩子抚养成人。因为起初想把他扔掉，扔了一次又一次，最后还是捡了回来，就给他起了个名字叫“弃”，就是抛弃的意思。

很快人们又在弃的身上发现了特异功能，他似乎没有其他男孩子那样翻东家墙摘西家枣、爬树钻洞掏鸟窝之类的调皮而又快乐的童年时光，自打能独自一人自由活动之日起，他就一副少年老成的模样，特别爱钻研与庄稼有关的问题，他做的游戏都是在种植树木、麻、椒等农作物。在古代中国农业社会当中，天生具有务农天分的人是很受人们尊重的。等到长大成人以后，弃就实实在在地在农业上显示出了自己的实力，他一眼就可以看出哪一块地适合种麦子，哪一块地适合种谷子，有些聪明的种田人跟着他学，果然取得了好收成。在帝尧当政的时候，弃在农业方面取得的杰出成就已是有口皆碑。尧封他为农师，相当于农业部总工程师一类的职务，在他的具体指导下，农产品大丰收，人民丰衣足食。尧时发生的旱灾水灾曾使人们陷入巨大的苦难，弃的才能对于百姓恢复正常的生产生活有着至关重要的作用。到了舜为天子的时候，舜高度肯定了弃在人们遇到饥荒时作出的贡献，将弃分封到邰地，称之为后稷。

弃，现在应该叫后稷了，如果他的本领始终只是表现在农业上，那也只是“术业有专攻”的一种，不算太令人惊奇。然而，后稷还能够手执弓箭，指挥千军万马，从最高级的农业技术顾问转为最高级的军事指挥官，这就不能不令人感到惊讶了。“何冯弓挟矢，殊能将之?”后稷从小的兴趣都在农活上，不知他何时学会的弯弓射箭骑马打仗，所以屈原会问“他为什么能手持弓箭，以特殊的才能统领军队?”也许在早期的社会生活中，农业生产设备比较落后的情况下，农业生产过程可以收到和体育锻练近似的效果，让人的身体得到强度很大的训练，从而只要稍微进行一下军事训练就可以成为一个军事指挥官。

本来一个来历不明的孩子，很可能让帝喾感到难堪而对其恨之入骨，以至于姜嫄四处找地方要处理掉他。可是，由于这个孩子身上具有

的农业社会中最重要两项本领，再加上两代人间帝王的赏识，他终于脱颖而出，成为新一代万众瞩目的英雄人物。原先那个恨之欲其死的老爹帝喾这会儿好像也不大在意他的出身了，“既惊帝切激，何逢长之？”虽然他的出生让帝喾吃惊不小，心里也翻来覆去地思量了不少日子，后来看到这个孩子这么有出息，估计心里的那些计较慢慢也就淡了，再到最后，居然保佑起这个孩子来，使他长期平安、兴旺。

背了千年黑锅的“惑妇”

伯昌号衰，秉鞭作牧。何令彻彼岐社，命有殷国？

迁藏就岐，何能依？殷有惑妇，何所讥？

受赐兹醢，西伯上告。何亲就上帝罚，殷之命以不救？

惑妇，就是红颜祸水。在古代中国，如果一个男人犯了错误，而他背后站着一个女人的话，一般来说，几乎可以把他所犯错误的责任全部推卸到这个女人身上。比如，一个女人长得漂亮害得男人整天缠着她而不务正业，声讨就都是围绕着女人进行的，人们称漂亮的女人是“尤物”，男人之所以没了志气全怪她长得美，所以说是“冶容诲淫”。西周和殷商之间的国家所有权之争本来是男人之间的事，可偏偏要扯上一个女人出来。

西伯姬昌一声倡议，那些弱小诸侯立即群起而响应。这是殷朝末年的事。纣王日渐不得人心，而西伯又在努力地拉拢人心，一正一反的两套招术，导致西伯的队伍迅速壮大，殷商的附着势力逐渐被削弱，所谓“秉鞭作牧”也就是成为诸侯的领袖。为什么上天这会儿不理会那位可以给他大碗酒大块肉的殷商，而让西周放弃原来位于岐地的周社而另立新社，并取代了殷国的统治。由此可见，上天真是有一个让人拿不准的性子，祭祀不忠诚了，天要惩罚你。祭祀丰盛了，可是品德有缺陷时，他也不管你了。我们知道，社是祭祀土神。上古时，一个国家最重要的大事就是祀与戎，只有国君才能进行社祭，这是行使权力的象征。“迁

藏就岐，何能依”则说的是西周早期的事情。迁，是迁徙；藏，是财产的意。周太王率领百姓迁居到岐山，人们扶老携幼，带着自己的财物跟随着他，他究竟何德何能，居然让百姓可以生死相托，不远万里随他迁徙。这里提出的问题倒不是主要的，因为历史上一直都在传说着周文王之前的历代领袖都比较注意修养品德，因而深受百姓爱戴。

修养品德很重要很关键的一点是不好女色，文王、武王都是以思想品德好而著称，具体如何好法我们不知道，也就是说从正面可能无法进行全面的描述，只能举出个别的例子来作代表性的说明，比如他们能够礼贤下士，选贤任能，远离佞臣；再比如他们吃穿简单，只是按照“礼”的规定进行而已，尽管比普通百姓的用度要侈奢得多，可是比起糊涂天子的穷奢极欲就艰苦得多了；再比如他们不好色，连《诗经》开篇的《关雎》都被认为是歌咏文王后妃的德行，可见文王背后有一个很优秀的女人。

与之形成鲜明对比的是那些倒霉的下台天子，不管事情究竟是怎么样，给他们定罪名的时候，总会连累一些女子，而且最后总会确定这些女子才是真正的罪魁祸首，夏桀的妺喜首当其冲，紧随其后的就是纣王的妲己。

纣王宠幸苏妲己是众所周知的事，为了证明是苏妲己媚惑的纣王，小说《封神演义》还特意将苏妲己的来历进行了改编，把她的出身由一个正常的漂亮女子改为专门勾引男人犯罪的狐狸精。一般来说，正常男人都会被狐狸精迷得神魂颠倒，当然纣王本身素质也不是很高，所以他会轻而易举地受妲己的诱惑。此后，纣王所做的一切都被打上了妲己的烙印。打个比方来说吧，苏妲己突然有一天想吃鲜荔枝了，她随口说了一句“真想吃荔枝啊”，这句话听在纣王的耳朵里可以有两种反应，一种是根本不当回事，你想吃就想着呗，什么时候有了什么时候吃；另外一种是特当回事，既然你说了，哪怕这荔枝在天上咱们也得把它弄回来，反正又不是纣王自己去弄。于是，他叫手下的张三上来，命令张三用最快的速度把鲜荔枝捧上来。然后张三再令手下去采办，逐级下压，最后无论是从遥远的南方飞奔而来的马踩死了百姓，还是张三的手下及张三因为没有弄到荔枝掉了脑袋或者死于其他酷刑，这笔账统统算到了妲己身上，谁叫她想吃荔枝的，她要不说那句话不就什么事都没有了吗！可不是吗，“殷有惑妇，何所讥？”纣王就是因为有了苏妲己，所以一切劝谏对他都没有了用处。“讥”在这里不是嘲笑讥讽，而是劝说、劝谏的意思。不知有没有人想过，如果没有苏妲己，换个李妲己或者张妲己，只要纣王不改，殷的命运就是注定了的，所以究竟是谁亡国，简直是不言自明的事情。

下面，那个准备接纣王班的人，就是要把他所犯下的过错都彰显出来，让众人知晓，让老天知道，然后就可以做接班的准备工作了。西伯姬昌也就是周文王，他就是那个一直在准备着的人。“受赐兹醢，西伯上告。何亲就上帝罚，殷之命以不救？”“受”是纣王的名字，他真是很聪明的人，西伯姬昌的所作所为其实他心知肚明，对西伯的潜在危险他也有一定的认识。可是他却用了一个自作聪明的方式来检验姬昌的威力。姬昌的大儿子伯邑考被当做人质放在纣王的身边，给纣王当车夫。纣王将伯邑考剁成肉酱做成羹汤，赐给姬昌，还对左右的人说：“不都说姬昌是圣人在世吗？圣人总不会喝自己儿子的肉汤吧！”姬昌收到纣王赐的肉汤，他知道那是他儿子的骨肉做成的肉汤，同时也知道纣王是暗中考量他，于是忍住悲痛喝下了羹汤。纣王得意扬扬地对左右说：“谁说西伯是个智者，他喝了用自己儿子的肉做成的羹汤还不知道呢！”西伯不是不知道，但是在人间他又有什么地方可以诉说呢？但他也没有选择沉默，他把纣王的恶行向上天作了汇报。结果自然是纣王受到了上天的惩处，而受到处罚的同时也并未免除殷商应该亡国的罪过，殷商已经无法挽回即将到来的灭亡之局。这样的结局看上去还不错，然而我们总会觉得上天似乎好多事情都不大清楚，需要那些能够通神的人向它汇报。不过想想也是，大千世界，它哪能样样事情都看在眼里，记在心上，所以小报告永远都存在。

历史上最精明的广告商

师望在肆，昌何识？鼓刀扬声，后何喜？

武发杀殷，何所悒？载尸集战，何所急？

姜子牙是一个非常有名气的人，这名气来自于他选择了一个值得信赖而且又有发展潜力的大人物——周文王。在此之前，他只是个无名之辈，虽然他有远大的理想，有当世少有的才华，然而没有人知道，没有伯乐没有慧眼没有知音，他在孤独寂寞和郁闷中度过了自己的绝大部分人生。幸好，他的身体非常健康，没有高血压高血脂心脏病，虽然长期不得志，连家中老婆都时常跳起来骂他是个老不死的，可他的心理自我调节能力相当强，所以活得真是相当长。传说他八十多岁的时候在渭河边用愿者上钩的方法引来了周文王，空出自己身边的座位，载着他同车而归。

中国有句俗语：“人生七十古来稀。”活到七十岁都少见，更何况姜子牙八十多岁才拜将封相，率领着军马在疆场厮杀，真正开始自己的人生打拼。如果他不幸早早死了，那这场伟大的功业就不知由谁来完成了。

周王朝的建立，标志着姜子牙功成名就，他立下的功劳，可谓名垂青史。然而后世很多人始终没有认识到一件事，姜子牙不是有幸遇到周文王，而是他善于进行自我营销、自我推荐，以他的精明，他不是在等周文王，只是在等合适的机会拿下周文王而已。

姜子牙一生大多数时间过得是穷困潦倒的落魄日子，属于典型的大器晚成型。“师望在肆，昌何识？”师望就是姜子牙，他姓姜，吕氏，名尚，周文王还是西伯的时候，初次与姜子牙会面，一番交谈之后，喜不自胜地对姜子牙说道：“吾太公望子久矣。”从此之后，他就被大家尊称为太公望。后来太公望又被周文王和周武王先后封为师，古代的这个师一般都是老师或大师一级的人物，比如师旷，就是音乐大师。但太公望这个师却是官职。传说姜太公在入周之前曾经在殷商的都城朝歌做过牛肉贩子，而那个时候他就努力让自己有所表现，证明自己不是一个普通的牛肉贩子，但他如何让文王姬昌认识他呢？不要小看这个问题，你也许认识你们家周围卖菜的小贩，甚至亲热地称兄道弟，可是如何让国家领导人认识他，并且大老远专程赶来和他握手并请他去当个政府顾问或智囊团成员可就不是容易的事了。姜太公有自己的独门办法：“鼓刀扬声，后何喜？”他卖肉的时候，有意弄出很大的动静，在其他肉贩子还不懂得如何吸引客户的时候，他领先了一步。但是他的领先不是凭借高声吆喝“新鲜肥牛，吐血甩卖”，而是通过一系列的动作和声响，向外传出的不仅是这些声响，还有他的名气。鼓刀，就是把刀弄出声响来，据说古代的屠刀把手上都有一个铃铛，切肉时会当当响。如果是正常的声音，那每一家屠户都差不多，关键在于姜太公不切肉，而是高举屠刀，摆出夸张的姿势，引起众人的瞩目。以至于现在研究中国广告史的人，都把他的这种方式作为中国较早的广告方式之一。

不过这样理解虽然未尝不可，但是太浅薄了。他这么一摆弄屠牛刀，又不是搞杂耍的喜剧演员，有什么可乐的呢？“后何喜”是说让周文王乐得合不拢嘴。前面我们已经说过，“后”这个词早年是指天子的，而不是皇后，这里是指周文王。周文王怎能不高兴呢，他一直在找这样一个军事参谋，一个有眼光有胆识敢干大事的人。按照王逸的注

释，他们俩见面时的一番对话简直可以成为一见倾心的写照：

周文王：先生贵姓？

姜太公：免贵，在下吕尚。

周文王：你好啊，吕先生！

姜太公：托您的福，还不错，西伯大人！

周文王：你是个屠夫啊，卖牛肉的，搞那么大动静干什么？

姜太公：是的，大家都看到了。

周文王：大家有什么不知道的吗？

姜太公走到周文王身边，声音低到只有文王一人听到：下屠屠牛，上屠屠国。

文王心里的震惊可想而知，一把拉住姜太公的手：走，上车，回家！用王逸的话来说是“文王喜，载与俱归也。”

要知道，他们是在朝歌，纣王统治下的国都，西伯姬昌又是一个让纣王高度敏感的人，没准周围有多少奸细作耳目，他们两人诡秘的对话一定会作为要事汇报，会成为新闻传开，得赶紧离开这个是非之地。反正文王被纣王关过一次之后就下定决心，绝不能第二次进监狱。

事实证明，姜太公“鼓刀扬声”不是在卖牛肉，而是在推销自己，他的广告获得了空前的成功，他成为了文王的首席军事顾问，成为了武王伐纣的军事总指挥，最后分封齐国成为诸侯，子孙世袭荣华富贵。由于他有很长一段时间做小本买卖的经历，所以在他统治的地区没有人看不起生意人，齐国的商业经营为国家积累了财富，成为春秋战国时期以经济发达而著称的国家。

后来很多不得志的文人以大器晚成自许的时候，往往会以姜子牙同志为榜样，李白在《梁甫吟》中写道：“君不见朝歌屠叟辞棘津，八十西来钓渭滨！宁羞白发照清水？逢时壮气思经纶。广张三千六百钓，风期暗与文王亲。大贤虎变愚不测，当年颇似寻常人。”

可是，千万要记住，不确定自己能否活到八十岁以上的人还是不要学姜太公的好，因为怕等不到那一天，成名还是要趁早。另外，自我营销的广告学学得不到家的人，也不可以学姜太公，他虽然当年颇似寻常人，可他的那些行为举止没有哪一点是像平常人的。需要说明一点，也许有人已经发现了问题，那就是姜太公究竟是在哪里遇到周文王的，是渭水边上还是殷的都城朝歌？我们的回答是：不清楚。那个时段的历史与传说混杂的太多了，没有办法搞清楚。

后面两句是说周武王与姜太公合作终于取得了胜利，虽然用的是问句，但问题似乎并不存在："武发杀殷，何所悒？载尸集战，何所急？"周武王攻进朝歌亲手斩下纣王的头，悬首示众，他对纣王有这么大的仇恨吗？文王死后，武王继位后伐殷，专车供着父亲的灵牌就踏上了征途。这里有一个字"尸"曾经引起过很大争议，有人以为是木主，也就是灵牌；也有人以为是尸体，父亲死了，都没来得及下葬就整军出发，他干吗那么急呢？

死也要感天动地

伯林雉经，维其何故？何感天抑墜，夫谁畏惧？

“伯林”指晋献公的太子申生：“伯，长也。林，君也。”“雉经”，是自杀的意思。太子申生因为什么而自杀呢？他的死为什么能够感天动地，又有谁会对他的死感到莫名恐惧呢？

司马迁曾说过，人固有一死，或重于泰山，或轻于鸿毛。但无论是泰山还是鸿毛，都只是人间衡量死者的标准。可是我们知道，传说中很多死者因为有着特殊的原因，能够产生更大的轰动效应，即惊天地泣鬼神。

在中国上古的神话中，很多人都可以因为种种在别人看来很小在他们自己看来大到不得了的事情上天去麻烦神仙。后来不知是神仙不胜其烦拒绝了很多人，还是人类知识的增多使大家明白神仙不是人人可以去找的，找神仙办事就成了少数人的专利，比如巫师巫婆或者人间帝王等才有这个权利。但是，因为绝大多数人没有和神仙打交道的经验，要让人们相信神仙的灵验，神仙们就不能让总是被动地等着人们找上门来，得时不时地显示一下功力，人有了冤枉委屈，它要出面干预，坏人做了恶，它会使恶人遭受报应……现在我们最熟悉的上天显灵的例子莫过于元代戏曲中的《窦娥冤》。窦娥在临刑之时指天为誓，死后将血溅白绫、六月降雪、大旱三年，表明自己受屈含冤。在穷苦百姓无路申诉的年代，上天成了他们唯一的也是最后的寄托。后来窦娥的誓言果然都应验了。三年后，窦娥的老爹窦天章中举、做官，回到老家替她洗冤。天是什么，人们并不清楚，他们对天起誓，实际上是对天上能够显灵的神仙发愿。由此可见无论是天还是神，它们的工作很多时候是缺乏主动性和积极性的，需要人去推动一下才能进行下去。

晋献公的儿子申生之死也是一桩天大的冤案，于是就有了不平常的事件发生。

晋献公率兵攻打骊戎，骊戎一看形势不妙，立刻拿出古老的而又有效的求和手段之一：献上美丽的女子骊姬。从历史的经验来看，战败方的这一招真是太狠了，一方面可解燃眉之急，另一方面送给对方一个本国的女子，每个人都有爱国心，那女子要是真扶了正，生了儿子做了国君，简直就是自己人在其他国家当君王嘛。即便效果再差一点，献出的女子大多都有狐媚的本领，她们到了战胜国，一定会迷住对方的国君，让他整天吃喝玩乐不管国事家事，然后神不知鬼不觉地就把整个国家搞得一塌糊涂。骊姬入晋也不例外，晋献公收下骊姬后退兵回国，从此后就沉浸在骊姬的温柔中。不久，骊姬生了儿子奚齐，献公爱屋及乌，因为骊姬的缘故，他想废除太子申生，另立奚齐为太子。献公是想用这法子讨好骊姬，所以这主意一经想出，第一时间他就告诉了骊姬。可是在那个时候，废长立幼是国家政治生活中的大事，太子申生又没有什么过错，随便说说可以，真要废了，朝里那帮大臣们还不得吵翻了天。献公对骊姬的承诺迟迟未能兑献，骊姬一再催促，献公只是推托要找个合适的机会。骊姬一看这老头子要靠不住，如果从来没有过这事也就罢了，现在风声可能都传出去了，以后申生真要顶替接班，自己娘俩岂不是要没好日子过。靠人靠天靠不住，那就只能靠自己了。要除掉申生，首先得让他犯错误。她用了招蜂引蝶的诡计，先在自己的头发上涂上蜂蜜，引来蜜蜂嗡嗡地围绕着她。然后冲着申生大叫救命，不明就里的申生飞

奔过来，骊姬却装着躲蜜蜂的样子撒腿就跑，她知道绕过花园中的假山就可以让晋献公清清楚楚看到园中发生的事情。而见义勇为的申生奋不顾身地追上来，挥舞着衣袖试图帮她赶走头上的蜜蜂，骊姬则抱着头不紧不慢恰到好处地把握着事件的节奏。果不其然，老眼昏花的晋献公根本看不到骊姬头上有蜜蜂飞舞，但他清清楚楚地看到申生追在骊姬身后，还不停地伸手去骊姬的头上脸上抚弄，老头子的肺简直都要气炸了。他操起卫兵的戟冲着申生迎上来就是一下子，险些要了申生的命，然后一番怒斥，骊姬在旁故做委屈状哭哭啼啼，搞得申生无从辩白。

从此，献公对申生便有了看法，原先声称想换太子也许只是讨好骊姬的闲话，现在倒是要认认真真地考虑一下这个问题了，“老子还没死，他就敢调戏他小妈，太不像话了，得收拾这小子。”

骊姬知道，火已经慢慢地燃起来了，可是她等不及，决定在这火堆上再加些油。

她撺掇献公派申生到曲沃去祭祀申生的亲生母亲齐姜，按照当时的礼法规定，这些祭品在祭祀完齐姜后，还要带回来给老爹晋献公享用。骊姬偷偷地派人在祭品中下了毒，她可不是要毒死晋献公，自己地位没安顿好之前，这个老头子可是唯一的依靠。她的目的是嫁祸于人。当晋献公半信半疑地让仆人和狗一起检验祭品时，不幸的仆人和狗都一命呜呼。晋献公终于忍无可忍了，上次调戏小妈的罪还没处理呢，居然还得寸进尺，连老爹都想干掉。申生跑到了新城，他的弟弟重耳（也就是后来威名远扬的晋文公）劝他说：“你去和老爹把事情说清楚不就得了。”申生答道：“现在爹最喜欢的就是骊姬，要是让他知道骊姬是这样的人，他岂不是很痛苦。算了，我受点委屈没关系。”重耳又说：“要不，你逃到别的国家去吧。”申生回答说：“我要是一跑，岂不是全世界都知道老爹冤枉了我，那样太不孝顺了。”

于是，为了尽忠尽孝，太子申生选择了自杀。他的死不是畏罪自杀，而是为了老爹的快乐而牺牲了自己，这种思想觉悟高到令很多人不可思议，但他也由此而获得了很高的荣誉，被人们称为“恭世子”或“恭太子”。他死后的魂灵则拥有了常人没有的权利，阎王那里自然是不去的，天帝那儿倒时常可以去喝喝茶。一贯严肃认真的历史学家司马迁在《史记》中提到申生时，不免也为他的蒙冤受屈添了点不那么靠谱的内容：申生的弟弟继位，就是晋惠公，他没有按照规定的礼仪改葬申生，申生的灵魂勃然大怒。过去被老爹冤枉也就算了，好赖落了个孝子的名声，现在居然连小弟都敢欺侮自己，是可忍孰不可忍。恰好有个熟人狐突路过，申生显灵告诉了他要报复晋国：“我已经禀告天帝，要把晋国送给秦国，以后我将在秦国享受人们的祭祀。”狐突劝他说：“我听说不是人家宗族的神是享受不了祭祀的，你还是再考虑一下吧！”申生犹豫了一下说道：“我再向天帝请示一下，过十天再和你见面。”十天后申生告诉狐突：“天帝同意了，有罪的人应该受到惩罚，晋国将会在韩地有一场大败。”

申生的死的确是有点冤，但他死的时候看上去还真是自觉自愿。只是这感天动地的一死让他有了随时见天帝的权利之后，他也开始变得不像过去那么善解人意，开始进入了以恶止恶的报复之路，火气还很大，一点儿也不像个四平八稳、不温不火的神仙。

皇帝轮流做

皇天集命，惟何戒之？受礼天下，又使至代之？

初汤臣挚，后兹承辅。何卒官汤，尊食宗绪？

勋阖梦生，少离散亡。何壮武厉，能流厥严？

《西游记》里的孙悟空大闹天宫时曾说过一句名言：皇帝轮流做，明年到我家。可这句话在中国古代任何一个王朝，都绝对是大逆不道的反动言论，也绝对是普通百姓想都不敢想的一件事。特别是经过统治者及其忠实属下的努力宣传，更多的人相信，谁当天子是上天的安排，那是命里注定的。

然而，人们眼中看到的事实却是皇帝的确是在轮流做，他们不明白为什么会轮到这个人，但当这个人组织一批人向他们进行宣讲后，他们立刻明白了，又一个真命天子诞生了。正如马克思所说：历史是由人民创造的，但人民并没有意识到他们在创造历史。所以我们看历史时离不开帝王将相。百姓没有主动思考这些问题的觉悟，帝王将相没有时间没有工夫也没有耐心去思考这些问题，而屈原在任三闾大夫为国内外政务忙得昏天黑地的时候，也不会有时间去思考。偏偏楚怀王等人把屈原下放了，让他能够正视历朝历代正襟危坐在高高位子上的那些人，审视一下他们究竟是怎么坐到那个位子上去的。

“皇天集命，惟何戒之？受礼天下，又使至代之？”上天挑选好自己在人间的代理人后，它是如何告诫这些人恪尽职守，做好其分内工作的？既然被选中的人开始受理天下，为什么又会让另外的人取代了呢？“受礼天下”的“礼”字有两种理解：一种是同“理”字，就是受理的意思；另外就是表面的字义，反正天子是名正言顺接受天下人礼物而不会被宣判受贿的人。但不管哪一种理解，这两句肯定是指向皇帝的。随后我们可以看到在一系列的改朝换代中，你方唱罢我登场的热闹场面。

“初汤臣挚，后兹承辅。何卒官汤，尊食宗绪？”伊尹起初是商汤的得力臣子，后来却跑到夏桀手下去任职，为什么最后还能回到商汤那里做官，并受到商王朝的高度礼遇，地位尊贵，死后被供奉在商的宗庙中，享受最高规格的祭祀？前面我们已经提到过伊尹这个人，他的第一份职业是贱役——厨师，第二份职业是老师，给贵族子弟作课外辅导。本来一个人要从事这两个职业是矛盾的，但以他的聪明才智和莫名其妙的原因，他确实是在从事着这两项工作。后来作为陪嫁的奴隶到了商汤手中，在得到汤的赏识和信任后，两个人共同商定了兴商灭夏的大计。不久之后，伊尹被商汤送给了夏桀。凡是夏桀那里有一点风吹草动，商汤必定都会在第一时间得到消息。而商汤要进行的反夏活动，也必定会先与伊尹通气。比如，有一段时间，商汤觉得自己好人好事已经做了那么久，大大小小的诸侯和自己关系也不错，应该可以与夏桀公开叫板了。伊尹就劝他，不如先试试，今年过年不给夏桀送礼看看夏桀有什么反应。商汤仔细想了想，最后决定还是听伊尹的话试试。在新年的受礼大会上，夏桀一看商汤居然没有送礼，还真是应了那句俗话，送了礼的老板不一定记得，但没送的他肯定记得。于是夏桀立刻进行出征动员，几个少数民族兄弟当时号称“九夷”的第一时间响应了夏桀的号令，调动人马准备随军出征。商汤一看不好，夏桀居然还有同盟，赶紧派人加倍送去贺礼，并一再声明，自己是为了收集更多更好的礼物才耽误了时间，绝对不是抗命不遵。夏桀看到商汤这么识相，再加上还有伊尹那个

内应整天做好吃的让他吃得心满意足，终于决定不跟商汤计较，此事也就不了了之。等到商汤真的起事前，又试了一次不向夏桀进贡看有什么反应。这一次，夏桀的运气就没有那么好了，诸侯没有一个人答理他。商汤正式起事，一举消灭了夏王朝。在这个过程中，如果没有人深入敌人内部并取得信任，怎么能如此准确地掌握对方的军事情报，由此可见伊尹在灭夏的斗争中发挥了多么重要的作用。

紧接着的一位虽然没有当天子，但成就的霸业和所处的地位是比早没了权力的周天子要威风得多，他就是吴王阖闾。另外，在他手中发展壮大起来的吴国和屈原的故国楚国还结下过一段梁子。“勋阖梦生，少离散亡。何壮武厉，能流厥严？”功业卓绝的吴王阖闾是老吴王寿梦的孙子，他从小受到排挤，被迫流亡国外。为何壮年以后变得那样的勇武威猛，千百年来人们都传颂着他的英勇事迹。这个问题与少康中兴颇为类似，他由于被迫离开祖国四处流浪谋生，最后变得不仅生存能力超强，而且战斗能力也远过于常人。我们这里不再详细介绍阖闾家族世系及他受排挤的事，只需提及一个著名的刺客——专诸，大家就会对阖闾为了坐上国君位子不择手段的做法有所理解。正是专诸冒死刺杀了吴王僚，阖闾才得以坐上君王的宝座。然后，他在伍子胥的帮助下，打败了楚国，攻进了楚国的都城——郢。这是楚国历史上屈辱的一页，但却是吴国历史上辉煌的一页。

不同的人，为了坐上特定的位子，都不得不努力地奋斗一番，但最后的成功者必然会为自己的成功总结出经验，以供后人参考。新皇帝就是皇帝，不用管他是怎么坐上这个位子的，也不用管他是否真的受老天的委托代理，那已经是没有意义的问题，对待他，人们只剩两个字——服从。

吃饭与长寿

彭铿斟雉，帝何飨？受寿永多，夫何久长？

人要吃饭，这是不需要讲什么道理的，因为你不吃就会饿死，你要是死了，无论你有多大的本事，有多么惊人的才华，都随着生命的结束而完结。

可是，饭并不是为了活着就能随便吃的。很久以前，我们中国大地上就有人为了表明个人立场或坚持某种操守而绝食的人，比如伯夷、叔齐、介之推等，他们成为人们缅怀的伟大人物和楷模。

另外也有一些很注意饮食，注重保养的人，由于其长寿也同样获得了人们的尊重。事实上他们除了吃的东西特别，活得长久之外，一般来说也没有什么特别值得人推崇的。不过，他们活得实在太长了，不仅我们，以至于他们还在世时人们就不大考究他们的子孙，只知道他们经历了一个朝代又一个朝代，成为跨世纪的寿星。而传说中有些人则长寿得有些离谱，唯一的解释就是他们成了神仙。

“彭铿斟雉，帝何飨？受寿永多，夫何久长？”彭祖，是以长寿而著称的养生家，考察他们家的谱系，竟然也属于名门之后，他是上古帝王颛顼的孙子，也就是传说中的黄帝的第八代孙。宋代洪兴祖在《楚辞补注》中说得很清楚：“彭祖姓钱名铿，帝颛顼玄孙，善养气，能调鼎，进雉羹于尧，封于彭城。”帝尧的时候，他因为进献雉羹，尧便把彭城

封给他，所以后世称他为彭祖。他一生基本没有我们通常所推崇的道德上的伟大事迹可流传，他唯一的优点就是懂得怎么好好吃，好好保养。《神仙传》上说他“少好恬静，不恤世务，不营名誉，不饰车服，唯以养生治身为事”。彭祖做好雉羹献给帝尧，为什么尧很高兴地享用了他的贡品？显然彭祖做的野鸡汤味道很美，在后代人们的职业溯源中彭祖被列为最古老的职业厨师，即厨师的祖师爷。有美味享受，尧当然很高兴。再加上彭祖又是一个现身说法的人，他可以解释说自己就是因为喜欢喝野鸡肉汤，才活得这么久。没有人愿意早死，哪怕是穷困潦倒的人也不愿意，更不要说天子了。尽管在韩非子的笔下，远古时期的帝王是很辛苦的，白给一个天子的宝座连奴隶都不愿意干。可是我们看到那么多人为了当天子不惜拉拢四邻挑起战争，可见那个位子的诱惑力还是很大的，绝不至于像韩非子说的那样苦不堪言。如果真是那样谁还争先恐后地去坐那个位子。

彭祖从哪里得到了那么多寿命，居然活了那么久。传说中他活了八百多岁，娶过四十九个老婆，死过五十四个儿子。夫妻之情与父子之情都是人类最深的感情，任何一次打击都可以使人痛心欲绝，而彭祖居然受过一百零三次打击，还活得好好的，是他的养生术起了作用，还是他的野鸡汤真有这样强的功效？如果按照人类的观点来看，彭祖的寿命是不正常也不可信的，也就是说彭祖不是人。但有关的历史记载和相关的传说又都要把他放在人的行列，因为，他没有长生不老一直活下去，而是有记录说他活到六百七十多岁，也有说他活到八百岁的，总之是寿命有尽头的。民间传说中彭祖曾经负责管理生死簿，他一看里面居然有自己的名字，于是他把有自己名字的那一页撕了下来，搓成纸绳，订在本子上，从此以后，虽然他的名字在生死簿上，别人却找不到。然而有一天晚上他和自己的老婆闲聊时，老婆问他：你为什么不会死，难道生死簿上没你的名字吗？彭祖一得意，说出了自己秘密。结果他老婆死后升天的第一件事就是检举老彭当年监守自盗的事情，很快他就被天庭派来的人缉拿归案，结束了在人间的寿命。

当然，在彭祖活着的时候，他是以擅长养生而闻名，后世有很多关于养生的秘诀相传来自于彭祖。比如规律的生活饮食，坚持锻炼身体，加强思想修养，不计较名利得失，不追求物质享受等。看来，只讲究饮食虽然不能让人活到八百岁，但注意一下有关方面还是有助于延年益寿的。

但以屈原的性格，他不可能接受彭祖的养生法则，对他来说生命有更重要的意义，如果这些意义不能实现，生命存在与否并不重要。然而客观上屈原与彭祖又有可能在某些地方有共同语言，例如两个人对吃都很讲究，屈原“夕餐秋菊之落英”既是某种精神追求的象征，也与神话中仙人不食人间烟火有着契合；彭祖除了给尧献雉汤很俗气，但从后来道家修身术来看，他吃东西不仅限于填饱肚子，而是追求神仙的境界。在这个层次上，他们是可以进行对话的。

管制政策与共和

中央共牧，后何怒？蠢蜂蛾微命，力何固？

历史上曾经有一段时期称为“共和”，这个“共和”与我们今天所说的共和国意义并不相同，至少曾经有过两种不同的含义：一种是指周代的召公和周公共同代管天下；另一种是有一个叫“和”的人是“共国”的诸侯，他在周无主的情况下代理过一段时间的政务，后来又还政于周。这是两个截然不同的所指，如果我们硬要从中找出一点共性来，它们都是由几个不是天子也不打算篡夺天子宝座的人共同管理国家政务，看上去非常有民主色彩。而通常被多数人认可的共和则是周公和召公共同执政的那段时期。

一般来说，民主总是要经过一番努力才能实现，而实现民主的过程在于打破不民主的现状。

众所周知，周公和召公是在危难之际承担起了管理国家的重任。“中央共牧，后何怒？蠢蚁微命，力何固？”国家由大家共同管理，周厉王为何会发怒？蜜蜂、蚂蚁都是弱小的动物，它们哪里来的那么大力气？别人取代了他的位置，而且很受人们的欢迎，厉王当然不高兴。周厉王是西周第十个国君，他是一个比较有想法的人，不喜欢因循守旧，因此搞出很多改革措施，而改革总是要有成本的，要付出代价的。周厉王付出的代价实在太大了。历史上批判他总说他暴虐，然后总结他的过错不外乎以下几点：首先是他贪得无厌，横征暴敛；其次是他任用小人，亲近小人；最后，他还不停地征讨打扰四邻，楚国就是他最爱骚扰的国家之一。到底是不是这样呢？其实我们也不是很清楚，如果要反驳一下，好像也说得过去：他要四下里打仗，耗费大了，自然就要加大税收，看上去就是横征暴敛。至于他任用小人，更大可能是因为他没有用贵族，所以遭到贵族阶层的忌恨。往不好的地方说，是他多事，改变了过去人们已经习惯了的用人制度；往好的地方说，可以认为他在积极地推行人事制度改革，是早期的改革家。所以，现在这些问题实在不太好追究明白。

但是，有一件事情周厉王做得实在不太高明。由于他推行的新政策触犯了很多人的利益，再加上不断增加的税收确实给人们的生活带来压力、造成困难，痛恨他的人应该不少。恨他又拿他没有办法，于是人们就议论纷纷。要是边远地区的人，不管他们说什么，厉王都未必听得到。可是这些发议论的人就在都城里住，他们整天指天骂地的指责厉王，好事之徒就向厉王汇报：百姓都在议论你呢，怎么办？这个时候厉王的表现不大好，他不是积极地去了解情况，想方设法解决问题，而是采取了一种在他看来最有效的手段。他派出叫卫巫的特务们四处打探，看谁乱讲话，抓起来送到大牢里再说。实行了严厉的管制政策之后，不少人因为一时的口舌之快受到了惩罚，渐渐地议论声没有了。厉王很得意地向大臣们展示自己取得的成果。召公这个时候说了几句话劝诫厉王："防民之口，甚于防川。"话说得已经很明白了，可厉王对这样的劝谏根本不屑一顾。哪里有压迫哪里就有反抗，压迫越重，反抗就越强。不久之后，国都的人们起来进行暴力反抗，正当人们打算好好教训一下这个糊涂的君王时，却发现他不见了。原来他早已逃出了都城。不久以后，他就死在了逃难地，再也没有回到自己管辖的都城。国人属于自由民一类，距离贵族还有一定的距离，在社会上的地位和活动影响力

都很有限，可这一次暴动却显得不同寻常，他们以微薄之力，居然将拥有天赋皇权和强大军队的天子给打跑了。所以才让人产生“蠢蚁微命，力何固”的疑问。

这个时候，周王朝已乱成一团，国君被人打跑了，没有了最高统治者的国家该何去何从？这个时候，周公、召公挺身而出，尽管后世给予了周公和召公高度评价，可在当时这样做还是冒着被天下人误会为僭越的风险。周公对管理国家有着深刻的思考，筹划了很久的礼乐制度可以让各个级别的人各安其位，各守其责，现在终于可以实践了。这样的制度对于贵族阶层是一种保护，对于普通人则是一种麻痹，总之在相当长的一段时间内可以使社会处于稳定状态。然而，老天偏不作美。共和时期发生了一场严重的旱灾，大概与尧时的灾难程度不相上下，持续高温导致很多房屋起火焚毁。请出巫师来一占卜，发现原来是厉王的鬼魂在作怪。周公和召公经过反思，认为到了归还统治权的时候了，于是立静为太子，明确了周王朝的统治者还是姬氏嫡系传人，从此厉王的魂灵也就不再骚扰人们了。

普天之下，莫非王土

惊女采薇，鹿何祐？北至回水，萃何喜？

有人在采薇的时候惊吓着了一个年轻的姑娘，鹿又如何保佑他们呢？他们一路向北走下去，遇到回环曲折的流水，为什么就高高兴兴地停留了下来？

他们是谁？

一说到采薇，很自然就让人想起伯夷、叔齐兄弟俩，而这几句诗描述的很可能就是他们。之所以用很可能，一是因为屈原的诗句太简约，几乎没有线索寻找来源；二是因为他们采薇的事情太著名了，几乎成为了采薇的代名词。

伯夷、叔齐是古代崇尚道德者的楷模，他们是商朝末年孤竹君的两个儿子，伯夷是老大，叔齐是老二。孤竹君曾留下遗言，让二儿子叔齐继位。可他死后，叔齐坚持按长子继位的传统要把大权让给伯夷。而伯夷认为违背父亲遗命是最大的不孝，也坚决不肯接过权柄。最后，兄弟俩扔下孤竹君的家业，一齐跑到了还是诸侯的周的地界，开始了新生活。

不久，听说武王以诸侯的身份要讨伐当今天子纣王，以他们的思想觉悟，觉得武王的行为简直不可思议。他们不愿意看到以臣弑君这样大逆不道的事情发生，试图说服武王放弃伐纣的行动。可周武王根本不听

他们的劝阻，打算教训一下这两个不识时务的迂腐家伙，幸好姜太公出面劝说，让士兵们把他们架到了一边。伯夷、叔齐兄弟眼睁睁地看着周武王大军继续前行，后来得知武王成功地夺取了天下，成为新一代天子。可这哥俩还是不肯承认通过这样的手段或方式继承天命，坚决不在新王朝为臣，誓死不吃周王朝的粮食。于是，他们俩要远离西周，一路向北，到首阳山停了下来，躲在山里做隐士。

隐士不是神仙，饭总还是要吃的，他们自己是不会种粮食的，而其他人都是武王姬发的臣民，种的粮食是带有周朝气味的，所以他们只好在山里面采野菜吃。结果偶然碰到一个女子，害得他们连野菜也没得吃。

整天吃野菜，肯定是吃不饱的。可以想象得到，贵族出身的两个人，平日里四体不勤、五谷不分，现在一下子落在深山老林里，打猎不行，种植不会，野菜识别不了几种，只逮着一种叫"薇"的植物猛吃，日子是绝不会好过的。两位隐士在首阳山恐怕很少有闲情赏玩，更不会有"行到水穷处，坐看云起时"的雅致，一天的大多数时候都在辛辛苦苦地寻找食物。有一天，两人正在低头采薇的时候，猛地听到一声惊叫，原来是一个年轻姑娘上山来玩，突然听到一阵奇怪的响声，以为碰到了什么野生动物，正吓得花容失色的时候，仔细一看，原来是两个衣衫褴褛的男人正由远及近蹲在地上埋着头拔草。攀谈几句，得知这两个人的身份后，年轻姑娘非但没有表示出一点佩服或仰慕，反倒是对两个人的做法很有点不屑，她一针见血、语带讥讽地指出：你们两人"义不食周粟"，可是，"普天之下，莫非王土，率土之滨，莫非王臣"，难道你们采的野菜就不是周朝的吗？你们脚下的首阳山不是周朝的国土吗？

几句话把伯夷、叔齐噎得说不出话来，兄弟俩一下子给逼到了绝路。他们还真没想过，自己吃的野菜和这荒无人烟的山沟沟都打着周朝的烙印。他们选择与周王朝不合作的道路，原本是表明一种态度，表明自己的立场，用自己的存在证明臣弒君的非正义性，本身就是对姬发等逆臣的一种羞辱。现在倒好，不仅没有羞辱到别人，反倒是自己吃在别人家里，住在别人家里，然后对人家说三道四，哪里是什么贤者，哪里是什么世外高人，简直是无赖作风嘛！事实上，也只有他们兄弟俩这种品德高尚、思想淳朴的人才会进行自我批判式的反思。

二人原本面有菜色，但神气昂扬，因为他们有内在的精神支撑，现在却感觉被一个陌生的小姑娘三言两语揭穿了画皮，自以为是的坚持变成一桩可笑的事情，登时面如土灰。他们还有什么脸面活在世上？更主要的是，他们不知道怎样才能活在这个世上而不与周朝发生联系。

最后，他们选择了绝食，只有肉体的死亡才能让他们在精神上取得胜利。本来，事情到此也就结束了，他们连野菜也不吃了，因为首阳山的山山水水、一草一木都是属于西周的，断绝一切维持生命的要素之后，他们只能是离开这个世界了。临死前，他们还合唱了一首歌：“登彼西山兮，采其薇矣。以暴易暴兮，不知其非矣。神农、虞、夏，忽焉没兮，我安适归矣？”他们虽然死了，但最后的这首绝唱有如谶语一般，几千年来，一次又一次的改朝换代，大都是在以暴易暴。

临死前，他们眼前闪过刚到首阳山不久的一幕。山清水秀的山峦需要他们自己动手寻觅食物，刚开始技术生疏，采薇根本填不饱肚皮。有一天，正当两人饿得奄奄一息的时候，也许真是老天保佑，一头哺乳的白鹿走了过来，鹿乳救了他们一命，可是老天却不能永远保佑着他们，他们最终还是选择了放弃生命，为了道义而放弃生命。

屈原应该是欣赏他们的，他与他们一样有着矢志不谕的节操。

都是狗儿惹的祸

兄有噬犬，弟何欲？易之以百两，卒无禄？

屈原的《天问》中出现的这两个问题一直让专家很头痛，这两句诗冒出来得太突然，找不到上下文之间的关联，历史上与之相关的事实也不是很清楚，硬要把它们联系起来好像也很牵强。这里兄弟两人为了一只狗闹得很不愉快，以至于兄弟反目，他们到底是谁，又是为了怎样一只狗而大动干戈？

首先我们得承认，在人类发展的历史上，狗是较早进入人类生活圈子的，它们忠诚、聪明、勇猛，为了主人的衣食、安全不惜付出生命。在那个时候，是不会有京巴、贵妇之类的观赏犬，不能帮主人打猎看门的狗应该与猪的用途差不多。但在中国，讲伦理的社会中是没有人与动物的友谊这一项的，为了人与人之间的友谊，狗是完全可以当做玩物抛开的。

“兄有噬犬，弟何欲？易之以百两，卒无禄？”哥哥有一只凶猛的猎犬，弟弟为什么那么想得到它？在多次请求无效后，弟弟甚至提出用百两黄金换取这只狗，结果不仅没有得到狗，连自己爵禄也被剥夺了。

王逸在《楚辞章句》中点出了这兄弟俩的姓名，哥哥是秦景公嬴石，他是秦桓公的长子，秦国的最高统治者，在位三十九年，全力以赴地开拓疆域，将秦的辖区由偏僻的西北向中原大地推进。从所取得的政绩可以看出他是一个有雄才大略的人物，对于秦国的发展起过重要的作用。按道理讲，这种人对鸡零狗碎的事情根本就不会放在心上，国家强盛和富庶才是他最关心的事。景公的弟弟本来没有什么名气，可因为与哥哥争这条狗而闹得尽人皆知。

不管那是一只怎样的良种犬，留在景公手中不会比金戈铁马的强大军队更让他开心，再怎么说兄弟之间的感情要比与一只狗之间的感情深厚得多。但是，景公很清楚自己的弟弟是怎样一个人，如果把这只狗给了弟弟，只会助长这个无所事事的公子哥儿斗鸡玩狗。如果从这个角度出发，景公倒是为了弟弟好，才不肯让玩物丧志的兄弟再沉沦下去。可是小兄弟不领大哥的情，一而再，再而三地向哥哥索取。景公斩钉截铁地断然拒绝了他。可这个不开窍的家伙居然提出用百两黄金换哥哥的猎犬，景公不知道这小子到底有多少钱，更担心这些钱的来路不是那么光明正大。景公觉得忍无可忍了，他下令将弟弟放逐到边远地区，并剥夺了弟弟的爵禄。

狗在整个事件中只是充当了一个中介，它甚至没有露面，就已经决定了事情的发展发向。所以，它既不是象征权力的玉玺之类，也不是有着神奇魔力的神物，只是一只与平常的狗比起来略显不寻常的狗，但它却惹出这么大的一场事端。那么，我们可以得出结论，这兄弟俩绝非处于友好相处、互敬互爱的状态，明里暗里的斗争可能也不只一回，猎犬事件只是一个导火索。景公借机把不安分的弟弟从身边赶走，把他可能造成的危害消灭于萌芽状态。

说到这里，熟悉历史的朋友会很快想到春秋时期的另外一对兄弟间的矛盾：郑庄公与段。郑庄公与弟弟段因为统治权的问题，由暗斗走向明争，老谋深算的庄公装出一副憨厚老实的样子，不论弟弟段有什么样的不合理要求，他全都答应。人的贪婪是没有止境的，庄公当然知道这个道理。段随着地位的提高，势力的强大，终于有一天打算

用武力取代庄公。而庄公等的就是这一天，段不闹到不可收拾的地步，他还真不大可能恰到好处地处理好野心勃勃的段。造反，这样大逆不道的事情，即使是亲兄弟做的，那也是不可原谅的，因此，庄公可以从严从重地收拾段，让他从此一蹶不振。

从庄公与段身上，我们看不到一点儿兄弟间的情谊，他们之间充满了见不得人的阴谋和政治手腕。

再想想伯夷、叔齐兄弟，不仅不会为一只狗闹矛盾，也不会为了谁在国家中充当老大而闹矛盾，所以对统治大权他们也是相互谦让，生死与共，哥哥与弟弟都坚定地守着自己的道德底线，只是他们的这个底线比一般人高得实在太多了。孝悌的原则本来就只是封建社会最基本的为人原则，可偏偏越是基本的东西人们越难坚守到底。

如果有人还不明白屈原讲这些故事是为了什么，那么请回忆一下前面我们提到过的屈原的姓氏以及他那三闾大夫的头衔，就会懂得他之所以这样关注兄弟之情、痛苦于兄弟失和，也许就因为他始终放不下与楚王那一缕血缘关系。

最后的感慨

薄暮雷电，归何忧？厥严不奉，帝何求？

伏匿穴处，爰何云？荆勋作师，夫何长？

悟过改更，我又何言？吴光争国，久余是胜！

何环穿自闾社丘陵，爰出子文？吾告堵敖，以不长。

何试上自予，忠名弥彰？

天渐渐地暗了下来，天际乌云密布，长空中一道闪电划破朦胧的夜空，紧接着炸雷声滚滚而来。这样的天气，不如回去吧，可回去难道就不再忧心忡忡？楚国的尊严在一次次失败中已无法维持，虔诚地向天帝祈求又有何用呢？如果一个人像伯夷、叔齐兄弟那样隐身山中、栖居洞穴，那他对世间之事还有什么好说的呢？

现实面前，屈原已经心灰意冷，已失去了作为一个诗人的想象力，他看不到还有什么希望。但是，伟大的诗人与常人的不同之处就在于他永不屈服，无论身处怎样的绝境，无论遭受的苦难有多么深重，他还是会从最没有希望的地方看到一线光明，并期待这一线光明最终带来灿烂的明天。他用楚国的历史再一次证明，峰回路转、柳暗花明不是不可能。

首先，楚国并非一直是这样委靡不振，它也曾有过辉煌的时刻，但是很长时间以来它却在走着下坡路。“荆勋作师，夫何长？悟过改更，

我又何言?”荆勋，楚国的功业；作师，炫耀武功。楚国有过以武力显赫一时丰功伟绩，它是如何成为缔约诸国的盟长呢？如果国君能够改过自新，自己哪里还会有什么怨言呢？然而，很久以来，楚国都没有振作，经常在战败后委曲求全。“吴光争国，久余是胜。”吴国公子光请刺客杀了吴王僚，夺取了王位，又一代霸主就在阴谋暗杀中产生了，他就是春秋时期著名的吴王阖闾。吴楚的恩怨随即拉开序幕：刺杀吴王僚的刺客名叫专诸，是伍子胥推荐给公子光的，他们对刺杀的过程作了精心策划，成功地干掉了吴王僚。伍子胥帮助公子光不是为了个人升官发财，因为楚平王杀了他的父亲和哥哥，他在逃离楚国的时候发誓，血债要用血来还，他一定要灭了楚国。现在，公子光成了吴王阖闾，而他自己成为吴王面前的大红人，楚国的灾难随即降临了。一连串的失败，最后连楚国的国都郢都被吴国攻破了，这是多么大的耻辱啊！回想楚庄王当年“不鸣则已，一鸣惊人”的霸王气概，楚国不是天生软弱，此刻，它最需要的是一个贤明的君王。

其次，没有什么事情是不可能的。前面我们多次说过，圣君贤相是士大夫们期待中的绝配，然而这个绝配在历史上几乎达到了“拒绝相配”或“断绝相配”的程度。君王圣明不圣明有时候是无法改变的，那就把更多的希望放在贤相吧。在讲求出身的时代中，龙生龙凤生凤，人的命运往往在出生那一刻就注定了。如“何环穿自闾社丘陵，爰出子文?”环穿，环绕穿过。闾，乡里；社，里社。闾社合起来泛指人们聚居的村落。“环闾穿社，以及丘陵”是古代一个特定的用语，专指男女幽会的场所。猛然间遇到这个词觉得有些突兀，可仔细想一下，远古的年代，只有闾社属于人群相对集中的地方，有人就有男女，有男女就有男女之情，谈情说爱总要找个人少的地方，出了村子就是农田，太空阔了，无遮无掩不方便。再就是丘陵沟壑，多多少少算有个遮蔽。如果环境再好一些的地方，那就得属树林了，著名的约会林区是桑林，男耕女织的生活方式下，女子去采集桑叶名正言顺，年轻的男子不会放过这个约会的机会。林荫遮蔽下卿卿我我一番倒也充满浪漫情调，乐府诗中的《陌上桑》就是从此而来。青年男女们穿过村落，躲在丘陵后幽会，热情高涨激情四溢之余不免会有“后遗症”。虽然道德的谴责还没有能达到每一个角落，但当未婚女子带着那个偷情的证明走动时，人人都会知道发生过什么不该发生的事。当那个无辜受累的小生命落地后，洗不脱的耻辱就烙在了他身上。楚国有一个著名的政治家就是因这样一个意外而诞生的，他的名字很奇怪，叫斗穀於菟，字子文。说到他就不得不提到他的父亲——斗伯比。斗伯比是楚国的宗室，如果没有斗伯比，仅凭子文的血统，恐怕没有进入管理阶层的资格。斗伯比的父亲是若敖熊仪，他娶了郧地的一个女子生下了斗伯比。不久，若敖去世，斗伯比的母亲回了娘家，把斗伯比也带回了郧。斗伯比年纪轻轻不学好，与郧子的女儿私通，生下了子文。过去对私生子的处理是没有什么创意的，郧女也像后稷的母亲姜嫄一样，想把这个小孩子扔到没人的地方任其自生自灭。她把子文扔到云梦，那么大一片沼泽地，不要说婴儿，就是大一点的孩子进去都不一定能活着出来。无数的历史证明，如果想害死一个婴儿，有很多种方法，但抛弃在河里让他顺流而下或是放在森林池沼中却是最不可行的。美女褒姒和著名和尚唐三藏是被放在河水中，著名的帝王后稷和我们要说的这位贤相子文是被扔在荒野的，他们不但没有被消灭，反而都成了历史上的名人。扔在云梦泽中的子文碰到一只正在哺乳而又很有爱心的老虎，结果老虎给子文喂奶的时候被郧子瞧见了，怪异的事情让他感到一种莫名其妙的恐惧。回到家里他给家人提起老虎给婴儿喂奶的怪事还心有余悸。而郧子的女儿看穿了父亲的心理，她不失时机地向父亲说明那个婴儿就是自家的外孙，反正木已成舟、生米已经煮成熟饭，郧子只好让人把孩子抱了回来，然后将女儿正式嫁给了斗伯比。斗伯比在楚武王时期曾为令尹，辅佐武王收服了随国，成为楚国

历史上鼎鼎有名的人物。而子文后来也成为楚国的令尹。屈原提出的问题是，一对私通的男女在道德上是为人不齿的，遗传基因那么差怎么可能生出贤相子文来呢？但是，我们只要好好研究一下子文的家族谱系就会发现，无论从哪里排血统，子文即便不是宗室子弟，也算得上名门之后，绝非平头百姓家的孩子。

最后，不要太相信道德的力量。“吾告堵敖，以不长。何试上自予，忠名弥彰？”堵敖是楚文王的儿子，被立为太子，但他最终却没有坐到王位上，因为他被自己的弟弟杀了，这位弟弟毫不客气地宣布自己为下一任继承者，他就是楚成王。杀了自己的哥哥之后，楚成王采取了一系列措施以增强楚国的实力，努力与诸侯搞好关系，还恭恭敬敬地向当时那个形同虚设的周天子送礼朝拜，获得了大家一致好评。像楚成王这样杀兄夺位的人本应受到谴责和批评，可他不仅没有受到上天的惩罚，反倒安安稳稳地度过自己的人生，到头来是名利双收。

该受罚的人逃脱了，该遭受报应的人富贵延年，多少年来一直在宣扬着的“善有善报，恶有恶报”的道德观在事实面前显得软弱无力，人们到底该怎样做好自己的事呢？

并非所有的问题都有答案，但当太多的问题没有答案时，困扰在心头的重重疑惑就会让人感到窒息。历史与现实纠缠在一起，政治家屈原考虑的问题与诗人屈原考虑的问题原本应该有很大的差距，可是在这里，两者得到了融合，一个充满诗人气质的政治家预示着文学想象在政治尝试中的失利，一个失意的政治家在文学王国中也难以创造出完美。如果这是一出大戏，当大幕缓缓落下，台上久久回荡着的是一声苍凉的叹息。

结尾的提问，已不再是问题，它只是诗人无可奈何的感慨，更是诗人无限希望的寄托所在。

四、《九章》选读

《九章》与《九歌》不同，它是名副其实的“九篇词章”，关于这九首诗的产生、相互之间的关系以及是否都是屈原所作，历史上都发生过激烈的争执。赞成九篇全为屈原所作的以王逸为代表，他在《九章序》中说道：“九章者，屈原之作也。屈原放于江南之野，思君念国，忧心罔极，故复作九章。章者，著也，明也。言己所陈忠信之道，甚著明也。卒不见纳，委命自沉。楚人惜而哀之。世论其词，以相传焉”王逸认为《九章》全都是屈原所作，时间是顷襄王当政屈原被贬之后，地点是江南。但对于“章”字的解释，王逸的说法未免有些牵强，他认为“章”是明显、明白的意思，即屈原流放以后，还是对故国和昏君念念不忘，心里的苦恼无法言说，于是写了这九首诗表明心志。他用浅显易懂的语言毫不遮掩地将自己内心的想法写了下来，用今天的说法就是“傻瓜式”说明。只可惜“明明白白我的心”，糊涂的楚王就是不明白，实在没有办法，眼看着国家走向没落的屈原在精神极度痛苦的情况下投入了汨罗江，试图以死来唤醒君王。

王逸的解释流行了很长一段时间，到宋代疑古风起，著名的理学家朱熹认为王逸对《九章》的说明并非完全正确，其中还存在着不少问题，比如写作时间和地点上，朱熹指出九首诗不是同一段时间完成的，有楚怀王在位时的作品，也有顷襄王上台后的作品，地点也因此分为两处，一是怀王时贬谪的汉北，一是顷襄王时流放的江南。如果按王逸的说法，《九章》是屈原在世时定好的题目，他先写好九首诗，然后一数篇目，就起了个《九章》的名字，既是数学统计的结果，也是表明态度和立场的说明。朱熹否定了这种可能性，他在《楚辞集注·离骚经序》中说道：“王疏屈原，屈原被谗，忧心烦乱，不知所诉，乃作《离骚》……而襄王立，复用谗言，迁屈原于江南。屈原复作《九歌》、《天问》、《九章》、《远游》、《卜居》、《渔父》等篇，冀伸已志，以悟君心，而终不见省。”朱熹提出的思路是，屈原是在被贬和流放的过程中陆陆续续地写下了一系列的诗歌，从内容上看这几首诗之间并没有内在的、严密的逻辑关系，只是汉代人在搜集屈原的作品时把这几篇放在了一起，那个时候又比较流行以“九”字打头起名，什么《九歌》、《九辩》之类，顺手就起了个《九章》的名字。

朱熹的说法在后世得到了大家的认可，这九首诗依次为：《惜诵》《涉江》《哀郢》《抽思》《怀沙》《思美人》《惜往日》《橘颂》和《悲回风》，虽然王逸对《九章》的解释有点牵强，但是这些诗的题目确实与内容有着特定的对应关系。由于重在抒情，同一个人、同一个主题下的抒情读多了，难免有似曾相识之感，所以我们选择其中的两首来作一次管中窥豹。

涉江

《涉江》就是渡江的意思，是屈原在流放过程中自己记录下的行走路线。尽管是抒情诗，可偶然间提到的一些地名、江河为我们寻幽探微般去发掘屈原的有关历史提供了信息。由于这首诗是屈原晚年所作，他一生中又有过两次流放，诗文的语焉不详又让很多学者劳心费力地钻研他究竟走在哪条路上。研究的人多了，自然会出现某一个人的观点受到较多人追捧的结果，于是，本来已无法还原的屈原行程被研究人员固定了下来。好在我们读它的时候，更关心的是屈原内心的想法，而不是为了画旅行攻略图。所以，当我们看到诗人明知自己在走向蛮荒，在走向“愁苦终穷”时，他非但没有一丝丝懊悔，反倒更坚定了自己坚持操守的立场。在一场没有丝毫胜算的战争中，信念支撑着瘦弱的身躯，面对来势汹汹的敌对者和敌对观念，绝对不作妥协让步，这种“知其不可而为之”的精神不能不让我们由衷钦佩。

奇装异服与个性

余幼好此奇服兮，年既老而不衰。带长铗之陆离兮，冠切云之崔嵬。被明月兮珮宝璐，世溷浊而莫余知兮，吾方高驰而不顾。

屈原是一个有个性的人。按道理来说，个性是个人与众人不同的独特之处，而每个人都不可能与他人完全相同，如此看来，个性倒成了一句不消说的废话。事实却偏偏让那些习以为常的想法碰了壁，芸芸众生在日常生活中表现得更多的是普遍性的一面，他们并不经常让自己的与众不同出来亮相。所以，一旦我们提及某个人与众不同时，他必然是以另类的面目经常性或者始终如一地出现在大家面前。

屈原的出场形象是他自己设计的，他说："我从小就喜欢奇异的服装，年纪虽然老了也不肯改掉这习惯。腰间佩带着长长的宝剑，头上戴着高高的帽子，直指云端，身上佩戴着珍贵的夜明珠和美玉。然而人世间一片混浊，根本没有人理解我，我决定要远走高飞离开这里，行走在前进的路上决不回头。"

乍看之下，屈原似乎有点大惊小怪，穿衣戴帽，各有所好，爱穿什么就穿什么呗，何必根据衣服来甄别人与人的不同呢？可是，如果我们了解了屈原所处年代人们的日常生活后，就会明白，穿衣戴帽不是件小事情。有一本书可以让我们知道穿衣的重要性，它就是《礼记》。《礼记》是一本教人们守规矩的书，它不是国家的法律法规，但它却是法律法规的衍生基地。其中讲得很详细的一节是丧服，就是家里有了丧事期间如何着装的问题，很多人看了之后如坠云雾之中，搞不懂一个简单的问题怎么会变得如此复杂。而这只是特殊情形下的特殊规定，日常生活中还有更多没有形成文字的规定在约束着人们的行为。用今天人们的想法揣度一下古代的人们，哪个人脑门上都没刻着字说明自己的身份和地位，偏偏身份地位是一个人最爱示众的东西，最简单的法子当然是服饰了。穿着高档丝织品的自然是达官贵人了，穿着破烂粗布衣服的则是普通人，于是人和人之间的距离就分开了，高阶级或高阶层的优越性也就通过衣服体现了出来。如果有人乱了规矩，那可是有失身份的事情。

每个人的穿着打扮都要符合人物的身份地位，而这种身份地位在很多时候不是自己赋予的，而是在大多数人眼中应有的形象。比如楚国的

三闾大夫屈原，我们很难想象他的穿戴真有如自己所描述的那样：帽子高耸入云，衣服华丽得光彩耀人，身上花花草草一大堆，老远就可以闻到逼人的香气，还有夜明珠、玉石之类珠光宝气的东西，这可能吗？答案是否定的，一个暴发户子弟有可能将金银珠宝全都整到自己身上充门面，但屈原这样一个有着高尚精神追求的人会将身外之物看得很淡，特别是我们考虑到他在流放的途中写成这些诗作，更不可能是一种写实，而只能是借物喻人的写作方法。他的目的很明显，物是稀罕之物，香是难得之香。物以稀为贵，香与臭成对比，自己的追求是大多数人不能理解的，更是映衬出小人的丑陋不堪。

屈原很有才，出身又高贵，恃才傲物、目中无人是情理中事。人尚且不放在眼中，他难道还怕谁用言语议论自己不成？所以说，屈原的与众不同是个性的显露，而看上去很正常的大多数人是个性的隐藏。另外，“余幼好此奇服”的“奇”字不是奇怪的意思，而是与众人不同的意思。我们现在当然知道，这首诗里充满了比喻和象征，服装和饰品是精神追求的代表，最关键的句子是“世溷浊而莫余知兮，吾方高驰而不顾”，满世界一团黑暗，没有一个人了解自己，只能远走高飞离开这污浊的泥淖，没有一丝留恋地离开这里去继续自己的追求。

走过的路

驾青虬兮骖白螭，吾与重华游兮瑶之圃。登昆仑兮食玉英，与天地兮同寿，与日月兮齐光。哀南夷之莫吾知兮，旦余济乎江湘。乘鄂渚而反顾兮，欸秋冬之绪风。步余马兮山皋，邸余车兮方林。乘舲船余上沅兮，齐吴榜以击汰。船容与而不进兮，淹回水而疑滞。朝发枉陼兮，夕宿辰阳。苟余心其端直兮，虽僻远之何伤。

一般情况下，当随便询问某个人某年某月某日他在做什么事，除非那一天有特别的事情发生，否则即便是三天前发生的事都够他回忆半天的。同样问某人三年前他某一天去某地走的什么路线，他多半也想不起来，除非那天给他留下了深刻的印象。

记忆是很不可靠的东西，人在回忆过去的时候，不免会搞点添枝加叶的把戏。但是点式的回忆，特别是针对地点和事件的概述，只要地点没搞错，而且也没有成心欺骗人的打算，则基本可信。因此，研究屈原贬谪路线，要是根据他的长篇回忆录去推测倒不一定可靠，幸好，他只是在诗中要言不烦地叙述着自己曾经走过的路。

开始一段是虚写：虬与螭，传说中两种神奇的龙类动物。青虬和白螭为他拉着车，虞舜与他同车而坐，两个人一起在瑶圃中漫游。登上神仙们居住的昆仑山，吸食着美玉的精华。从此之后，他的生命将与天地同寿，与日月一样光照人间。现实的理想已经被粉碎，屈原希望有一天能实现自己的梦想，他只能寄希望于遥不可及的神仙境地。昆仑山，一个充满了迷幻色彩的地方，传说中西王母的地盘，周穆王驾着日行八万里的骏马曾经到过那里，并与西王母把酒言欢，弄出点儿绯闻的颜色，给后人留下无限的遐想空间。屈原没有想去会见漂亮的女神仙，他只想有贤明的人间君王做伴，前往一个没有污秽的仙境，用诗中原话的意思就是到花园里看看满园的玉树，忧郁的心情就会一扫而空。

幻境消失了，在谗言的一而再再而三的洗脑后，楚王眼中的屈原已经是一个令人无法容忍的家伙，得让他从眼前消失，而且得让他走得远远的，越快越好。还记得我们说过，那个时候，经济与文化的先进代表是中原地区，南方和北方都是些蛮夷。中原的人犯了错误，把他们无论流放到南边还是北边去，都是惩罚。但对于本身就处于南方地区的楚国来说，自然不能把流放的人往北边赶，中间隔着老大一片中原地区，要是犯人留在那里岂不是在享福了，哪里还是惩罚。所以得把犯错误的人

往更南边放逐，让他们到更不开化的地方去受罪。

要不怎么说后世的统治者基本上没有反对臣子学习屈原的，他实在是给犯了错误的君王留足了面子，无论遭受怎样的打击，他决不直接把不满指向最高统治者，同时还不断地总结着个人的优点，以一种事实上的对比来取代没头脑的牢骚。

来到更偏僻的南方，以今度古的话，南方方言系统的复杂实在令人生畏，现在很多北方人甚至将广东、福建话当做一门外语来学习。所以屈原被贬谪到南边首先就有可能会遇到语言障碍，没有办法与人沟通交流。屈原依旧只能和自己讲话。他说："悲哀啊，南边那蛮荒之地根本没有人了解我。可是，我不能不前往那里，一大早，我渡过了长江、湘江。登上鄂渚，回头看看郢都，正是悲风萧瑟的秋季，风似乎也发出了深深的叹息。"

我们看到诗人是多么有涵养，他没有怨天尤人，只是诉说着自己的遭遇和感想，说着自己走过的道路。随后的几句，单独读起来根本看不出是一个流放者的诗：信马由缰，缓缓地任马在山上遛弯儿，让车停在了树林边。乘着小船沿着沅水逆流而上，大家一齐举起了船浆，拍击着流水击起道道白浪。小船在激流的旋涡中打着转，半天也前进不了多少。早上从湖南的枉陼出发，晚上在辰阳短暂休息。

虽不能说完全不带感情色彩，但基本上像日记似的记录着个人的行程。在结尾处，他表明了自己的态度，他相信，只要自己思想积极，态度端正，即使在穷山僻壤对自己又有什么伤害呢。

说是那样说，可是我们还是可以感受到三闾大夫的哀怨。

无怨无悔

入溆浦余儃佪兮，迷不知吾所如。深林杳以冥冥兮，猿狖之所居。

山峻高以蔽日兮，下幽晦以多雨。霰雪纷其无垠兮，云霏霏而承宇。哀吾生之无乐兮，幽独处乎山中。吾不能变心而从俗兮，固将愁苦而终穷。接舆髡首兮，桑扈臝行。忠不必用兮，贤不必以。伍子逢殃兮，比干菹醢。与前世而皆然兮，吾又何怨乎今之人。余将董道而不豫兮，固将重昏而终身。

汉代已经有人批评屈原是露才扬己，表扬自己就是批评别人，甚至临终一死，也在事实上彰显了君主的过错。

不管这种言论出于什么目的，其结果是让人们失去了做人，特别是做一个正直的人的依据。默默无闻的正直者，没有一丁点儿感染力的话，相当于不存在。如果要使人们知道在浊世中还有一点正直之光的话，就得有所表现，有独家言论。行为不好把握，死不得活不得；言论也不怎么靠谱，说出来了就是骂在位者，不说吧，说不定还落个腹诽的恶名。

屈原行走在贬谪的路途中，景色凄凉，“深林杳以冥冥兮，乃猿狖之所居。山峻高以蔽日兮，下幽晦以多雨。霰雪纷其无垠兮，云霏霏而承宇。”抑郁的心情被凄清的景色映衬得更加幽僻，他到底该如何用语言表达自己的想法呢？他只是说：“在溆水之滨，我低首徘徊，心里乱成了一团麻，我不知道自己要去往何处。”他不知道被贬的目的地是什么样，也不知最终会被贬何处，但他知道，不会是好地方。最差不过是没有人烟而已，所以他说：“哀吾生之无乐兮，幽独处乎山中。”这句话可能是最切合他实际的一生总结，他不只是因为贬谪这一段时间而不高兴，在他的一生中，除了童年之外，的确没有多少真正快乐的时光。即使在他可以自由进出王宫，与楚王定夺国家大政方针的时候，他也只是一味地忙，恐怕是没有时间思考自己是否快乐的问题。再加上屈原虽然不是一个老练的政治家，但周围那一群虎视眈眈的小人他总还是能看

得出的，多多少少也是心里的一团阴影。

孤独一直在伴随着他，为了事业的孤独他可以忍受，甚至可以忽略不计。为了理想和节操的孤独，那是最令他痛心的。“吾不能变心而从俗兮，固将愁苦而终穷。”变心从俗，对他来说是一种耻辱，所以他宁可在愁苦中终老一生。

古代的几个著名的贤者是他的重要精神支柱。这几个人可以分为两类，一类是独善其身型，例如接舆和桑扈。一类是宁死不屈型，例如伍子胥和比干。伍子胥和比干的事迹前面已经说过，不再赘述。接舆和桑扈需要再说明一下。

接舆是春秋时期楚国的著名隐士，姓陆名通，字接舆，是一位坚持奉行不劳动者不得食原则的人。他亲自耕田犁地，自给自足。任何一个普通的农夫过的都是这种生活，可是他不是农夫，所以他就能出名。另外，他还是一个对社会不满的人，像愤青一样时常发表过激的言论。还好，当权者没有像周厉王那样派出特务到处侦听，任他自生自灭自说自话。让接舆名声大噪的事是他遇上了孔子，当年有点狼狈的圣人遇到号称楚狂的接舆，接舆就搞不明白孔丘这样聪明的人为什么整天在做那种吃力不讨好的事情，于是就很想帮帮孔子。他没有冲上前去用语言说服孔子，而是很热情地冲着孔子唱了一首楚歌，希望能点醒看上去执迷不悟的孔丘，他唱道：“凤兮凤兮，何德之衰？往者不可谏，来者犹可追！已而！已而！今之从政者殆而！”意思浅显明白：“凤凰啊凤凰，为什么你的德行就衰落了呢？过去的事情已无法挽回，未来的日子我们还有机会。算了吧，就这样算了吧，如今那些当官的人哪个不岌岌可危。”虽然他用的是湖北方言唱歌，山东人孔丘似乎也听明白了，他心想：“这是个明白人啊，可惜满世界都是些糊涂蛋。”急忙下车来想和接舆交流一下，结果接舆撒腿就跑，不肯与孔子说话，让他留下一肚子的遗憾。这样一个人老在下面闹，官府里的人怎能不知道，于是就想收买他，希望他能安安生生的，不要总出来散布有害于社会安定团结的言论。可是他却不领情，佯装精神失常，将自己的头发剪得乱七八糟，弄出个怪异的另类发型，以至于没法去做官。

桑扈也是一个著名的隐士，他是孔子的老乡，因为对当政者不满，采取了极端的行为艺术方式——裸奔，对这样的人统治者也就没法再寻求与他合作了。后来西方的行为艺术家还被冠以先锋艺术家的名号，实在比我们的桑隐士不知晚了多少年，还先锋呢？

这两位隐士以不与统治者合作而著称，可屈原是在寻求与统治者的合作，他不想当隐士，可是当他被迫走到荒无人烟的地区时，他只能以“忠不必用兮，贤不必旨”来安慰自己。伍子胥和比干的遭遇也再一次证明忠志之士难得有几个有好下场的，既然前辈都是这样，自己又有什么好埋怨的呢？他更坚定地要走在正道上，没有丝毫的犹豫，哪怕要在穷困愁苦中度过一生。

无怨无悔，忠贞不贰，不带一点暴力，也不进行蛊惑性煽动，哪个统治者会不希望臣子们学习屈原呢？

结论

乱曰：鸾鸟凤皇，日以远兮。燕雀乌鹊，巢堂坛兮。露申辛夷，死林薄兮。腥臊并御，芳不得薄兮。阴阳易位，时不当兮。怀信侘傺，忽乎吾将行兮！

“乱曰”就是“乱说”的意思，但“乱说”不等于胡说。古代的诗歌很多是可以和乐歌唱的，与音乐最后一章配合的称为“乱”。想想今天的电影院散场的情形，可能会对这个词有个印象深刻的理解。故事刚刚结束，导演制片等一大堆演职人员名单正在银幕上闪着，片尾曲悠悠

扬扬地唱着，但是下面的观众已经坐不住了，纷纷起身离坐，还真是个乱。不过，屈原写诗的那个时候，“乱曰”的乱是名词，不是形容词，它有两种意思，一是指乐曲的最后一章，二是指诗文最后总结全文的部分。这里的“乱曰”是第二种意思，对整首诗进行了全面的总结。

说到结论，特别是诗歌还要有个总结式的结论，在后代诗人看来简直是赘疣。诗要讲究有诗味，要言有尽而意无穷，最后你倒是说得痛痛快快明明白白，读诗的人岂不是没有了趣味。大家后来常批评宋代人写诗好发议论就是针对这一点而言。可是，回顾历朝历代的诗歌评论家，还真没有人指责屈原不会写诗乱写诗，最后还搞什么总结，可见屈原的“乱曰”绝对不是乱说的。

他总结道：“鸾鸟凤凰，一天天飞远了，燕子、麻雀、乌鸦、喜鹊在殿堂和祭坛上安了家。露、申、辛、夷等香草在阴暗笼罩下死去，腥、臊、恶、臭的东西都被使用，以至于芳香的东西根本无法靠近。阴阳错了位，不逢其时啊！我满怀忠诚却落寞失意，只能神情恍惚地继续走向远方。”

可以想象到很多读者依旧是一头雾水，什么结论嘛，根本不明白屈原在说什么，如果还记得我们说过的楚辞写法，就会明白这是用“比“的修辞手法，那些树木花草小鸟大鸟都是用来作比喻的，总之一句话就是小人得志，君子受排挤，一个是非不分、善恶颠倒的世界，诗人只能独自走向远方。

比兴式的结论不会是直白的，所以结尾处的议论并不会影响它的诗味。

橘颂

后皇嘉树，橘徕服兮。受命不迁，生南国兮。
深固难徙，更壹志兮。绿叶素荣，纷其可喜兮。
曾枝剡棘，圜果抟兮。青黄杂糅，文章烂兮。
精色内白，类可任兮。纷缊宜修，姱而不丑兮。
嗟尔幼志，有以异兮。独立不迁，岂不可喜兮。
深固难徙，廓其无求兮。苏世独立，横而不流兮。
闭心自慎，不终失过兮。秉德无私，参天地兮。
愿岁并谢，与长友兮。淑离不淫，梗其有理兮。
年岁虽少，可师长兮。行比伯夷，置以为像兮。

橘子的优秀品质

橘子是生长在南方的一种植物，除了可以吃进肚里补充营养之外，橘皮清香甚至还以入药，它一系列优秀的品质常常引起诗人们的感慨。唐代著名诗人张九龄的《感遇》诗中就写道：“江南有丹橘，经冬犹绿林。岂伊地气暖，自有岁寒心。可以荐嘉客，奈何阻重深！运命惟所遇，循环不可寻。徒言树桃李，此木岂无阴?”我们可以看到，诗人在橘树上寄托了多么高尚的品质。

因此，完全可以将橘子问题引入到教育工作中，对于提高人们的思

想觉悟必然会有积极的作用，而屈原差不多是最早认识到橘子作用的人。同时，屈原早期所担任的三闾大夫之职，最主要的责任就是负责教育皇室子弟，我们甚至可以想象得到屈原是如何利用橘的象征意义来教导那些学生，只可惜学生感受不到他的苦心，也有可能学生本身就不是橘种，所以谁也没办法把他们培养成材。因此，才有《离骚》中所讲的一大园子好花草都变了质的问题。

后皇嘉树，橘徕服兮。受命不迁，生南国兮。深固难徙，更壹志兮。

屈原不是一个哲学家，但从他的诗歌来看，我们可以毫不犹豫地断定，他肯定是一个唯心主义哲学的信徒。《离骚》开始那一大段论述自己出身、出生年月及兴趣爱好的文字清清楚楚地表明，他绝对坚信自己的一切遭遇都是命中注定无可更改的，所以他决不会改变自己以屈就现实。

"后"，是后土，"皇"，是皇天，皇天后土代表着天地。"嘉"不是普通的好，而是带有道德评价的词汇，含有美与善兼备的意义。"橘"，是天地间与生就有的一种好树，它的品质是与天地之气相适应的，禀奉天命生长在南方这片土地上。一旦结实，则不能再移植。橘生南国则为橘，生淮北则为枳，再加上根深叶茂，更加不可能移种到别处。真让人想不到的是，一棵树居然有这样坚定的志向。

为什么会这样呢？因为它是一棵橘树。如果它是一棵小草，随风散落的种子在任何地方都可以生根发芽；如果它是一棵可以随遇而安的树，那么移到哪里就长在哪里好了。可是，橘子天生就有这种特性，不是它要这样香，也不是它要结橘子，只是它不能不这样。

孔子曾经讲过一句教育学的名言："有教无类。"强调不管什么样的人都应该受到教育。可是这样一句话却被一些人误解为只有不会教的老师，没有教不好的学生，总之问题全在老师身上，要么是方法不对，要么是不认真，要么是……可是，我们只要拿出孔子的另一句话就会发现他也承认人的智力差别，他说人学习可以分为几种类型，“即生而知之者，上也；学而知之者，次也；困而学之，又其次也。”他也承认学生是有差别的，这种差别导致了最终的成就的差别。

屈原在兢兢业业地培植着自己的花花草草，希望能把学生都培养成为楚国的有用之材。

屈原就是这样一棵树，他扎根于楚国，只有在楚国的土地上，他才能抽芽、生枝、成长，离开了楚国，他就会枯萎，所以他从来没有想过要离开。宁可死，他也要死在自己的国土上，这是与生俱来的本性。“深固难徙，更壹志兮”，不仅根扎得深，很难迁移，更有着坚定的不可更改的志向。

表面工作也要做

绿叶素荣，纷其可喜兮。曾枝剡棘，圆果抟兮。青黄杂糅，文章烂兮。精色内白，类可道兮。纷缊宜修，姱而不丑兮。

屈原不是一个只讲心灵美而忽略外表美的人。从《离骚》当中他自述的装扮我们可以感受到他是一个对美有着执著信念的人，在他看来，心里美不需要修炼，他一直有着善良的心；外表美，却是他最下工夫的地方。

很多研究者指出，屈原的外表装束及香花香草等饰品，都是有着象征意义的，表明屈原的良好品质，唯恐我们忘了它们的象征意义，而真把那些花花草草当做屈原的首饰。

可是，很多地方都表明了屈原的确是一个很讲究的人。如果有人给行吟泽畔的三闾大夫画像，弄得他“满面尘灰烟火色”，一定会遭到人

们的谴责。要知道屈原向来是内心美外表美并重的人，他几乎每一首诗里面都会提一下自己的装束及自己的追求，甚至在描写其他东西的时候，他也同样会从内到外进行认真的审视。

哪怕只是一棵树而已。比如橘树：碧绿的枝叶，雪白的小花，成团成串开得满眼尽是，让人爱意油然而生。重重叠叠的树枝生意盎然，枝叶下面藏着锐利的小刺，这是一种告诫："可远观而不可亵玩焉。"枝头上结着累累的果实，绿色的是还没有熟的，黄色的是可以采摘的。黄与绿两种颜色是非常醒目的颜色，色彩斑斓，绚丽夺目。

屈原专注地望着橘树，橘树的美吸引了他。橘子在没有吃进口中之前，你只可能看到外表，新鲜的橘子倒不至于出现金玉其外，败絮其中的情形。虽然不知道橘子内部究竟怎样，但表面上，一定很诱人。

改了的志向就不是志向

嗟尔幼志，有以异兮。独立不迁，岂不可喜兮。深固难徙，廓其无求兮。苏世独立，横而不流兮。闭心自慎，不终失过兮。秉德无私，参天地兮。愿岁并谢，与长友兮。淑离不淫，梗其有理兮。年岁虽少，可师长兮。行比伯夷，置以为像兮。

志向是每个人都有的，哪怕立志开一间小餐馆或者做破烂王，终归可以让一个人在前进的征途中有目标、有动力。志向本无所谓高下贵贱，可是有了"志当存高远"的名言后，一般人的小志向就不大好意思说出口了。

不过，传统的写作技巧为人们提供了一种很好的方法，可以毫不客气地向众人表明自己的志向，那就是"托物言志"。在《诗经》流行的时代就已经普及过这种技巧。

屈原从一棵树的身上看到了一种高贵的品质，一种很多人都没有的道德品质。

他发出了深深的感慨：你可真是好样的，从小就有与众不同的志向。无论外界怎么变化，你都立场坚定，绝不改变，这难道还不够可爱吗？由于扎根深固，所以想要把你移走就没那么容易，再加上你本来就疏远浊世、超然自立、与世无求，那就更没有人可以改变你。只有你一个清醒地独立于这个世界上，即使处于激湍迅流之中，也绝不肯随波逐流。

这哪里是橘树的品质，根本就是屈原在说自己。最后一部分已经分不清是在写橘树还是在写自己："闭心自慎，不终失过兮。秉德无私，参天地兮。愿岁并谢，与长友兮。淑离不淫，梗其有理兮。年岁虽少，可师长兮。行比伯夷，置以为像兮。"他说自己关闭私心，谨慎从事，所以始终不曾犯过错误。因为保持着高尚的道德情操，所以能与大公无私的天地媲美。自己愿意与橘树一起凋谢，从而长期与橘为友。坚持原则不动摇，孤高清傲而又善良正直。虽然年纪不大，但却可以为人师长。橘树品质可以和伯夷、叔齐相提并论，所以自己愿意以它为学习的榜样。

树木当然没有什么志向可以改变，但是扎根厚土，不屈不移的确是好树木的品性，一但移动，它们就会死去。其宁死不移确实堪与矢志不渝的人相比。但人与树又大不一样，不仅可以移居他处，甚至为人处世的原则也是可以变的，一旦改来改去，此人的品行就非常值得怀疑了。

只有不变的志向才是真正的志向，只有真正的志向才能造就伟大的人物。